幸福對決

행복배틀

Happiness Battle

주영하

周榮河 ——著 尹嘉玄 ——譯

前言

活潑開朗的兒歌旋律從赫里蒂奇美語幼稚園圍牆後方傳出。

學校為了籌備家庭月的公演活動，把禮堂布置得美輪美奐，到處掛滿五顏六色的氣球。天花板上高掛印有「2nd Annual Family Day Festival」字樣的布條，舞台上則展現森林、大海等小巧可愛的風景布置，整個禮堂瀰漫著興奮、期待、悸動、雀躍的氣息。

隨著距離公演時間愈來愈近，臺下座位也幾乎座無虛席。

接著，一群身穿鯊魚和小丑魚裝的黃金班小朋友，在園長的介紹下一個接著一個站上舞台，觀眾席傳出家長們熱情的歡呼聲，閃光燈也接連不斷。家長們紛紛伸長脖子，忙著從舞台上的小朋友中尋找自己的小孩。

當〈鯊魚寶寶〉伴奏響起，一名老師從後門衝進了禮堂。

在閃光燈有如絢麗煙火隨著兒歌旋律閃爍的同時，這名老師也六神無主地穿梭在觀眾席間，四處尋找。她臉色鐵青，雙唇發白。

智律媽媽！請問智律媽媽在這裡嗎？

在一群對著舞台高喊歡呼的家長中，一名家長用手指向了另一名母親。

那位母親正踮起腳尖，探頭望向舞台。

老師連忙跑向那位母親，對她耳語，對方聽完老師說的話，馬上睜大眼睛，臉色也突然暗沉下來。

「我、我們家智律……我的智律！」

孩子的母親放聲尖叫。

尖叫聲剛好和〈鯊魚寶寶〉的可愛旋律一起邁入高潮。

原本對著舞台歡呼的家長驚覺事態不妙，紛紛回頭查看正在尖叫的母親。觀眾席開始變得鬧哄哄。

老師和該名母親倉皇離開了禮堂，另一名老師則急忙向園長報告情況。發生在觀眾席一隅的騷動，如今已蔓延至整座禮堂。

「到底發生什麼事？」

「是不是出大事了？那個人看起來好像是智律媽媽。」

舞台音響根據園長指示中止了。園長決定暫停公演，他手持麥克風，走到舞台中央。臺下家長的目光統統聚集到園長身上。

沒想到接下來從園長口中脫口而出的話語，頓時讓在場的家長驚愕不已。

小女孩失蹤了。

失蹤的女孩是白金班的姜智律。在班導師帶領全班同學從一樓教室移動至二樓禮堂時消失不見。

班導師解釋自己是在抵達禮堂時發現孩子失蹤，因為在爬樓梯的途中有一名小朋友的裙襬被另一名小朋友的魔法棒纏住，老師忙著安撫哭鬧不休的孩子，等好不容易帶大家順利移動到禮堂前點名時，才赫然發現少了一名學生。

園長連忙向台下家長解釋，並按照學校緊急情況手冊進行緊急應變處理。班導師先報警，其他家長則是自發性地幫忙協尋失蹤的小女孩。

一部分家長守在校門口前，一部分家長到一樓教室尋找，其餘家長則分別前往美術室、體育室、廚房、圖書館等地分頭查看，也有幾名家長匆匆忙忙將自己的孩子帶離幼稚園。

出動的員警和園長一起調閱了學校監視器，當事人母親淚流不止，父親則明顯在壓抑內心怒火。推測孩子失蹤的下午兩點十分左右，監視器畫面捕捉到一名形跡可疑的男子走進園區大門，再進入學校建築物。由於剛好是公演日，學校大門敞開，有開放外部人士入場。

該名男子頭戴黑色帽子，壓低帽簷，手上捧著一只小紙箱，環顧了一下四周，便朝身穿奇妙仙子服裝的小女孩走去。正在查看監視器畫面的母親看到這一幕突然放聲大叫。

「那是我們家智律！老公，是智律，我們的寶貝女兒智律！」

孩子的母親已經雙腿無力，蹲坐在地，快要暈過去的樣子。孩子的父親用顫抖的手摟住了母親的肩膀。

智律和黑帽男交談了幾句，男子便消失在監視器畫面裡，智律也用小跑步的方式往某處奔去，離開畫面。接下來就是一群前來共襄盛舉的賓客出現在監視器畫面中，難以再掌握智律的動線。爾後，智律的身影就再也沒有被任何一支監視器捕捉到，只有黑帽男獨自走出園區大門的畫面。

孩子的父母主張，一定是該名黑帽男對智律說了些什麼，遊說她離開幼稚園，雖然這樣的推測仍有孩子究竟是如何離開幼稚園的疑問，但是就目前來看，黑帽男絕對是最可疑的嫌疑人。

警察立刻展開搜查，他們推測黑帽男應該還沒走遠。老師和家長也繼續在園內尋找，畢竟監視器畫面沒有捕捉到智律離開幼稚園的身影，所以可能還有一絲希望。

班導師趙兒菈也是臉色鐵青地在教室每個角落仔細尋找。

她快步移動，來回穿梭在各個教室之間。沒想到只是一個不留神，智律就消失不見了。雖然沒有人說她，但是大家看待她的眼神已經幾近苛責，不論以何種形式，都一定會向她追究責任歸屬的問題。趙兒菈帶著緊張焦慮的心情，不斷發出低聲嘆息。

拜託，拜託一定要乖乖待在某個地方……

只要能好好待在某處……

我就……

我就會狠狠K妳一拳……

真是的，這到底是在幹嘛，還不都是因為那討人厭的屁孩。

又是！又是她！

這次又是那該死的屁孩，已經不是一兩次了，調皮搗蛋的主嫌永遠都是這個傢伙，不分場所、不分時間，只要一逮到機會，就會惹事生非。那古靈精怪的傢伙，現在一定是躲在某處看著焦急慌張的大人在暗自竊喜。

這孩子一定知道現在發生的種種，包括班導師因為她而被園長嚴加苛責，還有鬧出這種事可以得到大人的關注。

許多家長都以為自己的孩子是天使，純真無邪，但這可是天大的誤會；五歲小孩其實該知道的都知道了，只是在可憎的面孔上戴著一張天真爛漫的面具罷了。

倒不如真的被陌生人誘拐，要是那樣的話該有多好。

沒想到事件會變得一發不可收拾。只要一想到要聽園長訓話，煩躁感就排山倒海而來。不，要是只有訓話還好，感覺這次真的很可能會飯碗不保。

趙兒莅急忙打開遊戲室的門，用眼睛掃視室內每個角落，看不到任何可以躲藏的空間。

妳就最好不要被我找到，找到的話我絕對……

正當她準備要轉身回頭的瞬間。

某處傳來了摩擦聲響，那是蕾絲材質的摩擦聲。

趙兒莅望向尚未關緊的遊戲室門，父母呼喊智律的聲音穿過門縫傳了進來，趙兒莅躡手躡腳緩緩走向那扇門，輕輕轉動門把，再悄悄地關上那扇門。

現在遊戲室已經是完全密閉的空間。

穿著白襪的雙腳有如掠食者，緩緩朝玩具櫃方向一步一步走去，從容又緩慢。趙兒菈對著把手伸長手臂，略微顫抖，一片寂靜的房間內，只聽得見兩人的心跳聲。伴隨著一聲鼻笑，玩具櫃門也同時被趙兒菈開啟。

……

找到了。

趙兒菈嘴角上揚，好不容易忍住差點失守的笑聲。

身穿奇妙仙子洋裝的智律蜷縮著身子，躲在玩具櫃收納籃裡。趙兒菈再靠近她一步，遮住了光線，巨大的身影覆蓋在智律的頭頂上。

趙兒菈默不作聲，向下俯瞰智律。孩子也坐在籃子裡，睜著大眼抬頭凝視老師。

兩人的心跳聲交疊，唯有蕾絲摩擦聲劃破靜默。趙兒菈換了個姿勢，側身而站，讓出一個空位，智律便從籃子裡爬了出來。她看著洋裝上沾染到的灰塵，表情一皺，用不以為意的手勢拍掉了那些灰塵。

趙兒菈朝孩子的小腦袋伸出手。

「找到妳了！」

冰冷的手對著智律的頭溫柔撫摸。

智律原本專注在她那身皺巴巴的裙襬，她抬起頭，兩人四目相交，氣氛緊張，智律的額頭上還結著幾滴汗珠。

「智律，妳為什麼要躲在這裡？都沒聽到我們在喊妳的名字嗎？」

趙兒菈努力擠出一抹微笑，孩子搖搖頭，早已預料到她會有這樣的反應。智律明明知道所有人都在找她，卻仍故意躲在裡面默不作聲。

「妳是在和老師玩捉迷藏嗎？」

孩子又搖了搖頭。那張臉看上去找不到一絲抱歉。

趙兒菈大步走向前，彎下腰，雙手緊緊抓住智律的肩膀，在她耳邊私語。

「這次又有來追妳嗎？」

這下孩子才終於點頭。

「這次是多大隻的呢？」

智律抓住了自己的小手臂。

「牠有咬妳？」

智律沒有回答。

「妳看吧。」

抓住智律肩膀的手再次施壓，刻意上揚的嘴角也微微出現顫抖。

「老師之前不是跟妳說過嗎，那個東西只有壞小孩才看得到，乖小孩是看不到的。只要妳當乖小孩，那些東西就不會再來追妳。」

趙兒菈鬆開虎口，重新挺直腰桿站直。就在那瞬間，一直睜大眼睛凝視老師的智律終於開口了。

「蛇……」

「……」

「我希望那隻蛇去追妳，狠狠咬住妳的腿就好了。」

智律用充滿攻擊性的嗓音對趙兒菈說道。

＊＊＊

明月格外皎潔的秋夜。

宛如蒸籠般炎熱的天氣已然消退，不停鳴叫的蟬也遁跡潛形，拂過臉頰的微風還帶著絲絲涼意。

素敏和鄭宇正在盤浦洞威望大樓社區裡的森林大道散步。昏暗的燈光和藍綠色的樹木替夜晚散步增添了不少浪漫情趣。這棟大樓在三年前都更完畢，每坪售價逼近一億兩千萬韓元（約台幣兩百八十萬），不愧是標榜全國最貴豪宅，社區內就有一片茂密森林，供住戶就近體驗身處在度假森林的感覺。

一開始，素敏對於自己可以在這種頂級奢華豪宅裡度過新婚生活感到相當滿意，雖然是鄭宇的父母替他們準備的房子，但是端出還未懷上的孫子，把話題導向這樣的結論，並且讓現場所有人感動到哭成淚人兒的人是她。

當素敏說出自己居住的大樓名稱，朋友臉上馬上浮現嫉妒與羨慕之情時，尤其是看到當初炫耀自己收到公婆送的賓士E300的允兒表情明顯垮掉時，真不曉得該如何形容她內心的痛快。

素敏一直堅信，接下來的人生絕對只有康莊大道。

至少到不久前都是如此。

然而，就在短短幾個月時間內，情況出現了大逆轉。現在的她憂心忡忡，原本握在手上的一切、深信都屬於自己的一切，很可能突然變卦。素敏把手放在依然平坦的小腹上，另一隻手緊握手機，手機螢幕上顯示著前男友銀浩幾天前傳來的簡訊，對方正在等待素敏回覆。

「那天晚上，應該不是只有我很舒服吧？」

素敏回想簡訊內容，覺得眼前一片黑。那是僅只一次的見面，聚餐場合上大家都喝了酒，在酒精的催化下與對方接吻，甚至走進了旅館房間。

那天她喝得爛醉如泥，如今已經不太記得那天晚上發生的事情，印象中是有守住最後底線的，卻又和銀浩的說詞兜不攏。

那瞬間，素敏突然覺得在她腹中蠕動的新生命十分噁心，腦中也閃過那些因為她懷上寶寶而滿心歡喜的鄭宇、親朋好友、夫家親戚臉龐。她不斷安撫自己，腹中的胎兒絕對是鄭宇的，但是身為女人的第六感卻不斷告訴她背道而馳的答案。

經過連日思考，素敏決定選擇墮胎，她不能將人生賭在這百分之五十的機率上，就算遭天譴、再也懷不上小孩也無所謂，只要腹中的新生命現在立刻消失即可。

有沒有什麼方法可以用流產來掩蓋墮胎事實？

難道要試著向丈夫提議墮胎？

要是能發生一起輕微、非常輕微的事故就好了。

只要能失去這個孩子，我什麼事都願意做。

素敏的腦袋一團亂，鄭宇卻自顧自地說著天下太平的風涼話。

「是滿月耶！好漂亮。」

走出森林準備往人行道走去的鄭宇，抬頭仰望靛藍色的晴朗天空讚嘆連連。圓月高掛在一棟棟高聳入雲的豪宅之間。

「對耶，今晚好適合散步。」

素敏心不在焉地附和著，腦海裡不停想著關於墮胎的事情。

怎麼辦，還是要提議看看？

素敏觀察了一下鄭宇的臉色，準備說出今天散步的主要目的。

「不過，親愛的，那個……我們……」

然而，鄭宇的視線一直停留在某棟豪宅高樓層住戶的外推陽台上，他似乎根本沒聽見素敏說的話，蹙著眉頭，目不轉睛地盯著看。

「素敏，妳看……是不是有個人在那裡？」

素敏對於鄭宇都沒專心聽她說話感到厭煩，但她打算至少在今天散步期間還是努力迎合鄭宇。素敏不發一語，抬頭望向鄭宇說的位置。

瞬間，素敏發出了尖叫聲。

六樓？不，是七樓陽台，一名女子腹部倚靠在欄杆上，上半身倒掛在外。由於頭部低垂，導致女子的長髮呈現向下垂落的狀態。

女子踮著腳尖，腹部靠著欄杆，驚險萬分地維持著身體平衡。

「素敏！趕快打一一九求救，然後叫社區警衛過來一趟！快！」

鄭宇對素敏大喊，隨即便獨自往一〇二棟大門方向奔去。

「老公，你要去那裡幹嘛？」

素敏原地踱步，連忙撥打一一九專線。素敏和鄭宇激動的嗓音引來社區住戶圍觀，大家紛紛聚集到一〇二棟樓下，原本寧靜悠閒的秋夜也瞬間變得緊張喧鬧。

所幸女子似乎尚未下定決心，她只有把腹部靠在欄杆上，沒有再做出更極端的行為，只要救難人員能夠盡快抵達，應該就能防止憾事發生。

素敏擔心地仰頭望向女子。

這女的為什麼會想要自殺呢？明明住在全國最頂級的豪宅裡。

要死怎麼不去其他地方死，為何要害這棟豪宅留下汙點？影響房價。

要是跳樓自殺，可想而知住戶一定會罵聲連連，認為有損這座象徵幸福和富裕的城堡。

素敏同樣覺得這種愚蠢行徑彷彿是在汙辱自己。

倒掛在陽台上的女子看起來就像個黑色形體，令人怵目驚心，危險萬分，只有逆流而下的黑色長髮和白色洋裝裙襬隨風飄動。

這時，一滴水正好掉落在樓下花圃前。

什麼東西？

素敏彷彿被某種力量牽引，好奇地向前靠近。

另一方面，跑進一〇二棟的鄭宇連忙按下了電梯按鈕，兩部電梯正好都在緩緩上升中，要是等電梯抵達頂樓二十四樓再回到一樓，估計還要花上一段時間。

怎麼辦，要等電梯嗎？還是走樓梯？

鄭宇猶豫了一會兒，最後還是選擇走樓梯上去，畢竟是七樓，走樓梯應該會比較快。人命關天，分秒必爭，要是再繼續猶豫下去，難保女子不會做傻事。

鄭宇一次跨越兩三級階梯，急忙爬上樓，在樓梯間裡繞了好幾圈，跑得他氣喘吁吁。

好不容易，鄭宇抵達了七樓，他呼吸急促，輪流望向七〇一號和七〇二號住戶，最後他的視線停留在七〇二號門前，不需要半點猶豫，因為七〇二號大門微開，被一只男士皮鞋卡在門縫上。

鄭宇乾燥的喉嚨嚥下一口唾液，手握門把，打開七〇二號住戶大門。

「有人在家嗎？」

裡面無人回應。鄭宇將卡在門縫上的皮鞋擺好，把門帶上，踏進這間房子的玄關。用來區分玄關和房屋內部的一道拉門也是呈完全敞開的狀態，陰森的涼風從那之間呼嘯而來。

屋內一片漆黑，沒有絲毫燈光，似乎還有一股腥臭味。

「不好意思打擾了！」

鄭宇依然沒有得到回應，只好決定往屋內走去。這次他又在猶豫是否該脫掉運動鞋的問題，最終，他催促自己，這不是什麼重要的問題，於是連忙脫鞋進到屋內查看。

室內地板十分冰冷，腳底傳來的寒氣讓他全身起雞皮疙瘩。

鄭宇小心翼翼地走在通往客廳的走道上，快要走到盡頭時，往左邊看才看得見陽台。身穿白色洋裝的女子和站在樓下抬頭仰望時看到的樣子如出一轍，一直有風透過敞開的陽台拉門吹進室內，女子的裙襬也被風吹得啪噠作響。

但是女子的樣子看上去很詭異，鄭宇用手背揉了揉眼睛，用力眨眼之後，重新注視女子。鄭宇的眼睛不只沒有夜盲症、散光，甚至還很常向人炫耀自己有一點二的視力。

令他不解的是，女子靠在欄杆上，一動也不動。

這下鄭宇才感覺到背脊一陣涼，他用手觸摸牆壁，好不容易找到電燈開關，可是摸起來濕濕黏黏的，襪子彷彿也有沾染黏液。

他打開燈，屋內頓時變得明亮，一切景物無所遁形。

客廳地板、牆壁、沙發、家具，無一處不是血跡斑斑，濃稠黏膩的鮮血肆意沾染在每個物體表面，把腹部倚靠在陽台欄杆上的女子腳底上也滿是鮮紅色的血跡；霎時間，濃烈的血腥味朝鄭宇迎面撲鼻而來。

「呃、呃啊……」

他覺得喉嚨像是哽住般，連尖叫聲都喊不出來。

鄭宇兩腿無力，直接跌坐在地。他的襪子被滿地鮮血浸濕，他一直嘗試重新站起身，卻因為濕滑的地面而在地上不停掙扎。

最後，他好不容易站起身，匆匆忙忙轉過身，往玄關大門方向走去。僵硬的雙腿接連踩空好幾回，這時，鄭宇的視線無意間瞄到了敞開的房門縫隙，裡面有一名男子背後插著刀趴臥在地。

這下鄭宇才終於喊出聲，陽台也正好吹來一陣強風，女子腳掌上的鮮血宛如豆大的雨滴，滴滴答答墜落。

素敏的尖叫聲同樣在大樓社區裡迴盪。

第一章　眾人投以的眼神

「要選這張為優秀獎？」

艾斯電子行銷部正在會議室裡上演一波激烈的攻防戰，負責社群媒體行銷的張美好課長，因金代理遞給她的一張照片而面有難色。

「是，因為第一名大獎是五代同堂的全家福，第二名最優秀獎是多元文化家庭的全家福，以及時光旅行主題照，所以再選一張這種全家福作為第三名優秀獎，我覺得應該會很不錯。」

金代理用語帶堅定的口氣說著。

幾週前，美好和金代理舉辦了一場「Home Sweet Home!」社群平台迎中秋的活動，民眾只要將全家福上傳到自己的社群平台上，並加上「#艾斯電子Homesweethomeevent」的主題標籤，同步張貼到艾斯電子官方社群帳號及官網，就會經由公司內部審查，選出獲勝照片並贈與獎品。

以每年例行舉辦的活動來說，今年的獎品算很豐富，最終選出的一名大獎可以領到最新款電視機，兩名最優秀獎的獎品則是冰箱，三名優秀獎的獎品是筆記型電腦，多名鼓勵獎則可領到美容儀器。因此，有別於往年，今年的活動參加人數暴增到數千人，各式各樣的照片如雪片般傳來。

美好和金代理將網頁上的照片統統列印出來，日以繼夜地閱讀數千則令人動容的故事。雖然已經大略選出優勝照片，但是在篩選大獎、最優秀獎、優秀獎、鼓勵獎時，又經歷了一次難關。

美好重新看了一下金代理遞給她的照片。

照片裡的背景是在一間高級寬敞的豪宅客廳。

牆壁上掛著一台艾斯電子最新款八十六吋壁掛式電視，照片以電視為中心，左邊有一對年輕父母雙手張臂，右邊有兩名小女孩正奔向父母懷裡，一眼就能看得出來是很典型的幸福富裕家庭。

這張照片的標題是：擁入懷中的幸福。

這裡的「幸福」有著多重意義，可以是奔向父母懷裡的兩名漂亮女兒，也可以是幸福家庭，同時亦是艾斯電子的最新款電視。

另外，照片也有附上投稿說明——夫妻平時都有定期在做公益，假如獲獎會將獎品全數捐贈給需要的團體機構。

「也不用只選家境清寒或困苦的全家福作為獲獎者吧。這張照片首先是畫質、構圖、色彩、整體表現都很好，同時還能幫我們宣傳電視機，標題又取得很有巧思，投稿說明也寫得不錯，我認為這張照片絕對有資格被選為優秀獎。」

金代理眼看美好不發一語，小心翼翼地說明了一下自己的主張。美好暗自心想，這位得力助手金代理怎麼愈來愈像自己。

「為什麼這麼想選這張？難道是你認識的人？」

美好拿起那張照片，一邊揮動一邊問道。

「什麼意思？課長！我現在覺得超級無敵冤枉喔，您可不能這樣亂誣賴人。這場活動不就是要選出最佳照片並贈與獲勝者獎品嗎？說白了就是行銷啊，行銷我們的產品！我看這位參賽者的社群平台似乎頗有知名度，以一般人來說追蹤人數算多，竟然有三萬人，我們不是應該要選這種人為獲獎者，才能對攸關公司存亡的新產品達到比較好的行銷效果嗎？我倒想問課長，那您到底為什麼要如此反對選這張照片作為獲勝者？難道照片裡有課長您認識的人？」

「我從未反對。」

「答對了。」這句話被留在美好嘴邊，沒有脫口而出。坦白說，還真的是被金代理說對了，美好正是因為和照片裡的人有著很深的淵源，所以難以輕易將其選為優秀獎。尷尬又不舒服的心情老是干擾她做出客觀判斷。

「該不會是您以前的男朋友吧？」

美好的視線望向了張開雙臂的年輕夫婦。

「初戀？」

照片裡的年輕爸爸人高馬大、體格健壯。他身穿杏色針織衫配藍色牛仔褲，給人和藹溫順的印象。

「情敵？」

年輕媽媽則是個不折不扣的大美女，甚至不免令人懷疑是不是女明星，清純優雅。從她用手扶著微凸的肚子來看，腹中應該還有一名胎兒。

美好的目光隨著金代理的提問游移，最終停留在照片中的女子。

參賽者：吳有珍，三十五歲。

美好想起了十七年前那張稚嫩的臉龐。

自高二那年寒假之後，第一次再看見的姓名。她萬萬沒想到會透過這種方式遇見多年前失聯的好友，內心五味雜陳。

「那就以吳有珍小姐的照片作為優秀獎嘍！接下來就以這份名單來請示部長同意，然後對外發布公告。」

美好這下才面露微笑，點頭表示應允。

爾後，兩人向部長報告完此事，便開始一一致電通知獲獎者。獲獎者清一色接到電話都發出了驚喜的尖叫聲，至於吳有珍的部分則是由金代理負責通知，畢竟都已經十七年沒聯絡了，美好並不想要藉由這種一時的巧合來維繫緣分。

下午五點鐘左右，金代理走來美好的位子。

「張課長，我一直沒辦法聯繫上優秀獎得獎者吳有珍小姐。」

「那就再試試看啊。」

美好正在寫公告文，不以為意地回答。

「我已經嘗試聯絡過好多次，應該打了五通電話有，還怕她以為是詐騙電話所以另外傳簡訊通知，社群平台上也有傳私訊給她，可是至今沒有得到任何回覆。」

「電子郵件呢？」

「已經傳過去了，但是系統顯示她沒有確認信件。」

「是嗎？那獲獎者公告製作還是先緩緩吧，明天再繼續聯絡看看。」

金代理收到指示，重回自己的座位。

但是隔天、再隔天，都依然聯繫不上吳有珍。這次只好換美好親自出馬，嘗試撥打電話聯繫，但是對方的手機呈現關機狀態。

難道是出國了？

然而，眼下情況已經沒辦法再延遲獲獎者公告，美好向部長報告完此事，便重新選了一名優秀獎。

她重新製作一張公告文，刊登在社內和社群平台上，其餘的瑣事也依序完成。

轉眼間，吳有珍的那張全家福也在美好的腦海中消失無蹤。

美好從未想過自己會再重新看到那張照片，也萬萬沒想到會是以這種方式再次面對吳有珍的全家福。

美好一眼認出了吳有珍的全家福，她瞪大雙眼，緩緩張嘴，掉落的下巴出現微微顫抖，美好用力握住世景的手機。

是那張照片沒錯，吳有珍的全家福。

高級的豪宅客廳，兩名小女孩正奔向父母懷裡的照片。

照片中唯有一處與當初不同——

人臉都被打上了馬賽克。也正是因為這一點，使得美好對這張照片感到不寒而慄。

「怎麼了？」

世景納悶地問道。

她從美好手中拿回了自己的手機，但是美好的虎口還是保持用力。

世景和美好是高中同學，今天因為美好休假，兩人相約出來開車兜風。

她們呼吸著乾淨清爽的空氣，坐在能夠眺望江河的咖啡廳裡。

美好不知該如何運用這段突如其來的休假，因為是公司改組、人事異動，把美好轉調到其他部門，所以才會有這段臨時假期，必須在轉調前把全部假期休完才行。

「張課長，再怎麼說……妳都已經被提醒之後會有人事異動了，換部門之前至少要把休假休完再過去吧……」

部長就是用這番話賦予了臨時假期的正當性。

由於交接都還未來得及完成就休假了，所以美好的手機響個不停，甚至擔心臨時會有重要事項得進公司一趟，所以也不敢安排海外旅行。

世景嘖嘖稱奇，表示自己沒見過美好這種工作狂。

「休假休得太臨時，不知道該做什麼事。」

世景聽聞美好這麼一說，眼睛發亮。世景是因為不孕症而暫停工作，目前在《市民期刊》擔任社群媒體市民記者，她用手機打開一張全家福，告訴美好這是最近備受大眾矚目的事件，並遞給她看。

「妳再說一次。」

美好緊盯照片催促著。

「幹嘛這樣？怪嚇人的。這是『盤浦洞夫婦遇害事件』受害者的全家福啊。」

吳有珍的全家福竟成了受害者遺照，正在各大社群媒體上流傳。也就是那張在「Home Sweet Home!」活動中被選為優秀獎的照片，臉部則被打了馬賽克。

美好覺得自己彷彿被榔頭擊中好幾下的感覺。

「什麼時候？」

美好問道。

「妳是問事件何時發生的嗎？嗯……讓我想想，三天前？應該是三天前開始成為輿論焦點的，妳沒注意到嗎？」

三天前的話剛好是美好他們在如火如荼撥打電話通知獲獎者的時候。

由於當時大家都在日以繼夜加班，忙著將活動做收尾，所以不只收看新聞，就連確認手機的時間都很少。

美好雖然有耳聞盤浦洞夫婦慘遭殺害的事件，但是就連作夢都沒想到，這起事件竟然和吳有珍有關。

「妳到底怎麼了？難道是妳認識的人？」

世景似乎察覺到美好的反應不太尋常，催促著美好趕快回答。

「世景，妳知道受害者是誰嗎？」

美好以提問代替了回答。驚愕稍退的臉上又重新蒙上了一層情緒複雜的陰影。

「受害者姓名？不，我不知道，現在要去好好了解一下。」

「妳為什麼要調查這起事件？」

「因為就在我家附近啊，內容也很刺激，是個容易引人注目的題材。而且在盤浦洞威望大樓住得好好的夫妻，究竟是誰、為什麼要殺害他們，也令人好奇。」

世景對於受害者的身分毫不知情，她一邊吃著餅乾一邊回答。

「話說回來，妳老是不回答我的問題，淨問些奇怪的問題，這樣對嗎？」

世景對著目不轉睛盯著手機看的美好提高嗓音問道。

雖然美好也能理解世景的內心困惑，但她仍無法輕易開口回答，畢竟這十七年來，吳有珍這個名字在美好和世景之間等同禁忌。

「這是有珍的全家福。」

美好猶豫了許久，好不容易才開口說出這句話。世景一時還沒聽出美好的意思，歪著頭表示不解。

「誰？」

「吳有珍。」

原本手肘撐在桌上托著下巴喝飲料的世景，突然將上半身坐直。

「吳有珍？」

「嗯，吳有珍，十七年前的那個吳有珍。」

世景聽完美好的回答，表情頓時僵硬。

「妳說什麼？」

「我說這是有珍的全家福！」

「不可能。」

「是真的。」

世景一邊聽美好說明前幾天在公司的事情，一邊漲紅著臉，呼吸也變得急促，一臉不知道該展現何種情緒的表情。

美好說話的期間，世景不停搖頭否定現實，似乎是在努力說服自己這不是事實。美好完全可以理解世景的舉動，因為她也是如此。

世景把視線停留在窗外，不停喝著白開水，過了好一陣子才終於平復心情。她的樣子看上去是自行接納、承認了某件事。

颱風掠過之處，留下的是一片寂靜。

「……會是自殺嗎？」

世景終於重新開口。

「媒體不是說殺人事件嗎？」美好回答。

世景獨自呢喃：「是啊。」她的視線彷彿在過往記憶裡的某處游移徘徊。

「不知道她後來過得怎麼樣。」

「……」

「應該過得還不錯？」

「她看起來很幸福。」

美好淡定地回答，世景這下才把目光轉回到美好的臉龐。

「幸福？」

世景面無表情。

「……沒道理她不能幸福吧。」

世景聽完美好的回答，嘆了一口氣，重新將目光轉移到窗外。美好同樣不發一語，默默用雙手環抱住早已冷卻的咖啡杯。

兩人的對話就此中斷，美好和世景決定守護友誼穩定，兩人不約而同在一片沉默中達成了這項共識。

＊＊＊

難道這就是迷戀上女生的感覺嗎？

這是十七歲的美好初次遇見鄰座女同學時體會到的情感。

清純優雅的長相，像黑曜石一樣閃爍的瞳孔，潔淨清透的肌膚。

在一張張因睡眠不足而水腫的面孔中，是非常顯眼美麗的女孩。

「抱歉，我不曉得這裡有位子。」

這是有珍對美好說的第一句話。

美好目不轉睛地盯著有珍觀看。儘管被告知這個位子有人坐也不為所動的有珍一臉笑咪咪的樣子。

「啊……所以我不能坐嗎？」

為難的表情，慢條斯理的口吻。

「坐吧。」

美好把放在隔壁書桌上的包包挪到後面的書桌上，那是為了幫世景佔位子用的包包，因為開學第一天，還沒有分配固定座位。

「謝謝。我發現這個班的人沒一個是我認識的。妳是聞慶中學張美好，對吧？我叫吳有珍。」

一般來說，只要不是特別令人印象深刻的情形，大部分人對初次見面都是不太有印象的；然而，美好對於那天有珍說的這句平凡問好反而記得一清二楚。

啊，原來她知道我。

包括當下這番感受也是。

有珍當時人氣很高。

就如同高中時期，只要是功課好、幽默風趣、擅長運動的學生在男校會備受歡迎一樣，在女校同樣也是功課好、幽默風趣、長相漂亮的學生很吃香，有珍就是屬於漂亮的類型。儘管她個性比較文靜，依然是班上同學會在意的對象。

美好、有珍、世景三人在很自然的情況下成為了好朋友。

儘管三人的性格和外貌南轅北轍，也絲毫不受影響。

美好留著一頭短髮，人高馬大，性格高冷，一副對凡事漠不關心的樣子；反之，有珍是屬於漂亮有氣質的長相，總是沉著冷靜；世景則是打扮華麗，一看就給人即興、大方的感覺。

假如三人在數學考試上分別都獲得了滿分，美好一定會是毫無情緒起伏、默默把考試卷收進書包裡的那種人，有珍則會重新仔細檢查一遍，世景的話絕對會大吼大叫向身邊的人不停炫耀。

她們就像一般同年齡的女孩，只是平凡的學校好友。

原本感情要好的三人幫，是在高一那年暑假出現了關係變化。

當時美好有個男朋友，就讀附近的學校，兩人在K書中心相遇。位於新都市公寓社區正中心的文泉K書中心，是該地區高中生之間認識異性的著名場所。

美好明顯察覺到K書中心出入口或內部都有人在盯著她看的事實。

男生名叫朴彗聖，肌膚白皙，面相柔和，身材偏瘦，個頭不高。當他和女生當中算高大的美好面對而站時，視線幾乎接近平行。

當美好開始在意他的眼神之際，美好的K書中心書桌上就開始出現一罐咖啡，自此之後，冰涼的罐裝咖啡每晚都在書桌上等待美好。

約莫一週左右過後，美好發現罐裝咖啡底下留有字條。

那天傍晚，美好回到家，手握著字條猶豫了許久。她來回好幾次在手機上輸入又劃去字條上的電話號碼，最終，美好傳了一封謝謝的簡訊給男生，也立刻收到了回覆。兩人就這樣很自然地一來一往互傳簡訊，聊到深夜凌晨。

對於美好來說一切都是第一次，第一次稱某人是自己的男朋友，第一次在適合家庭聚餐的餐廳裡約會，第一次週末去看早場電影，第一次在略顯陰森的小巷內接吻。

美好的確喜歡彗聖，但她更喜歡與彗聖一起體驗的種種事物，因為一切都可以貼上「背著媽媽偷偷做」的標籤。

某天，美好告訴母親，數學研究班有定期聚會需要參加，但其實是和彗聖去看電影，看完電影，兩人走到了熱鬧主街的後側小巷，享受著偷偷約會的刺激感。正當他們繞過巷子走到某間餐酒館後方時，美好遇見了一群女學生正在聊天，擋住通行。

失策。這一帶剛考完試的高中生，活動範圍不外乎就是這些地方。

美好一眼認出其中兩名女同學。

有珍和世景。然而，更精采的還在後頭，有珍似乎是在該間餐酒館打工，身上圍著圍裙，世景則是嘴裡叼著一根菸。

根據當下情況來推測，應該是世景走進餐酒館，巧遇在店裡打工的有珍。

三人直接當場愣住。

等於是披著模範生外皮的三人，撞見了彼此最赤裸的一面。

餐酒館後巷維持了一陣短暫靜默，最後是世景的笑聲打破了這股冰冷氣氛。

美好請彗聖先行離開，告訴他等回去再聯絡。

正當有珍滿臉錯愕地想要躲進餐酒館時，世景一把抓住了她的手臂。

「妳要是逃走我就去告狀喔！」

有珍神色凝重。

美好嘆了一口氣，便將世景和有珍拉開。

「妳自己也沒好到哪裡去，有什麼好告狀的。」

「張美好，妳才不要一副有資格批評我們的口氣喔！」

「我從來都沒有批評過妳喔，看來是心虛？」

美好和世景怒視著彼此，兩人都紛紛扯高嗓音。有珍因為餐酒館裡有客人在呼喚，所以連忙從後門跑了進去。

那天是各自的秘密被揭穿的一天。

雖然最後像是再也不見似地分道揚鑣，但是隔天，三人還是在教室裡尷尬地碰面了。世景最終因為難以忍受延續了半天左右的沉默，放學後，她率先向正在收拾書包的美好和有珍提議一起聊聊。

那天，三人在社區裡的公園遊戲區促膝長談。

美好表示自己和彗聖所做的一切脫軌行為都很有趣，順帶還附上一句，可能再過不久兩人的進度就會發展到接吻以上。

有珍則表示自己打算上了大學以後就搬出來住，所以需要打工存錢。

世景笑著說自己是跟前輩學抽菸的，雖然目前為止只知道如何把菸吸入口中停留再吐出，還不太會吸入肺裡，但是以紓壓方式來說，絕對沒有比抽菸更好的選擇。

隨著時間流逝，煩惱也愈漸沉重。

美好坦言自己實在受不了母親一直想要掌控她的學業，她對此深感窒息；有珍則坦承現在的父母是再婚組成的家庭；世景也表示父母的關係愈來愈糟。三個孩子聊到月亮西斜，時而歡笑，時而哭泣，反覆不定。

美好、有珍、世景以那天為契機，跨越了關係昇華的那一道門檻，友誼也變得更為深厚。

三人的緣分一直延續到高二那年，由於理科班在十二個班級當中只有三班，所以選擇理科的三人自然以很高的機率被分到了同一班。

每到下課時間，三人就會衝往位於地下室的福利社，也會為了吃炒血腸而翻牆出去，傍晚還會一起在自修室裡睡到不醒人事，然後以開導煩惱的名義邊繞操場邊聊天，再以讀書為由聚在一起看下載好的美劇。

這樣的日子延續了一段時期。

反之，美好和彗聖則是頻頻爭吵，大部分的吵架原因都是因為肢體接觸，隨著交往時間愈久，彗聖要求得也愈來愈多。

由於彗聖是雙薪家庭下的孩子，所以很多時候父母都是不在家的。不知從何時起，彗聖很喜歡把美好帶去家裡，再也不去遊樂園、看電影，只要和他一起待在家裡，彗聖就一定會把手伸進美好的T恤裡。

隨著時間流逝，彗聖的行為變得愈來愈大膽，也愈來愈執著，經常徘徊在危險地帶。一開始堅持不可以的美好，也隨著一次又一次的嘗試而逐漸習慣，彗聖承諾自己永遠不會變心的甜言蜜語也使她內心產生動搖。

最終，兩人在彗聖的父母不在家的那天首次發生了關係。

在毫無準備的情況下發生的關係只能用悲慘兩個字來形容。小倆口滾完床單以後，彗聖立刻倒頭就睡，美好獨自收拾善後，論感覺就只有非常痛而已，沒有其他任何感覺。

自此之後，美好一直無從安撫忐忑不安的內心。

她的腦海裡一直反覆出現「原來只是這樣？也沒什麼大不了嘛。」和「是不是不應該和他發生關係？」的念頭，一點一滴啃蝕消磨她的內心，也因此，只要看到相關話題就會神經緊繃。然而，世景卻老是說一些語重心長的話。

「妳們知道我昨天看到什麼嗎？」

放學回家路上，她們走在大馬路邊，世景突然開了這個話題。

「妳看到了什麼？」

有珍代替獨自沉思的美好反問。

「在我們公寓停車場裡，一對男女在車裡做那檔事。」

世景獨自笑著，繼續說道。

「那種人根本不是人，簡直就是發情的禽獸，竟然不懂得看場合和時間，想要就要，實在是有夠噁心，完全弄髒了我的眼睛。我看他們根本瘋了，大白天的，還在車內，有夠誇張。」

瞬間，一股令人發毛的寒意掠過了美好的後頸。

世景這番話宛如尖刺，戳進了美好的肌膚，也如鐵鎚朝她的心臟猛捶。

「妳剛才有看我的手機嗎？」

美好努力維持平常心，她想起了午餐時間發生的事情。

世景表示自己的免費簡訊額度已用完，所以向美好借了手機來使用。手機裡裝載著美好和彗聖來來回回的每一封簡訊，也沒有刻意上鎖。

「妳在說什麼？我在說看到有人做愛，不是在說妳的手機。」

「所以妳到底有沒有看我的手機？」

「沒有啊，我只有看到有人在交配。」

心跳急速飆升。感覺有某個過去深埋在內心深處的東西突然湧上喉嚨，美好的呼吸變得急促，正當她準備開口回話的時候，竟被世景搶先了一步。

「骯髒又齷齪……」

一股寒意沿著背脊順流而下。

美好讀不到世景的表情，世景的臉就像一張慘白的石膏像，一如往常地擺著嘴角都快咧到耳邊的微笑表情，但眼睛是沒笑意的，反而帶著一種冰冷又無情的氣息。

美好錯愕得說不出話來，正當她吞吞吐吐的時候，有珍代替美好開口說道：

「妳幹嘛去看他們？」

有珍的口氣充滿責怪。

總是沉著穩重、柔柔弱弱的有珍，第一次如此明確展現自己的情緒。不只是美好，就連世景也對這樣的有珍感到驚愕不已。

「我就只是剛好看到而已啊。」

世景回話的口吻也帶有攻擊性。

「妳會去看人家車內才奇怪，又不是有偷窺癖。」

「吳有珍，妳幹嘛糾結在奇怪的點上對我發脾氣啊？」

「拜託妳別再用那種方式去注意別人的事情，管好妳自己就好。」

「喂！妳說這話什麼意思？所以是我有問題嘍？」

有珍和世景大吵了一架。

美好則是夾在中間頻頻緩頰，兩人最後吵到嚎啕大哭，留下滿臉尷尬的美好，納悶著情況怎麼會演變成這個樣子。

美好拖著要直接返家的世景和有珍前往麥當勞，為了強迫她們和好，還自掏腰包買了三份漢堡套餐。兩人雖然沒能輕易和解，卻還是把漢堡吃得一乾二淨。

這時，美好收到了一封來自彗聖的簡訊，問她人在哪裡。美好回傳簡訊，告訴彗聖她在麥當勞。

彗聖表示自己就在附近，可以過去一趟，但是被美好婉拒了。過一會兒，有人喊了美好的名字，她回頭查看，發現是彗聖笑容燦爛地朝她走來。

美好整個人瞬間僵住，因為她並不想讓有珍和世景看見自己和彗聖在一起的樣子。

小時候，美好曾經聽說過，只要有發生性行為，都會顯現在臉上，所以大人一眼就能看穿孩子有沒有發生性行為，雖然現在已經知道，這是大人為了恐嚇孩子避免太小發生性關係而捏造出來的謊言，可是此時此刻的美好依然誠惶誠恐，感覺額頭上已經顯示著自己與男友上過床的記號，有珍和世景坐在對面輪流望著美好和彗聖，兩人臉上掛著令人摸不透的表情。

彗聖開朗地笑著，一屁股坐在美好的座位旁。過去彗聖只有對有珍和世景打過招呼，這是第一次和她們同桌聊天。

彗聖展現一貫的幽默風趣，主導著整個場面；有珍和世景等於是在半強迫的狀態下和解，勉強擠出了尷尬笑容。

美好也不知所措，只能在一旁尷尬陪笑。桌面下的彗星手腳還一直很不安分，突然把手伸進美好的裙底，開始揉捏她的大腿，美好連忙撥開他的鹹豬手，阻擋那些肢體接觸。這時，有珍的視線往桌下挪移。

美好和有珍互看彼此，擠出了一抹尷尬微笑。

其實只要沒有那些情緒上的波瀾，那天就是平凡無奇的一天。

不，應該說，以為是平凡無奇的一天。

美好完全沒料到，原來那天會是一切悲劇的開端。

那天，三人搭上了一輛駛向破局的列車。

＊＊＊

有珍笑容可掬。

照片有如廣告海報，而非遺照。

整齊梳理的頭髮，端正的臉部輪廓，月牙般的彎彎眼，柔順高挺的鼻梁，厚薄適中的雙唇，不同凡響的美麗容顏，讓告別式會場的悲痛感加倍。

美好和世景與前來參加喪禮的親朋好友互相跪拜。

有珍的父親似乎是想藉由身體上的痛苦來緩和內心之苦，堅持要拖著高齡的身軀與賓客互相跪拜；有珍的母親則像是經歷了多次昏厥般，神情憔悴虛弱。

美好和世景刻意避開有珍的父母，選了一個角落待著。

「等我一下，我去接個電話。」

世景拿著手機，走出了告別式會場，只留下美好獨自一人，她覺得有些尷尬，環顧了一下寬敞的四周。

果然不出所料，有珍的殯儀館是選在首爾聖母醫院裡最大的禮廳，擺放在門口的花環也綿延不絕。

告別式是往生者生前結識的每一段緣分集合地。美好把視線投向了每一桌的賓客，大部分看起來都是有珍父母與有珍先生的人脈，但是聚集在遠處最前方的一群女子略顯不同，似乎只有她們是有珍的人脈，雖然都身穿黑衣，卻在服裝打扮上可以隱約看得出來每件單品都十分華麗，和遺照裡的有珍散發著相似氣息。

難道是大學同學？職場同事？

這時，世景剛好講完電話，走回告別式會場。

「《市民期刊》的尹記者打來，我說我在吳有珍……不，有珍的告別式會場，她就打來問了我一些問題。」

世景坐在美好的對面解釋著。

「對方都問了些什麼？」

「就只是問我為什麼會來這裡。」

然後呢？妳怎麼回答？

美好把原本想問的話吞了回去，只有默默地摸著水杯。告別式會場工作人員端出了餐點，美好和世景不發一語地夾起了一片厚厚的白煮肉。

「聽說她老公是牙醫師，在狎鷗亭開了一間診所。」

世景順勢轉換話題，似乎是從尹記者那裡聽來的消息。

「她住的房子看起來很高級。」

「畢竟是盤浦洞威望大樓啊，聽說夫家也滿有錢的。」

美好也有聽說過，那棟是國內單價最高的豪宅。世景似乎是沒什麼食慾，翻攪著碗裡的辣牛肉湯繼續說道。

「她有兩名女兒，分別是五歲和七歲，然後……好像也懷有身孕。」

全家福裡的有珍用一隻手扶著微凸的肚子，世景也想起了照片中兩名女孩準備朝有珍懷裡飛奔而去的樣子。

看見有珍被上馬賽克的照片那天，美好上網搜尋了「盤浦洞夫婦遇害事件」關鍵字，網友們七嘴八舌討論著這起既富裕又幸福的家庭所遭逢的重大變故。

十月四日傍晚九點二十分左右，警方接到一通報案電話，地點是盤浦洞威望社區一〇二棟七〇二號，死者是一對夫婦，先生姜道俊和妻子吳有珍。

出動的警察在現場發現姜道俊背部插刀、趴臥在地，吳有珍則是腹部倚靠在陽台欄杆上，上半身倒掛在外。背部身中一刀的先生在經過搶救之後驚險撿回一命，但是側腰同樣被刀刺傷的吳有珍則因失血過多搶救無效。

這起事件旋即佔據社會版面，鬧得沸沸揚揚。

從事件地點發生在盤浦洞威望社區，到富裕家庭突然面臨慘絕人寰悲劇的戲劇化故事，以及被殺的年輕媽媽其出眾的美貌等，都引發不少人關注；但是其中最引人注目的是幾近變態的案發現場。

據傳屋內血跡斑斑，客廳、廚房、臥房、書房、兒童房，無一例外，就連地板上也有滿地的拖行痕跡、印痕，牆壁和家具更是不在話下。

一名警察甚至表示，現場全都是妻子吳有珍的血痕，嫌犯似乎是拖著嚴重失血的吳有珍去各個房間翻找物品。

除此之外，吳有珍被人發現時的死狀也同樣使這起事件的變態程度加倍。

吳有珍是以腹部倚靠在陽台欄杆上的死狀被人發現的，猶如遺體公開示眾般，死相十分詭譎。實際上那天在社區內散步的居民還誤以為是吳有珍要自殺，所以打電話至一一九求救。

網友們針對吳有珍的死狀再度展開一番攻防戰，有些人主張由此可見嫌犯一定和死者有不為人知的深仇大恨，有些人則主張那樣的姿勢一定是吳有珍在嘗試做最後的逃跑。

雖然是如此深受大眾矚目的事件，搜查卻陷入膠著。因為就在事發前一個月，社區才剛發生過私生活監視爭議，所以多數監視器早已被拆除，就連走廊上的監視器也不復在，因此，警方難以掌握當天究竟是誰進出過有珍的住家。

更何況，最先發現案發現場的人也並非警方，而是住在同社區的住戶金鄭宇，他誤以為有珍是準備要跳樓自殺，所以奮不顧身衝進七〇二號試圖阻止憾事發生；他徒手摸過玄關大門的門把，也用沾有血跡的手摸過電燈開關，還破壞了地板上的血痕，因此，案發現場並沒有被完好保存，沒有人曉得在他來回走動的過程中破壞了多少嫌犯遺留下來的痕跡。

警方公開表示，目前是懷疑外部人士所為，但也同時針對先生以及周遭人士展開調查當中。

從世景那裡得知有珍的告別式消息之前，美好一直都在想辦法進一步了解這起案件，直到某個瞬間，她發現自己早已沉迷在這起事件裡，彷彿帶著某種使命，變得執著、密切關注這起命案。她不僅讀過每一篇新聞報導，還加入分析事故案件的社團，並設定好接收最新貼文提醒通知，每天早上醒來都會固定坐在電腦前迎接天亮。

「看來警察是鎖定先生的周遭人士展開調查，往金錢或冤仇糾紛方向偵辦。」

美好聽聞世景這麼一說，便抬起頭。

「那有珍的周遭人士呢？在屋內被四處拖行的人是有珍，又不是她先生，而且還把有珍掛在陽台欄杆上當街示眾。」

美好一直難以擺脫這場悲劇是衝著有珍而來的想法。

「有珍應該是結完婚後就離職了，有了小孩之後也就只有專注在育兒，所以警方才會認為她的人際關係比較單純，鮮少有利害關係吧。」

正當美好要準備反駁世景的那一剎那，兩名女子走進了告別式會場。

一名女子是短髮、高冷的面相，另一名女子則是長捲髮、可愛的面相，兩人的樣貌截然不同，但是全身散發著和遠處最前方那群女子相似的氣息。

果不其然，那群女子的說話聲頓時打住，宛如被按了靜音。

兩名女子神色凝重地走進會場，在兩人上香、跪拜的過程中，坐在遠處前方的那群女子全程眼神緊盯，偶爾也有竊竊私語。

「婷雅和娜英也有來欸。」

那群女子開始往這兩名女子的方向走來。

短髮、高冷面相的女子似乎是婷雅，長捲髮、可愛面相的女子則是娜英。

兩方人馬誰都沒有先開口說話。一群女子用互相探查的眼神觀看彼此，感覺好像還沒有決定好要向對方採取何種態度。

最終，名叫婷雅和娜英的兩名女子流下了豆大的淚珠，頓時間，女人之間的緊張感也消失無蹤，大夥兒圍在一起抱頭痛哭，哭聲持續了好長一段時間。

變成同夥的女子們移去了比較大的桌子，巧的是她們就正好坐在美好和世景的背後那一桌。

聽她們口口聲聲說著某某媽媽、某某媽咪，推測是幼稚園小朋友的家長。

女子們針對這起事件聊了一會兒，用優雅又有條理的方式表達這起事件有多殘忍、自己有多心痛。

美好不知不覺閉起了嘴巴，專心偷聽女子們的對話。

「她的美貌自然是好到沒話說，我第一次看見有珍的時候還以為是女明星呢，後來得知原來和我同年超驚訝的。」

「她的心地也很善良，簡直就是天使。」

她們對有珍的外貌和人品讚譽有加，用各種輝煌燦爛的語詞來修飾，但是實際聽內容會發現，都是一些空泛籠統的東西。

「到底是誰做了那麼殘忍的事呢？要趕快抓到兇嫌才行啊。」

「一定是平時和有珍有結怨的人。」

聽聞某人說得如此篤定，美好連忙回頭查看。

她想要確認最後發言的那個人是誰，然而，女子們早已轉移到下一個話題。

和有珍結怨的人。

難道最後那位發言者也認為整起事件的原因在於有珍？還是她是確信有珍有做某些足以與人結怨的事情？

美好無法忽略最後那位發言者所說的話。

「不過，怎麼沒看見芝藝？」

婷雅問道。

婷雅似乎已經忘掉一開始和其他媽媽們之間的不自在。

「是啊，還以為至少會來參加告別式……」

其中一名女子附和著。

「也是，畢竟她哪有臉來這裡。」

「但是做人至少要有最基本的道義吧。」

「如果她是個懂做人基本道義的人，當初就不會做那種事了，我怎麼想都覺得芝藝當時一定是故意的。」

婷雅和女子們像是早就套好招似地你一言我一語。

關於芝藝的話題很快就被炒熱，女子們紛紛開始講述自己對芝藝這個人的內心評價，聽起來都不是很正面。

鞏固團體內部的最好方式絕對是有一個外部的共同敵人，美好似乎可以理解她們為什麼要突然把話題轉向「芝藝」。

「……只能這樣了。美好，張美好！」

世景的嗓音突然鑽進了美好的耳裡。

就在此時，美好也剛好和婷雅四目相交，於是連忙把頭轉了回來。

「嗯，世景。」

「妳有在聽我說話嗎？」

「抱歉，妳剛才說什麼？」

世景沒有回答。只是用心灰意冷的眼神看著她搖頭而已。

「對不起。」

美好再次道歉。

「走吧，等等還要去見尹記者。」

世景站起身，美好這才發現，世景的表情像是下定了某種決心。

美好和世景走出告別式會場，世景馬上攔了一輛計程車搭車離去，美好則是往吸菸區方向走去。

白煙瀰漫的吸菸室裡充斥著身穿黑衣服的人，裡面形成了一種奇妙的共感帶，每個人清一色都是愁眉苦臉地在吸菸。

美好同樣也想用一根香菸來將蠶食內心的沉重複雜心情燃燒殆盡。美好取出一根菸，正準備要點火。

她看見剛才那群女子從告別式會場一起走了出來，也就是坐在她後座的那群幼稚園媽媽。

她們互相道別，幾位媽媽重返告別式會場，幾位媽媽則是往停車場方向走去，徒留婷雅和娜英在原地。

兩人相隔一步之遙，視線都朝向正前方，沒有一句交談。隨即，一輛進口車開到她們面前停了下來，娜英連向婷雅揮手道別都沒有，就直接搭上了車子。

這段過程中，婷雅也很固執地只有不斷凝視著前方，沒有任何目光交流。

美好沒有多作猶豫，直接將香菸和打火機重新收進包包裡，走出吸菸室。她距離婷雅的位置只有幾步之遙。

「您好。」

美好主動先向婷雅問好。

「啊，喔……」

婷雅用充滿警戒的眼神瞬間認出了美好，她似乎是想起了剛才在會場內與美好四目相交時見過這張面孔。

「我們剛才在有珍的告別式會場裡有見過，還記得我嗎？我是以前和有珍最要好的高中同學，張美好。有事想請教一下——」

「妳和她最要好？」

婷雅滿臉懷疑，當場打斷美好發言，也許是因為高冷的面相導致，她的態度不至於無禮，反倒顯得冷漠。

「嗯，我只是想請問——」

「高中嗎？」

「是。」

「不對啊……」

比起美好為什麼要主動來搭話，婷雅反而對美好這個人比較感興趣，她甚至目不轉睛地盯著美好看了許久，從她的表情中可以看見訝異。

美好不禁想反問，是她同學有什麼不對。

「難道是我看錯了……？啊，算了，別理我。我只是在自言自語。」

她說出了讓人更難理解的內容。

「總之，妳找我什麼事？」

她像是自行找到解答似地收起了好奇心，重新言歸正傳。美好對於婷雅剛才的反應感到不解，但也同樣先暫時收起了內心疑惑。

「我忘了先向您做自我介紹了，我目前在《市民期刊》擔任社群媒體市民記者。」

美好撒了個謊，她在未經世景的同意下，就擅自冒用了她的身分。雖然對世景感到有些抱歉，但也是出於無奈，因為她也實在不曉得得要用什麼藉口來找婷雅攀談。

「市民記者？」

婷雅眉頭緊蹙，彷彿謊言已被識破。

這樣的反應完全出乎美好意料之外，她感到有些錯愕，但也不得不硬著頭皮繼續自圓其說。

「我今天是代表高中同學出席的，原本很擔心有珍會不會走得很孤單，幸好還有各位幼稚園媽媽這樣特地──」

「妳不是說和她是最要好的朋友？可是從剛剛到現在，妳一直都是以同學而非朋友自稱。」

「我有……這樣嗎？」

面對婷雅如此犀利的提問，美好面有難色，因為等於是藉由一個單字，點出了曾經非常要好、卻也失聯十七年，不知該如何定義的友情問題。

「妳都不感到難過嗎？感覺妳們以前應該是很要好的朋友，可是妳現在說話又好冷靜。」

美好的表情瞬間僵硬，她不能再像剛才那樣蒙混過關。

難道她知道我是誰？

剛開始對話時也是，彷彿早就知道有「張美好」這號人物一樣，假如知道的話，究竟是如何得知的呢？在沒有任何資訊的情況下，美好實在不曉得該如何接話。

「請問妳知道我是誰嗎？」美好反問。

婷雅依舊雙眼緊盯美好，卻避而不答。

「那妳的目的是什麼？」

對話跳來跳去，毫無邏輯可言。婷雅彷彿又自行找到了答案，重新繞回了原本的對話主題。她感覺是個習慣主導對話、貫徹己見的人。雖然美好很想追問對方到底是怎麼知道自己的，但她也不能老是糾結在這個點上。美好收拾起滿腹疑問，只好順著婷雅的提問回答。

「因為是高中同學，不，是好朋友，所以由我來負責有珍的案件。我想聽聽看受害者周遭人士看待這起案件的想法，畢竟是關於治安的問題，也會助長當地居民不安感——」

「現在？」

婷雅再度打斷美好發言。

看來她是個習慣打斷別人說話、不把話聽完的人。美好再次錯失替自己解釋的機會。

「如果妳現在不方便，之後再另外約時間也可以，沒問題的，就只是簡單的訪問，諸如描述一下受害者生前是個怎樣的人、案發後妳現在的心情等，簡短說明一下就好。」

婷雅想了一會兒，搖搖頭。

「抱歉，我不想受訪，如果是那種訪問，我覺得不方便。」

「真的很困難嗎？就只是幾個簡單的問題而已，因為我剛好錯過和其他人說話的機會……」

「妳和她不是最要好的朋友嗎？那應該都知道才來找我的吧，不是嗎？妳的演技好差勁喔。」

「啊？什麼？」

婷雅盯著美好看了許久，最後才喃喃自語：「真有意思。」

「總之妳是她的朋友，現在是社群媒體市民記者就對了。」

「對。」

「那妳去看有珍的社群平台就知道啦，那裡都有，妳想知道的事情應該都能找得到。」

這時，一輛進口車正好停在婷雅面前，婷雅對美好輕輕點頭，便坐上了車子。她對駕駛座上的丈夫露出了燦爛笑容。

美好默默看著揚長而去的車尾，才意識到自己竟然什麼資訊都沒要到，反而徒增諸多疑惑。

婷雅這名女子，一開始在告別式會場的時候，為什麼要和其他媽媽展現對立？

為何和一同到場的娜英沒有任何一句交談？

最重要的是，她是怎麼知道我的？

美好不禁感到有些失落。

為什麼都沒有人純粹為有珍的離世感到難過。

當然，針對最後這個問題，她自己和世景也好不到哪去。

突然間，她感受到強烈菸癮。美好在吸菸室裡接連抽了三根菸，然而，在白色煙霧中卻沒能將任何東西燃燒殆盡。

都是一些關於日常、情感、人際關係的紀錄。

光是窺探一個人的社群平台，就能多少看出對方是一個怎樣的人；而這也是長年來在行銷單位擔任社群媒體行銷的美好，最容易初步了解一個人的方法。

回到家的美好坐在沙發上，用手機登入社群軟體。

她在搜尋欄中輸入了「吳有珍」的名字，很容易就找到了她的帳號。她的帳號名稱是「O_su_zzzzi」，追蹤人數有三萬人，貼文數接近兩千則。

簡言之，就是個擁有高人氣又活躍的帳號。

美好點開有珍最後一次上傳的照片，日期顯示為死亡當天，那是一張自拍照，有珍頂著一張精緻的素顏、身穿白色睡衣，在自家客廳裡拍照，背景還有一瓶放在桌上的香檳。

O_su_zzzzi（吳有珍）

「今天是夫妻約會日，孩子們都送回娘家了，準備和老公度過一個熱情的夜晚。各位在想什麼呢？我們只是要一起看電影！哈哈，幹嘛不相信我說的話呀？」

#愛你喔老公 #孩子們掰掰 #十九（表情符號）的夜晚 #DomPérignon唐培里儂香檳王 #BelugaCaviar魚子醬

照片裡的有珍面帶甜美微笑，不見一絲愁容，圓滾滾的大眼睛裡洋溢著幸福，她完全不曉得，那將會是她人生最後一天。

照片底下留著一長串「為故人的冥福祈禱」的留言。

有些人是悼念過去和有珍相處的點滴與內心不捨，有些人則是在痛罵嫌犯豈能如此心狠手辣。有珍的照片和底下的留言成了明顯對比，也因此，這張照片反而顯得有些令人毛骨悚然，與此同時，也喚醒了原本徹底遺忘的恐懼根源——生的另一面即是死。不禁讓人切身體悟到，誰都不曉得周遭發生的悲劇會在何時如何降臨在自己身上。

下一張照片是有珍的兩名女兒坐在餐桌前。

促進食慾的五顏六色食物被盛放在高級餐盤裡。

O_su_zzzzi（吳有珍）

「我的寶貝智律和夏律從小用到大的愛馬仕餐盤。都說不適合盛放色彩繽紛的食物了，兩個寶貝還是堅持要放T.T 孩子們，吃完零食先來上一堂美學課吧！好不好啊？」

#番茄高麗菜捲 #焦糖烤布蕾 #愛馬仕 #不漂亮就不肯吃的孩子 #所以媽媽做菜手藝有進步

近距離拍攝的食物照也一併放在同一則貼文裡。

後面還有和先生一起在車內的自拍照，兩人都對著鏡頭露出了燦爛笑容，先生同樣外表英俊。

O_su_zzzzi（吳有珍）

「剛從婦產科回來！都說沒關係了，還是堅持要來當司機接我回家的老公（感動）醫生說我們家老三在我肚子裡住得很好，很健康。謝謝大家的關心！」

#一大早楊平郡約會 #我的老公是寵妻魔人 #你來接我那誰幫病人看診呢 #艾美婦產科

美好又點開了另一張照片，那是只有一雙赤腳的照片，有珍躺在飯店泳池旁躺椅區，背景還有帶到先生在幫兩名女兒推游泳圈的身影。

O_su_zzzzi（吳有珍）

「昨天凌晨才下班的老公，今天還是親自陪女兒們玩耍T.T叫我乖乖待在躺椅區休息不准動。辛苦你了老公（捶背）。女兒們，長大以後記得要好好孝順爸爸喔！」

＃誰能幫我阻止一下我老公 ＃還以為只有飯店裡有游泳池 ＃五百年沒去水上樂園 ＃今年夏天一樣在BanyanTree飯店

下一張，再下一張，幾乎每一張照片都是類似的炫耀文。有珍的社群平台上充斥著大量的幸福日常照，每張照片的按讚人數都高達好幾百，照片下方的羨慕留言也絡繹不絕。

「jjoojjooo_mom 智律媽媽，實在太羨慕妳啦！全世界的幸福都被妳一人獨享了T.T」

「kim_ms_yy 我只看到先生的腹肌，怎麼辦？ㄎㄎ」

「sumin_love22 @kim_ms_yy 只看到先生的腹肌+1ㄎㄎㄎ」

「hs_yunalina 智律媽媽，菲瑞・威廉斯聯名款香奈兒海灘包是如何買到的呢？放在躺椅上的海灘包，我應該沒看錯吧？最近就算是用優質二手價也都買不到這款呢。」

「O_su_zzzzi @hs_yunalina 前陣子受邀出席香奈兒和菲瑞共同舉辦的名人派對時購買的，先生的朋友剛好有送我們兩張入場券，所以是和先生一同前往參加的。抱歉這個回答好像無法幫助到妳 T.T」

美好開始仔細閱讀每一張照片底下的每一則留言。

連續看了好幾十張的照片貼文後，也逐漸能看出經常來留言的帳號有哪些。光從留言和帳號就能隱約掌握圍繞在有珍周圍的人際關係。

她在社群平台上互動最熱絡的團體是赫里蒂奇美語幼稚園的媽媽們。

都是居住在盤浦洞威望大樓的住戶，年齡層、經濟條件、環境背景都和有珍相仿，每次只要一有新照片上傳，這群媽媽們就會蜂擁而至，紛紛在底下留言。

幼稚園媽媽們的社團名稱叫「美人會」。

由於是一群人在一段期間內籌措資金，所以被稱為標會，但實際上是為了敦親睦鄰而組成的聚會。約莫由十二人組成的這個「美人會」，裡面的媽媽們會一同物色頂級餐廳，參與品質優秀的教育計畫，分享各式各樣的資訊。

不只線上，就連線下也都互動熱絡。

美好想起了那天在告別式會場時，幼稚園媽媽們口中的「芝藝」，她懷疑芝藝該不會也是美人會成員，但是從貼文和留言中都找不到芝藝的名字，光從照片也難以分辨出誰是芝藝。

美好點開了下一張照片。

那是一張夫妻合影留念，背景是在豪華電影院裡。

這張照片也照慣例，吸引不少幼稚園媽媽們留言。

「jjoojjooo_mom 真是的，妳到底要放閃到什麼時候？太令人嫉妒了，哼哼！」

「kim_ms_yy 妳老公的眼神簡直可以流出蜂蜜，眼睛裡都能開一間養蜂場了。」

「hs_yunalina 我前兩週也才剛去過那間，是不是各方面都很棒？」

正當美好在閱讀那些留言時，偶然瞥見了一則吸引她目光駐足的留言。那句話十分突兀，有如在一排整齊劃一的言語中獨自凸出的尖刺。

「chloe_mom 真他媽假惺惺，根本是打腫臉充胖子。」

要是只有這一句留言，其實很容易被認為是遭人妒忌而忽略帶過，然而，愈往下讀就會發現，這名網友的留言很奇怪。

「chloe_mom 三條蛇住在一個家。」

「chloe_mom 蛇爸爸、蛇媽媽、蛇寶寶。」

「chloe_mom 三條蛇住在一個家。」

「chloe_mom 蛇爸爸、蛇爸爸、ㄕㄜˊ爸爸。」

「chloe_mom 蛇爸爸是　蛇媽媽是瘋女人，蛇寶寶是神經病。」

接下來就沒有任何留言了。

這張照片的張貼日期顯示為六個月前，這些留言則是三週前留的，等於是故意找有珍過去張貼的照片來留言謾罵。

美好看了一下這組留言者的帳號，十分眼熟，原本是最頻繁出沒的帳號，卻在三週前左右突然不再來訪。

等於是在約莫三週前的時候，有珍和chloe_mom的關係轉向惡化。

chloe_mom究竟是誰呢？

也許是告別式會場裡遇見的媽媽之一。不論是誰，既然是在接近有珍身亡的時間點關係生變的，就有必要值得多加留意。

美好點進了chloe_mom的個人首頁。

最後一次刊登的照片日期顯示為三週前。美好一眼認出了chloe_mom的長相。

長捲髮加上可愛的臉蛋，正是在告別式會場上和婷雅一起現身的娜英。

比起婷雅，娜英的長相異常模糊，明明兩人都打扮華麗，卻還是難以讓人留下深刻印象。正當美好思索著究竟原因為何時，馬上找到了原因所在。原來相較於婷雅，娜英反而在告別式會場裡幾乎沒有發言，只有用陰鬱的神情凝視著虛空。

就算和三週前的照片做比較，也能明顯看出簡直是判若兩人。三週前，照片裡的她臉頰還紅潤有光澤，笑容甜美，但是不曉得這段期間究竟發生了什麼事，在告別式會場上看到的娜英滿臉憔悴、陰暗憂鬱。

憔悴、憂鬱？

不，應該是比憔悴、憂鬱更為明確的表情。

對，是害怕、受驚嚇的表情。

美好猶豫了一會兒，傳了封簡訊給娜英。她把當初對婷雅說過的話稍做整理。

也各別傳了簡訊給幼稚園媽媽們，內容大致上是表示想要取得「芝藝」的聯絡方式。她別無所求，只求能得到其中任何一位媽媽的回覆。

盯著手機螢幕長時間觀看下來，美好的眼睛感到痠痛不適。不知不覺間，窗外的天色早已由黑轉亮，準備迎接黎明到來。

雖然能做的事情都做了，但是美好的視線依舊離不開有珍的社群平台。她躺在床上，習慣性地滑著手機，確認著每一張照片。這時，其中一張照片抓住了美好的目光。

那是一張八個月前上傳的照片。

美好輪流看著照片和留言。

她瞬間張大了原本惺忪的雙眼，睡意也頓時全消。

美好在床上坐起身，她想著自己是不是看錯了，但那並非錯覺。

她終於明白為什麼婷雅會在告別式會場前對她說那番話了。

原來婷雅有看過眼前這張照片。

照片裡的有珍和一名女子肩並肩、面露微笑。那是一張在餐廳裡請別人幫忙拍攝的合照。

O_su_zzzzi（吳有珍）

「真不敢想像，要是沒有妳，我的高中生活會過得怎麼樣。我的高中好姊妹，世上最可靠的知己，只有妳知道我的一切。妳知道我永遠愛妳吧？」

#這就是友情 #我的好閨蜜也是靈魂伴侶 #像玫瑰花一樣漂亮的妳 #我們之間不存在任何秘密 #願友誼長存

一陣涼風掠過了後頸。

美好再次仔細端詳照片裡的女子容貌。

那是美好從未見過的陌生面孔。

＊＊＊

過了一整天，美好也沒等到娜英的聯繫。

這也許是再理所當然不過的事情。娜英似乎是在三週前就徹底停止使用社群平台。雖然美好有從「美人會」當中的一位媽媽得知「芝藝」——也就是黃芝藝——的聯絡方式，但是不論怎麼聯繫都找不到人，美好甚至還留了一封長長的訊息給她，裡面也涵蓋了簡單明瞭的目的——請她回電，但是自始至終都沒有得到芝藝的回覆。

美好走在盤浦洞威望大樓社區裡的步道上。

才沒幾天時間，天氣就已經變得稍有涼意。微涼的風鑽進了衣角，樹葉由綠轉紅，窸窣作響的空氣裡，飄散著乾枯的樹枝氣味。

「如果我哪天死了，一定是自殺。」

美好想起有珍十七年前說過的這句話。

她是在哪裡說這句話的呢？

那是個和現在一樣風大的日子，她的髮絲在晚風中飄蕩，以漆黑無光的傍晚為背景，幾近蒼白的臉孔顯得格外淒涼。

對，是在遊戲區，有珍家樓下的兒童遊戲區。

當時天色已晚，有珍卻不肯回家，她獨自一人坐在鞦韆上。

「如果我哪天死了，一定是自殺。美好，妳一定要幫我申冤才行。」

雖然美好已經記憶模糊，但是印象中有珍大概是用這樣的口吻說過這句話。

「既然有冤幹嘛要自殺？」美好反問。

於是有珍回答：「因為沒辦法。」

不是的。

「我只有這條路可走，我……」

接下來的那些話被埋沒在風中。

有珍當時身穿的粉紅色針織外套、掠過後頸的涼風、竭力嘶吼的蟲鳴聲，如今仍記憶猶新，但是兩人為什麼會突然聊到死亡的話題，美好則完全想不起來，腦袋像是被一層白霧蒙住般模糊不清；美好只有清楚記得那天的自己是被不祥、害怕的感覺籠罩。

美好沿著步道走了一段時間，往設立在大樓社區內的赫里蒂奇美語幼稚園方向走去。三層樓高的彩色繽紛建築物在陽光的照射下閃閃發亮。

建築物前有一片小草地和沙坑，被低矮的圍牆環繞。緊鄰幼稚園建築物旁就有一處兒童遊戲區，和媽媽一起放學準備回家的孩子們一個接一個跑向遊戲區。美好停下腳步，坐在長椅上，從她坐的位置可以直接將幼稚園與遊戲區盡收眼底。

美好確認了一下時間，三點二十五分。

赫里蒂奇美語幼稚園沒有課後班，放學時間為三點三十分，結束一整天課程的孩子們自然不想錯過遊戲區；果然不出美好所料，媽媽們以幾秒、幾分鐘的相隔時間陸續抵達，人手牽著一輛腳踏車或滑板車，遊戲區瞬間被小朋友和媽媽們擠得水洩不通。

那就是再平凡不過的日常風景，如果以顏色來比喻，也許就是純天然的彩虹色。美好默默望著眼前那片洋溢著開朗陽光氣息的光景。

這時，一名牽著兒童腳踏車往幼稚園方向走去的女子映入了美好眼簾。長捲髮、下垂的眉毛、圓滾滾的眼睛。

那個人是娜英。

娜英把腳踏車停放在幼稚園外，獨自走進幼稚園，把孩子接了出來。小跑步衝出來的女孩立刻坐上了腳踏車往前行駛離去。

娜英則是用緩慢的步伐跟在瞬間離自己遠去的孩子身後。

美好小心翼翼地跟在娜英後面，娜英直接和一群坐在遊戲區長椅上的媽媽們擦身而過。

在娜英經過那群媽媽的時候，她們不約而同地打住了談話，所有人的視線都聚焦在娜英身上，停留了一會兒才各自找到安放之處。

也不曉得娜英對此是否有所察覺，她只有專注於追逐孩子。

三四名騎著腳踏車的孩子距離遊戲區愈來愈遠，孩子們的笑聲沿著社區小徑逐漸消失，娜英和美好也跟著孩子們走進了那條小徑。

小徑在高聳的大樓間形成了風口，強烈的風勢迎面而來。明明距離遊戲區不遠，周遭卻十分安靜。

唰——唯有樹葉被風吹拂的聲響劃破這片寧靜。

此時——

咚，嘎啦嘎啦，咚，嘎啦嘎啦。

美好聽見有東西掉落在地然後滾動的聲音。

美好抬頭仰望天空，以為是下冰雹的聲音。

然而，天空沒有下任何東西，只有風在吹，天色明朗。

咚，嘎啦嘎啦。

又聽見了一次同樣的聲音。美好仔細聆聽，那是從前方傳來的聲音。她注視著距離自己幾步之遙的娜英背影。

美好不禁翻了個白眼，原來是有東西從向下垂放的娜英手中掉落地面。

是小石子。

小徑四周散落著這些小石子，都是娜英撒落的，宛如《糖果屋》裡的漢賽爾與葛麗特把石頭扔在地上找到回家的路一樣，她正在把小石子撒在地上。

「不好意思。」

美好撿起一顆小石子，叫住了娜英。娜英轉身回頭。

近距離看到的娜英臉龐，不僅憔悴，甚至可以用荒蕪來形容。她兩眼空洞，肌膚粗糙，和社群平台上看到的雙頰圓潤飽滿、可愛迷人的臉蛋簡直判若兩人，只剩下骨瘦嶙峋、駭人驚悚的模樣。向下垂放的手臂邋呀邋，像個用細繩懸吊的木偶。

娜英用失去朝氣的混濁眼珠望向美好，她嘴唇微張，試著讓雙眼對焦。當她認出美好時，瞳孔浮現了一層警戒心。

「妳好像有東西掉了。」

美好走向前去，將小石子遞給娜英。娜英不發一語，凝視著美好的手掌。

儘管美好是用半開玩笑的口吻試圖緩和僵硬的氣氛，娜英卻不領情，依然閉口不語。

「不是妳遺落的嗎？」

美好再次嘗試搭話，那是她內心忐忑許久才好不容易說出口的語句。娜英低聲細語、獨自呢喃，聽不太清楚她說的內容。

「抱歉，我聽不太清楚。」

「……不是我弄的。」

娜英嘀咕著，只聽得見她最後說的這句話。

美好沒有要究責的意思，卻被娜英這麼一回答，氣氛反而略顯尷尬。美好故作鎮定，努力延續對話。

「妳還記得我嗎？吳有珍，我是吳有珍的朋友，妳是金娜英對吧？我們上次在有珍的告別式會場有見過。」

「嗯。」

「妳和有珍是同一間幼稚園的家長，對吧？」

「對。」

娜英機械式地回答，眼神則往孩子們騎腳踏車消失的小徑看去。

也不曉得是嫌美好麻煩還是不感興趣，娜英並沒有在專心對話。

不，也有可能是在逃避對話。

她們的眼神沒有交集。

「實在太可怕了，我從沒想過有珍會是這樣離開人間。」

美好繼續說道。

「是啊，真的太可怕。」

「也不曉得怎麼會發生這種事。」

「就是說啊。」

娜英的視線一直緊盯著向右彎去、看不見盡頭的小徑，彷彿是在等待騎腳踏車消失的女兒回來。

「我這幾年幾乎沒和有珍聯絡，所以還滿好奇有珍她過得怎麼樣，請問事件發生前，有珍有經歷什麼痛苦的事情嗎？」

「沒有，沒發生什麼事，和幼稚園媽媽們也都處得很好。」

像機關槍一樣連珠炮似的回答明顯聽得出來毫無誠意也十分官腔。

一陣焦慮感突然席捲而來。

「前陣子我看有珍的社群平台……」

就在這時，娜英突然轉移視線，與美好四目相對，這是她第一次正眼看美好。

「什麼照片？」

娜英的說話嗓音變得像石頭一樣堅硬。雖然美好成功引起了她的關注，卻也使她的態度變得充滿敵意。

「照片？」

美好反問。

「妳不是說有看她的照片？」

「喔，是啊，有看過照片。」

美好連忙附和。有珍的社群平台充斥著大量的幸福日常點滴，如果是指其中一張照片，那麼說自己有看過也絕非謊言。

然而，娜英的反應反而是出乎美好意料。

娜英的表情就像是被揉過的紙張一樣扭曲變形。

「妳到底是誰？」

她的嗓音微微顫抖，甚至開始調整呼吸。美好面對娜英突如其來的態度轉變和從敬語轉為平語的反應感到錯愕不已。

「我剛才有說過……我是有珍的朋友。」

「喔，所以是什麼時候認識的？」

「高中，我們是高中最要好的同學。」

娜英的瞳孔出現些微晃動，眼神中夾帶著後悔。

「不可能。」

「嗯……？」

「不可能！」

娜英漲紅著臉，大聲駁斥。瞪大的雙眼布滿血絲。

「垃圾、臭婊子，我就知道會這樣，還敢耍嘴皮子？」

「欸，妳到底在說什——」

「早該一頭栽進糞坑裡去吃屎的！整天在那邊假清高，開膛剖腹就會發現一肚子髒水，太醜陋，好齷齪，有夠噁心，太可怕了！」

娜英全身顫抖，情緒激動地怒吼謾罵。她揮動著緊握的拳頭，感覺鬱積在心裡已久的強硬情緒瞬間爆發出來，她甚至作勢要撿東西來丟擲。

美好後退了幾步。

「真是大快人心！死有餘辜的臭婊子。」

從她氣喘吁吁說出的最後一句話才得知，原來她前面的那些謾罵是在針對有珍。美好完全無法理解眼下的情形，另一方面，心裡的不安感也開始蠢蠢欲動。

為什麼，到底是為什麼……

會反覆出現同樣的情形。

「妳說這些話也太重了吧，人都已經死了，為什麼還要口出惡言汙蔑死者？」

娜英用冷眼回看。

「汙蔑？那活著的人被汙蔑就無所謂嗎？喂，妳最好先去了解一下妳那好朋友幹的骯髒齷齪事，再來對我說這些話，我可是很想為她的死手舞足蹈的人。」

「有珍到底做了什麼事？」

「妳不是她的高中好友嗎？怎麼可能不知道？」

這又是在說什麼。

「妳到底在說什麼？」

「哼，果然和她一個樣，裝傻一流，物以類聚就是在說妳們吧？」

正當美好要準備細究時，三四名孩子從小徑裡騎著腳踏車回來。

孩子們一邊嘻嘻哈哈一邊搖晃著腳踏車把手，沿著小徑往遊戲區方向騎。他們都還只是幼稚園小朋友，所以騎車的技巧尚未純熟。

此時，美好的手機震動。畫面上顯示的來電名稱讓美好驚訝不已。

是黃芝藝。

怎麼偏偏在這個節骨眼。

一輛藍綠色腳踏車朝她們快速行駛而來，剛好緊急煞停在娜英面前。

「媽！妳有看到我騎腳踏車嗎？」

女孩對著娜英自豪地炫耀著自己的騎車實力，娜英則表現得一副從未發飆過的樣子，氣定神閒地面對女兒。美好的手機一直震動，彷彿是在催促她趕快接起。美好握住手機，視線依舊停留在和樂融融的母女身上。

「雅琳，我們走吧。」

雅琳點點頭，坐上藍綠色的腳踏車，像風一樣衝了出去。娜英在去追雅琳前，先轉身望向了美好。

有個東西伴隨著丟擲動作滾落到美好的腳邊。

是小石子——

一直被娜英緊握在手中的小石子。

美好不禁想起剛才娜英一邊謾罵一邊揮拳的動作，也許是想要把小石子往美好身上丟也不一定。

與此同時，她們聽見了孩子的尖叫聲和腳踏車翻覆的哐啷聲響。美好連忙回頭張望，跌倒在地的孩子正在嚎啕大哭。小徑往遊戲區方向是一條下坡道，在重力加速度的情況下，孩子似乎是因為重心不穩而導致失控翻車，不然就是車輪輾到小石子導致。

坐在遊戲區長椅上的媽媽們匆匆忙忙跑過去查看。

「媽媽……我跌倒了，好痛啊！」「所以都說叫妳要小心了啊！」「媽媽，不是啦，不是那個問題……」

美好輪流看向跌倒在地的小孩、努力安撫的母親，還有散落在各處的小石子。

視線最終停留在漸行漸遠的娜英背影上。

坐在遊戲區長椅上的媽媽們對美好毫無戒備地侃侃而談。

「不知道呢，美人會媽媽們的事情我不太清楚，畢竟她們幾個人經常聚在一起。」

「我也是，但是約莫一個月還是三週前，有聽說過智律媽媽、民聖媽媽、雅琳媽媽三人大吵了一架，她們本來如影隨形，但是從某一刻起就突然分道揚鑣了。啊，她們分別是有珍、婷雅和娜英，三人是美人會的核心成員。」

「娜英變好多，本來是很會撒嬌又可愛的人，某天突然就像個失魂落魄的人一樣，整天行屍走肉似的，整張臉也垮了下來，不太說話。讓我想想是從什麼時候開始的，好像是三週前？對耶，那不就剛好是和有珍、婷雅吵架的時候？」

「了解這件事的人有誰？不知道耶，有誰會比較了解呢……」

媽媽們絞盡腦汁，把不論是有關或者無關的資訊統統告訴美好，甚至還互相比對資訊，確認內容的真實性。正因為是和她們無關、茶餘飯後的八卦話題，所以才會有如此反應，和迴避、怒吼的婷雅及娜英截然不同。

隔天接近中午時，美好準備前往瑞草站。

高聳矗立的建築物外牆上，每一層都掛著律師事務所招牌，在陽光的照射下閃閃發亮。由於時間剛好接近正午，街道上滿是佩戴識別證的人潮，都是準備出來吃午餐的上班族。其實不過幾天前，美好也屬於其中一員，然而如今眼看那些邊聊公事邊走路的上班族，反而覺得自己有點格格不入。

美好跟著人潮一起行走，走到一半停下了腳步，望向眼前的一棟建築物。位於建築物二樓的韓定食是她提前先預約的地點。

美好走向櫃檯，員工引導她往內部包廂入座。她坐在椅子上，才剛喘了一口氣，包廂門就被拉開。

「妳好，我應該沒有遲到吧？」

爽朗的嗓音在包廂內響起。

留著一頭極短髮、肌膚黝黑、眼睛細長、大嘴巴、鷹勾鼻，長相頗有個性的芝藝走進了包廂。

「沒關係，我也剛到。」

美好習慣性地翻找皮夾，卻突然意識到不必交換名片，於是尷尬地說著。

「抱歉讓妳遠道而來，因為除了中午用餐時間以外實在擠不出其他時間。我是在對面那棟大樓裡的律師事務所上班，不好意思上次沒接到妳的電話，妳也知道最近詐騙電話猖獗，還請多多體諒。」

她說話的口吻簡單俐落，在初次見面的人面前也絲毫不見陌生或猶豫的神情，而且說話速度非常快，似乎也在反映她平時忙碌的日常。

「光是這樣願意抽空來和我碰面，就已經萬分感謝了。」

「其實看到妳傳來的簡訊時有嚇到，因為我沒想到有珍會說那種話。」

芝藝面露尷尬微笑，拿起杯子啜飲一口水。

昨天上午，由於美好遲遲等不到芝藝的聯絡，所以傳了一封簡訊給她。

「抱歉一直撥打電話給妳，我是有珍的高中同學張美好，我們已經多年沒有聯絡，但是就在有珍死前，她有透過社群平台傳私訊跟我說她很痛苦，叫我要找妳詢問她究竟都經歷了哪些事……所以我想了解一下有珍生前到底過得怎麼樣。」

在告別式會場上，婷雅和幼稚園媽媽們甚至把芝藝當成箭靶，出現這樣的交談。

「不過，怎麼沒看見芝藝？」

「是啊，還以為至少會來參加告別式……」

「也是，畢竟她哪有臉來這裡。」

「但是做人至少要有最基本的道義吧。」

「如果她是個懂做人基本道義的人，當初就不會做那種事了，我怎麼想都覺得芝藝當時一定是故意的。」

面對有珍突如其來的死亡消息，芝藝會有什麼感受呢？

美好希望那份感覺會是罪惡感，她是抱著這樣的心情傳送了簡訊給芝藝。

雖然一方面因說謊而感到忐忑不安，但是另一方面也不禁期待回覆，因為相較於婷雅和娜英，說不定能和芝藝有比較正常的談話。

「妳說妳是有珍的高中同學吧？這起事件實在是太可怕了，很令人惋惜，還以為這種事情只存在於電影或報紙上，沒想到近在咫尺。我收到消息當下超級震驚，也很心痛，就連我都如此了，更何況妳是她好朋友，一定比我更難以接受。」

點完午餐後，芝藝便主動切入正題，她看著手錶，估測著自己還剩多少時間。

「雖然我和她已經多年沒有聯絡，但還是很心痛，到現在都覺得很震驚。」

美好重複芝藝說過的內容。

心痛、震驚，要是這份心情能用如此簡單的三言兩語帶過，說不定還好一些。

惋惜感在口中蔓延。

「妳說妳今天特地來找我是為了打聽赫里蒂奇美語幼稚園的媽媽們？」

「我是想了解有珍生前過得怎麼樣……因為我看她的社群平台，似乎和幼稚園媽媽們的交流最為頻繁。」

美好如實表達，沒有隱瞞什麼，也沒有加油添醋，有別於婷雅和娜英的反應，芝藝對於美好表示自己是有珍的高中同學一事沒有展現任何反應，她雖然不比婷雅和娜英與有珍關係密切，卻仍是足以和有珍起爭執的關係。美好想要聽聽看從芝藝的立場所表達的客觀論述。

「所以妳不是因為懷疑我而來找我？」

芝藝面帶開朗笑容說道。

「什麼？」

美好感到有些錯愕。

「沒關係，只要是赫里蒂奇美語幼稚園的媽媽們應該都知道我和有珍之間發生過什麼事，她們應該會經常提起那件事，議論紛紛，甚至說我們兩個王不見王，認為我現在應該已經開心得手舞足蹈。」

美好在告別式會場上偷聽到婷雅和幼稚園媽媽們的聊天對話以後，便將芝藝歸類為與有珍有冤仇的人，但是從芝藝親口承認自己和有珍的關係不好來看，她們之間的衝突似乎也不是什麼很嚴重的問題。

「其實我有在告別式會場裡聽聞其他媽媽在討論妳。」

芝藝嗤之以鼻，覺得莫名其妙。

「我也有去告別式喔！我只是刻意避開那群媽媽，所以當然不會看到我出現。果然，這些歐巴桑還真以為世界繞著她們在轉。」

「原來妳有去。」

「當然嘍，都發生了那種事，怎麼可能不去。而且我其實和有珍早在三週前左右就和好了，是她先主動聯絡我的，說要找我聊聊，所以當我得知她遇害時，一方面也很慶幸自己當時有和她和好。」

三週前。

這是個從多人口中反覆出現的時間點。

所以可以合理推測出三週前，有珍、婷雅、娜英之間發生了某件事，三人大吵了一架，從此決裂，娜英在有珍的社群平台上留言謾罵，有珍則是主動向芝藝尋求和解。

和婷雅、娜英關係生變的有珍，說不定是為了保障自身勢力而拉攏芝藝，這樣才能壓住有關自己的負面評論，在媽媽們之間站穩比婷雅和娜英優越的地位。

這樣想會太偏差嗎？

美好不得而知，也許是因為自己看多了職場鬥爭，所以浮現這種念頭，也或許和高中時期的有珍有一些關聯，所以才會自然產生這樣的聯想。

「我方便請教一下，妳和有珍當時是為了什麼事情而起衝突嗎？」

「其實就只是件小事，但也有可能是只有我這麼認為，對於有珍來說是大事也不一定，我也是如今重新回想起那件事情，才對她感到有些抱歉。」

芝藝凝視虛空，喃喃自語，她似乎覺得氣氛有些尷尬，繼續說道。

「應該是六個月前左右，黃金班孩子們的校外教學活動日，由我負責準備便當餐盒，那種事情一直以來都是由美人會媽媽們統籌，但是可能有人表示不滿，認為體諒職業媽媽也應該有個限度，不應該屢屢代勞。」

「在Heritage黃金班的媽媽群組裡嗎？」

「不是，當然不會在群組裡公開這麼說，應該是從美人會媽媽們另外開的聊天室裡傳出來的，叫我要負責準備便當，所以我就一口答應了。」

然而，從選擇便當店開始就頻頻卡關，媽媽們都希望能找到價格較高、健康又好看的便當業者，芝藝像是在伺候公司主管般，整天都要把自己打聽到的便當店資訊更新給媽媽們做決定，徵詢大家的同意。那間上次有吃過、那間是用便宜的塑膠盒、那間不是用有機的食材……經過三番兩次被否決之後，好不容易才選定了便當業者。

她訂了店內價格最高又最好的餐點，韓式甜辣炸雞塊、馬鈴薯可樂餅、炒章魚香腸、小雞造型鵪鶉蛋等，這些食物被盛放在漂亮的容器裡，送至戶外活動場地。

感覺一切的安排都將順利完成。芝藝收到外送已完成的通知訊息後，終於鬆了一口氣，心想著接下來應該可以專心工作了。

不過，芝藝卻忘了一件事。

那是絕對不容許忘記，極其重要的事情。

「智律對花生過敏是幼稚園裡所有媽媽眾所周知的事情，她只要吃到花生，就會立刻全身起疹子、發高燒，所以在訂便當時，有珍也有對我千叮嚀萬交代絕對不可以放花生。但是就在約莫下午兩點鐘左右，我一心專注於工作的時候，腦海裡突然閃過這件事，眼前突然一片白。」

「……妳忘記了嗎？」

「對，我承認自己的確很糟糕，再怎麼忙也不該忘記這種事……當下真的是冷汗直流，立刻打電話給便當店老闆，詢問他是否有在韓式甜辣炸雞塊裡撒花生，老闆則是回應，他為了讓小朋友們方便吃，還特地把花生磨成了細緻的粉末撒在醬汁上，完全看不出有花生。」

聽聞老闆這麼一說，芝藝嚇得花容失色，連忙致電給幼稚園班導師，暗自祈禱幼稚園老師能嗅出花生味，主動幫智律把韓式甜辣炸雞塊從便當盒裡挑出來，然而，班導師的回覆卻有些奇怪，她說學校沒發生任何事，智律都已經吃完雞塊兩小時了。

「怎麼回事？」

美好詢問。

「所以之前說的都是謊言。」

也許是想起了當時的記憶，芝藝的臉上閃過了厭煩的表情。

「誰？」

後來因為便當菜裡添加花生這件事而展開了一系列的真相攻防戰，班導師向芝藝確認過好幾次，芝藝也多次追問便當店老闆，一切屬實，便當裡的確有加花生粉，智律也有吃下炸雞塊，於是，媽媽們和班導師開始感到錯愕。

「後來有珍就把智律接走了，隔天智律也沒去幼稚園，說是去醫院接受精密檢測。那天晚上，有珍在媽媽們的聊天群組裡表示，智律的花生過敏問題已經痊癒了。」

「所以看來妳是不相信她說的話。」

美好看著芝藝說完話以後露出來的神秘表情說道。

「很遺憾的是，我能夠一眼看穿有珍在說謊，而且不只我，當時還有其他媽媽也說了類似的話。」

「所以才會和有珍結下梁子。」

「對，可想而知，一夕間謊言被拆穿的有珍會有多錯愕，但她也都沒有生很大的氣或者勃然大怒，妳也知道有珍她是屬於哪一種類型的人。」

「那她是怎麼說的？」

「她在媽媽們的聊天群組裡說，『我不覺得芝藝會是故意做這種事的人』，很巧妙的回答吧？自此之後，其他媽媽們就開始揣測我一定是故意的。」

當你愈是否定一件事情，就愈有可能產生反效果，使該件事情成真，因此，愈是強調「不是故意的」，就愈容易使人認為「就是故意的」。

有珍只用一句簡單的回答，就徹底轉移了媽媽們的焦點，從「花生過敏是不是謊言」變成「芝藝是不是故意的」。

有珍究竟是刻意還是無意？是不是故意用這種巧妙的回答來試圖轉移媽媽們的焦點？

「可是，有珍為什麼要說那種謊呢？」

芝藝聽聞美好的提問，便瞇起眼睛，滿臉懷疑。

她迴避視線，身體向後靠在椅背上，再拿起紙巾，擦拭嘴角。她看起來像是在爭取時間，思考著該如何回答這個問題。

「是啊，為什麼要說那種謊呢？」

芝藝用充滿疑問的口氣重複說道，並用手指敲了敲桌面。

嗒、嗒、嗒、嗒嗒、嗒嗒嗒嗒。

「到底為什麼呢？」

美好凝視著芝藝敲打桌面的手指，速度愈來愈快。芝藝則是依舊把目光投向遠處。

「難道是想讓自己的孩子顯得比較特別？」

芝藝說的話瞬間在風中消失無蹤，飄浮在空氣中的那些字句也無跡可尋。相較於她那雲淡風輕的口吻，敲打桌面的手指卻是快得令人心煩意亂。

「敏感又細膩的孩子，大概是這種形象設定……？」

後面補充的這句話更是像羽毛般輕盈，耐人尋味。

一陣涼風拂過美好的後頸，她的內心不禁又產生了另一個疑問。

芝藝真的是忘記提醒店家不能放花生嗎？

美好不發一語，不做任何反應。

敲打桌面的聲響停止了，在高密度空氣中，敲打桌面的聲音宛如回音。

三週前，有珍和芝藝真的有和好嗎？

其實都只是芝藝個人的說法罷了。

芝藝轉頭望向美好，兩人的視線短暫交流。

這時，拉門剛好打開，服務人員推著推車走了進來。一盤盤用小碟盛放的食物被端上桌。

「我們要不要先吃飯？好餓喔。」

芝藝面帶微笑，主動打破沉默。美好同樣用微笑予以回應，頷首同意。

餐廳菜單的選擇不多。

兩人以精緻清淡的食物果腹。用餐期間，只有閒聊一些輕鬆話題，包括天氣、電影、事件、事故等。

服務人員將空盤和空碗收走，端來了梅子茶，那是個進入正題的絕佳信號。芝藝用梅子茶潤潤喉，開口說道：

「時間剩不多了，我們竟然都沒聊到正題，妳來找我想必是希望能聽到一些不一樣的內容吧？」

芝藝巧妙地起了話頭，美好雖然很想再繼續探聽芝藝對有珍的想法，可惜時間有限，如她所言，兩人只剩不到二十分鐘的時間。

「有珍生前和宋婷雅、金娜英之間的關係如何呢？」

當話題轉移至婷雅和娜英，芝藝的眼神立刻出現異樣光彩，和聊她個人的時候不太一樣，和坐在兒童遊戲區長椅上的媽媽們在聊八卦時是類似的神情。

「妳知道吳有珍、宋婷雅、金娜英這三人，是赫里蒂奇美語幼稚園黃金班媽媽群裡的核心人物吧？也有另外和其他幾位媽媽一起創立美人會，但其實事情並沒有這麼簡單。」

芝藝輕輕鼻笑，接著說道：

「她們三人，做了一件滿有趣的事情。」

「什麼事？」

「幸福對決。」

「幸福對決？」

「妳看喔，她們都住在全韓國最頂級的威望大樓裡，都開賓利或法拉利，也都有收藏各種款式和顏色的愛馬仕包包，然後都長得很漂亮，但是只有這樣嗎？不只，她們的先生不是醫生就是律師、企業家，既然想要的條件都擁有了，炫耀自己多富裕就不再具有意義。」

「也是，畢竟大家的條件都差不多。」

「所以要炫耀什麼呢？炫耀什麼才能證明自己比其他人優越？」

「幸福嗎？」

美好回答。

「賓果，答對了，用錢也買不到的東西，她們三人開始比賽誰比較幸福。」

幸福對決。

先生多麼愛我。

婆家多麼疼我、尊重我。

養小孩多麼順利，多麼不用操心育兒。

孩子們多麼聰明可愛。

擁有多麼豐富多元又堅如磐石的人際關係。

這一切都是幸福對決的主要指標，而且展開幸福對決的主舞台正是社群平台。

美好在腦中浮現了有珍的社群平台，清一色都是在曬她的幸福日常。

被芝藝這麼一說，美好這下才發覺原來有珍寫的每一句話、加的每一個標籤，都是經過精心設計的，她都有預先思考過自己會被如何看待，並且一步一步構築出屬於自己的形象；而且美好也終於明白，有珍為什麼要上傳一張和奇怪女子的合照，冒充成美好。

「真不敢想像，要是沒有妳，我的高中生活會過得怎麼樣。我的高中好姊妹，世上最可靠的知己，只有妳知道我的一切。妳知道我永遠愛妳吧？」

#這就是友情 #我的好閨蜜也是靈魂伴侶 #像玫瑰花一樣漂亮的妳 #我們之間不存在任何秘密 #願友誼長存

幸福的條件之一，豐富又堅如磐石的人際關係。

原來她是不想讓人發現，自己和高中同學失聯已久的事實。

美好感覺有著滿腹苦水。

「更有趣的還在後頭。妳知道嗎？這三位媽媽竟然還有各自設定的形象，等於是自編自導了一套故事。有珍是走育兒、料理等十項全能的超人媽媽路線；婷雅則是走懶得管家中大小事，卻仍集先生和小孩寵愛於一身，讓她十分受不了的路線；娜英則是走雖然在料理、育兒、家事等各方面都不擅長，也經常犯下失誤，卻還是備受先生和孩子疼愛呵護、不能沒有她的路線。」

「雖然我不曉得這樣說合不合適，但感覺的確滿……符合她們給人的印象。」

典型美人臉、穩重有氣質的有珍，的確適合超人媽媽形象；給人高冷印象的婷雅、可愛童顏的娜英，也確實充分運用了外貌散發出來的氣息，找到各自適合發揮的路線。

「是啊，所以有珍是三人當中最累的人，畢竟超人媽媽真的要做到萬事都能面面俱到。妳知道為什麼有珍要懷第三胎嗎？」

「為什麼？」

「妳看婷雅是生一個兒子，怎麼樣？是不是很符合懶惰媽媽的路線？娜英也只有一個女兒，這對於粗線條的媽媽來說，也算是滿符合形象的。但是有珍只有兩名女兒，對於完美媽媽來說反倒顯得不太完美。『兩名女兒？可是也無法選擇孩子的性別啊，應該要有個兒子才行！』類似像這樣的心態。其實子女性別是無法用錢來決定的，但是假如連懷胎生子都能如她所願，是不是就能顯得超級幸福呢？」

真正幸福的人。

就連幸運之神都站在自己這邊的那種人。

「總之，一開始只是一些小競爭，後來愈演愈烈。我是因為比較沒時間，所以很少登入社群平台，但是聽其他媽媽們說，她們三人到後來甚至為了測驗先生到底多麼愛自己，還進行過偷拍直播，持續了好長一段時間。」

「所以芝藝妳是認為，她們三人三週前的爭吵應該是和這場幸福對決有關嗎？」

「在我看來一定是有發生某件令她們忍無可忍的事情，讓日益緊繃的情緒啪一聲瞬間斷裂。」

「那會是什麼事情呢？」

「這就不得而知了，說不定從三人的社群平台可以看出一些端倪？畢竟是展開幸福對決的主戰場。」

芝藝確認了一下手錶，轉眼間，指針已經指向一點鐘。

她喝光梅子茶，從位子上站起身，美好連忙跟著一起起身，遞上了簡短的感謝。

「都說殺人事件的主要動機不外乎是錢和情，但是啊，在我看來，一個人的行為動機是不能如此簡單做區分的，嫉妒、憐憫、恐懼、佔有欲、控制欲，儘管是非常細微的情感，都有可能衍生成龐大的殺機。」

有珍的死就散發著這種氣味。

芝藝最後留下這段話，便離開了餐廳。

＊＊＊

O_su_zzzzi（吳有珍）

「和智律、夏律一起來百貨公司！今天沒有保母阿姨同行，難得和媽媽的母女約會。每人兩手拎一只新娃娃，看起來簡直就像小天使。店員說我們像三姊妹，各位認為呢？我們有像姊妹嗎？哈哈」

#光是珠珠的秘密就有百萬隻 #保母阿姨快回來啊 #和女兒們的幸福約會 #預約二十年後的三姊妹 #樂天百貨公司VIP休息室

「jjeong_ah_ssong 智律夏律的衣服好可愛喔！是啊，都說女兒長大以後會當媽媽的好朋友，但我還是只要有我的寶貝兒子民聖就滿足了，完全不知道該如何處理小女孩的敏感和愛哭。」

「O_su_zzzzi @jjeong_ah_ssong 不能拿少部分的小女孩來以偏概全啦，我們家智律和夏律一點都不敏感也不愛哭喔！^^超級好養，非常乖巧。」

「jjeong_ah_ssong @O_su_zzzzi　是嗎？可是我上次有看到夏律整個人躺在地上哭鬧啊，小丫頭哭得好淒厲呢，所以想說妳一定為孩子吃足了苦頭。」

「chloe_mom　夏律胖嘟嘟的臉頰肉實在太可愛，哈！到底像誰了？不過，長得不像爸媽又怎樣，只要健康長大就好嘍！」

「O_su_zzzzi @chloe_mom 不是都說女大十八變嗎，我們家夏律其實長得像我小時候，簡直一模一樣，很期待她長大以後會變得多麼漂亮。^^」

「chloe_mom @O_su_zzzzi　哇，原來！我還在想是不是應該去做個親子鑑定呢。」

jjeong_ah_ssong（宋婷雅）

「兒子從遊戲區摘回來說要送給我的花，看來是看見爸爸昨天送我花，有模有樣地學他爸，父子倆果然一樣，都是整天要黏著我的跟屁蟲。」

#父傳子承 #停止跟蹤媽媽 #昨天今天都有收到花 #甜蜜浪漫的大小男人

「O_su_zzzzi 民聖真的好貼心喔，以後有了女朋友一定會是個很會照顧人的男朋友。不過昨天警衛大叔很生氣有人把花圃踩爛，貼心固然是好事，但可能還是得先學習懂得愛惜小生命。」

「jjeong_ah_ssong @O_su_zzzzi 對啊，警衛是說夏律把花圃踩爛的吧？夏律的確是該好好學習疼愛小生命，所以才說家教很重要啊。」

「chloe_mom 妳老公送妳花？那一定很困擾吧？我超級討厭別人送我花。T.T」

「jjeong_ah_ssong @chloe_mom 聽說昨天珠妍媽媽也有收到花，妳現在是講給珠妍媽媽聽的嗎？」

chloe_mom（金娜英）

「啊！又失敗了T.T今天為了幫老公慶祝勝訴紀念，特地準備了驚喜蛋糕，可惜失敗了……T.T老公是叫我什麼事都別做，雙手連水都別碰，為什麼我卻老是要自己沒事找事做呢？T.T

*

老公說這塊亂七八糟的蛋糕最美味T.T謝謝你，愛你喔♡」

#老公說是食譜的問題不是我的問題 #恭喜老公勝訴 #雅琳千萬不要遺傳到媽媽的手藝喔

「jjeong_ah_ssong 我可以理解，有些人就是天生的屎手，做什麼都不成功。」

「O_su_zzzzi 難怪，每次只要雅琳來我們家就會開始瘋狂吃零食，可憐的雅琳T.T」

美好一邊瀏覽三人的社群平台，一邊獨自呢喃。

她坐在一間位於瑞草站附近的咖啡廳二樓，和煦陽光從一扇大大的落地窗外灑進室內。在上班族一哄而散的位置上，只剩下大白天的慵懶感。美好和芝藝分開後，她便獨自前往這間咖啡廳，她需要一點時間來重新咀嚼芝藝說的那些話。

另外，也需要一段獨處時間來重新確認吳有珍、宋婷雅、金娜英三人的社群平台。

她們的幸福對決似乎是從一年前開始的。剛開始只是一些小競爭，但是隨著時間流逝，競爭也愈演愈烈，語帶暗諷的留言也變質成巧妙的攻擊。

除此之外，否定對方、煽動輿論、挑撥離間的留言也明顯可見。

美好獨自思索，她們之間的矛盾糾葛究竟到什麼程度，是否嚴重到想要將對方陷害致死。

然而，就算恨對方恨得牙癢癢、動過想殺死對方的念頭，也和實際犯下殺人案是兩碼子事，畢竟嫉妒彼此是很常見的事，更何況這三人都是包袱很多的人，如果真要到痛下殺手的程度，想必需要更關鍵的契機。

說不定那個關鍵契機就是發生在三週前。

「約莫三週前，有聽說過三人吵了一架，她們本來如影隨形，不知從哪天起，就分道揚鑣了。」

「娜英變好多，就像個失魂落魄的人一樣，整天行屍走肉似的。讓我想想是從什麼時候開始的，好像是三週前？」

「我其實和有珍早在三週前左右就和好了，是她先主動聯絡我的，說想要找我聊聊。」

三週，這是從每個人口中反覆出現的時間點。美好確信，一定是在三週前發生了一起關鍵事件——三人大吵一架、分道揚鑣的契機；娜英在有珍的社群平台上留言謾罵、停止更新社群平台的契機；有珍下定決心要重新拉攏芝藝的契機。

美好揉著乾澀的眼睛，連到婷雅和娜英的社群平台帳號，她重新仔細閱讀那些早已看過多次的貼文。

三週前，婷雅依照慣例用她那一派輕鬆的口吻，描述著兒子用英文報告的照片。

jjeong_ah_ssong（宋婷雅）

「我兒報告中，不愧是美國人，發音非常道地。」

#兒子其實是美國公民 #也是黃金班代表 #報告主題是相互尊重與包容 #希望有人願意用心傾聽

以三週前為起點不再使用社群平台的娜英，最後一次上傳的照片顯示著和女兒身穿母女裝。

chloe_mom（金娜英）

「只要是媽媽穿戴的東西，雅琳都想要跟著模仿，哈哈。這麼喜歡媽媽嗎？媽媽也是世界上最愛最愛妳的人喔！」

#和媽媽一起當雙胞胎吧 #世界上最愛的寶貝 #這就是所謂的幸福

美好目不轉睛地盯著娜英和雅琳的合照。

社群平台裡的娜英展現著極度疼愛女兒的母親樣貌。

難道是自己太敏感。

美好實在不敢相信，眼前這名女子就是在孩子們馳騁的腳踏車路口上偷扔小石子的女子。

她還想起娜英氣得面紅耳赤、破口大罵的面孔。

彷彿失去共感能力，情緒也顯得極度不安。

假如三週前有發生某件事，而且那件事足以在她不安的內心與長期積累的厭惡感上點燃火苗，成為引爆點的話……娜英絕對是很有可能犯下殺人案的人。

美好整理好自己對娜英的看法以後，再連進去有珍的帳號。眼下當務之急，找出三週前的關鍵事件至關重要。

和先生在法式餐廳舉起紅酒杯拍下的合照、兩個女兒在親子餐廳摟著爸爸的左右手照片、站在全身鏡前分享今日穿搭的自拍照等。

美好滑著一張張幸福感氾濫的日常照，卻突然看見一張稍顯違和的家庭照。

美好蹙眉，仔細端詳這張照片。

那是在幼稚園發表會當天，一名小女孩站在禮堂前進行英文演講的照片。班導師站在距離小女孩一步之遙的距離協助演講，小女孩的父母則是坐在禮堂最前排，滿心歡喜地觀看著女兒演講。

美好第一次看見這張照片時沒有察覺任何異狀，以為只是有珍的家庭照，隨意滑過，照片裡的父母甚至只有出現一半側臉。由於這張照片是張貼在有珍的社群平台上，所以美好理所當然以為，照片中正在進行英文演講的小女孩是智律，但是她仔細一看，赫然發現原來這張是別人的家庭照。

照片中的小女孩不是智律，而是雅琳。

是娜英的。

O_su_zzzzi（吳有珍）

「觀看的眼神充滿愛意。」

#觀看的#眼神#充滿#愛意

這是一則罕見的簡短貼文，標籤也和描述內容如出一轍，甚至因為將單字各別拆開來，反而有一種加強語調的感覺。

太奇怪了。

有珍在這張照片前後從未上傳過其他人的照片在自己的社群平台上。

美好認為有珍的每一張照片和貼文都是有經過仔細考量、嚴格管控才上傳，不可能沒來由、沒目的地去張貼娜英的家庭照。

美好滑到下一張照片，在這則貼文裡，還有同時上傳另外兩張照片，都是娜英在幼稚園裡的家庭照。

一張是娜英夫婦面露微笑看著雅琳在玩吹泡泡的照片，一張則是在萬聖節活動時夫妻倆對著身穿小魔女服裝的雅琳拍手的照片。

乍看之下就是極其幸福又日常的照片。

照片描述內容也平凡無奇。

然而，這些家庭照的主角——娜英似乎不這麼認為，因為她在這則貼文底下留下了尖銳留言。

「觀看的眼神充滿愛意。」

#觀看的 #眼神 #充滿 #愛意

「chloe_mom 夠了喔。」

「O_su_zzzzi @chloe_mom 什麼夠了？我還沒開始呢，呵呵。」

「jjeong_ah_ssong 真的是眼睛裡要流出蜂蜜了ㄎㄎㄎㄎㄎ」

如果無意間滑過去，會以為是有珍代替娜英張貼其幸福和樂的家庭照片，娜英則對此感到害羞，有珍回應要繼續幫娜英上傳更多幸福照，婷雅也對於娜英的幸福照感到羨慕；然而，三人的對話不可能如此平凡，一定是話中有話。

難道在這張照片裡隱藏著娜英的秘密或弱點？有珍為什麼要特別將這些照片上傳至自己的社

群平台？

美好持續凝視著這些照片，沒有任何靈光乍現，就只是一張愈看愈覺得平凡的照片。美好摘掉眼鏡，用力按壓太陽穴。

共同點，是啊，有沒有什麼共同點呢？

這些照片都是以幼稚園為背景，也都有出現娜英和她的丈夫，以及女兒雅琳。

然後……

原本一片漆黑的腦袋突然亮起燈光，美好找到了三張照片的共同點。美好重新戴上眼鏡，輪流確認這三張照片——演講照、吹泡泡照、萬聖節照。

咖啡廳裡明明是瀰漫著溫暖的空氣，美好的手臂卻起了雞皮疙瘩。

「班導師……」

美好喃喃自語。

沒錯，班導師，是班導師。

三張照片裡都有出現班導師。

演講照片裡的班導師，是站在距離雅琳一步之遙的位置，觀看著雅琳演講。

吹泡泡照片裡的班導師，正在把泡泡棒交給雅琳。萬聖節照片裡的班導師，則是在幫雅琳戴上小魔女的帽子。

長直髮、白皮膚、精緻小巧的五官，給人可愛印象的年輕女子。

娜英和班導師給人的印象倒是滿相近的。

彷彿反映著娜英老公的品味似地。

「觀看的眼神充滿愛意。」

這是指誰看誰呢？

問題在於究竟是誰觀看誰的眼神。

三張照片裡的娜英夫婦視線都是朝向雅琳，但是因為角度關係，如果真要將其扭曲成娜英的老公在觀看班導師也不為過；假如並非事實，就算有珍胡謅瞎編的，娜英也不需要如此激動，反而應該要生氣有珍是在暗中傷害、侮辱她才對，可是娜英的反應等於是不打自招。

「夠了喔。」

一定是因為這件事，三週前，有珍、娜英、婷雅，三人之間的關係才會走向決裂。

娜英老公與女兒的班導師外遇。

美好馬上連進幼稚園官網。

赫里蒂奇美語幼稚園是在三年前威望社區完工落成時設立的，標榜互動式學習課程，總共由三個班組成——七歲的黃金班、六歲的鑽石班、五歲的白金班。

有珍、婷雅、娜英的孩子目前都是七歲，就讀黃金班，雖然黃金班裡也有細分成好幾個小分班，但是三人的子女恰巧都被分在黃金一班。

美好查了一下黃金一班的班導師。

「趙兒菈」

雖然只有二十多歲接近三十，但是從赫里蒂奇美語幼稚園草創時期就加入了，有著豐富的教學經驗。

美好重新點開手機裡的社群應用程式，從現在起，需要的是耐心、毅力與恆心，所幸美好對於這三點都頗為擅長。

太陽西下。

趕著下班的汽車噪音從窗外傳了進來。

人們在昏暗的光線下，匆忙邁開即將結束一天的步伐。

儘管周遭座位早已換過多組客人，美好依然全神貫注在巴掌大小的手機畫面上，不久後，辛苦總算有了回饋。

「找到了。」

美好像是在嘆息，低聲呢喃。

她頓時解除緊張，將身體倚靠在椅背上，這時才終於拿起早已涼掉的咖啡喝了幾口。她的手機上顯示著好不容易找到的趙兒菈社群平台帳號。

可能是為了避免被幼稚園媽媽們發現，感覺得出來趙兒菈的個人帳號是有所防範的，也因此，美好在搜尋她的帳號時，可說是費了好大一番功夫。不過，趙兒菈可能很有把握自己的帳號不會被幼稚園媽媽們搜尋到，所以直接將自己的全貌赤裸裸呈現在個人平台上。

美好放下咖啡杯，把視線重新挪回手機畫面。

濃妝豔抹、身穿露肩上衣在夜店裡的照片；一席防曬泳衣在海邊衝浪的照片；滿心期待想要入手的精品包包或高跟鞋照片等……

社群平台上的她，儼然不是幼稚園老師趙兒菈，而是二十幾歲年輕活潑的女子趙兒菈。

arara_jo（趙兒菈）

「等等，先讓我擦個眼淚，今天就讓我大肆炫耀一下吧！

歐爸送給我的交往200天紀念禮物！！！！！！！願望終於實現了T.T」

#歐爸我愛你♡♡#交往200天紀念禮物 #chanel_classic_caviar_small!!!!!!!! #要哭了

「和歐爸一起來度假！真的是很難得的假期（哭）

放鬆享受完再回去喔～」

#馬爾地夫六天四夜遊 #In_Ocean_Pool_Villa_with_Sala #情侶海娜紋身 # Sunset_cruise #spa保養

趙兒菈的社群平台上散發著一股濃濃的粉紅戀愛氣息。

男友送的名牌包、男友帶她去的餐廳、與男友一起旅行等，和一般熱戀中的女人一樣，她也是毫不吝嗇地公開分享著自己和男友愛得你儂我儂的日常。

除了男友的長相以外。

觀察趙兒菈的社群平台可以發現，男友的長相從未被公開過。

美好重新連進了娜英的社群帳號。

chloe_mom（金娜英）

「好難過喔……老公出差去了。

竟然在這最適合出遊的夏天跑去出差！快把老公還給我～還我老公！還我老公！」

我不依，我不依！

＃老公說回來一定會補給我一份大禮＃我一定選最貴的＃不過比起禮物還是更想要老公＃等你

呦老公

趙兒菈與男友去馬爾地夫旅行的日期是七月二十五日，娜英的先生同樣也是在七月二十五日出差。

張美好嘆了一口氣，她馬上可以猜想到娜英的先生與幼稚園班導師的不倫戀。就算日期重疊純屬巧合，兩人依然有充分的外遇之嫌。

娜英知道先生與趙兒菈之間的關係嗎？

如果她不知情，那麼有珍就等於是在暗示他們兩人的婚外情；要是她本來就知情，那麼有珍就是在破壞娜英的幸福。不論是前者還是後者，對於娜英來說應該都是難以承受之苦。

這就是為什麼從三週前開始，娜英停止更新自己的社群平台，整個人變得六神無主、行屍走肉的原因。

美好覺得荒謬無語，將身體倚靠在椅背上。

她突然想起過去在社區裡有一個家庭選擇走上絕路的事件，一對年輕夫妻親手掐死兩名子女，孩子們分別只有五歲和三歲，隨後夫妻倆也上吊身亡，主要是因為二〇〇八年金融危機的時候先生投資的鉅額股票一夕間變成廢紙的緣故，這對夫妻才會做出極端選擇。

然而，這起事件後來出現逆轉，儘管家道中落，那對夫婦名下仍有一棟市值六億（約台幣一千四百萬）的公寓，當時民眾都感到十分不解，只要賣掉房子還清債務搬去住小坪數的房子就好了，何必要執意尋死。

美好當時也是這麼認為，覺得是夫妻一時的錯誤決定所釀成的人倫悲劇，然而，現在的她似乎可以理解了，那對夫妻並不是因為生計問題走投無路而選擇自殺。

他們是因為無法容忍自己失敗，難以接受自己在社經地位、名譽、財富等方面一蹶不振。也許那對夫妻也有一心想要守護的東西，而且是犧牲性命也在所不惜的東西。

娜英一定也是如此。

住在威望豪宅社區、經營律師事務所的丈夫、人稱童顏的美貌、聰明優秀的女兒。

「富裕又幸福的家庭」，當她放下這樣的頭銜時，不，當這樣的頭銜被人粉碎時，她會陷入多大的絕望感之中呢？懷著難以啟齒的痛苦一段時間過後，是否就會以充滿攻擊性的方式來宣洩呢？

美好重新連進有珍的個人帳號。

「觀看的眼神充滿愛意。」

有珍在自己的社群平台上刊登娜英的家庭照，然後暗諷娜英老公的不倫戀，無疑是惡劣的行徑。

美好心知肚明，有珍的確不是純淨無瑕之人，優雅端莊、沉穩理性的形象背後，其實也有著狡猾陰險的一面。

美好想起十七年前，世景聲嘶力竭的哭聲。

「是她把人害死的！」

「韓周賢死了！」

「他在學校裡跳樓。」

「都是因為那個瘋女人！」

世景哭到泣不成聲，甚至昏迷不醒。空無一物的有珍書桌，美好看著哭成一片的教室，不發一語地蹲坐在地。

花圃和地板上的血跡、對母親發脾氣的自己、從窗外飄來的菊花花瓣、繞行操場的靈車、痛哭、尖叫、難以區分究竟是現實還是幻影的早年記憶，在美好的腦海裡一一閃過。

美好停止思考，內心一隅感到酸澀，就算想要抹去也一直會重新浮現的可怕惡夢，宛如寄生蟲般啃食著心裡的那些情緒。美好遲遲無法擺脫對有珍的罪惡感，或者可以稱作是愧歉感的那種情緒。

第二章　所有人都想找尋的

夜深人靜，一輛計程車開到社區正門口停下。

混濁幽暗的天空，正下著綿綿細雨。

「老闆，老闆！已經到家門口了喔！」

司機把頭靠在後座車窗上睡得不醒人事的男子叫醒。

聽聞司機接連不斷的呼喊，男子睡眼惺忪地張開了沉重的眼皮。他的領帶早已不知去向，襯衫領口敞開，西裝外套也皺巴巴的。男子感到頭昏腦脹，隱約好像有聽見雨聲，視野卻很模糊，因為他的夜盲症加深了，變得更難在夜裡分辨前方。

難道是喝太多酒？

聽聞原告要提出抗告的消息後，被告父親邀請了泰民律師事務所裡的所有人。身為地方議員的他，深怕兒子的人生會留下汙點而顯得戰戰兢兢。當初是在酒店裡發生輕微衝突，兒子和一名年輕人起口角，血氣方剛的年輕人自己氣得直跳腳，然後被自己的腳絆倒，頭部著地重摔，陷入昏迷。畫質奇差無比的監視器畫面未能詳細記錄到當時的情況。

男子做的唯一一件事，就是在法庭上如實陳述這件事情的來龍去脈。

年輕人的同夥主張是議員的兒子推了年輕人，害他倒地，但是法官並沒有採納這樣的陳述，男子認為這是理所當然的事情，因為那些人的陳訴本就與事實不符。

這不是基於對客戶的無條件信任，而是根據理性判斷所做出的結論。

人們通常會把有錢有勢之人推向邪惡的那一方，認為這種人一定會踐踏正義、濫用權勢和金錢，但是男子卻認為，這一切只不過是媒體創造出來的假象、窮人對成功人士的嫉妒罷了。男子交涉過的那些掌權者，往往都有很強的責任心和使命感。

沒有什麼事情是比吃別人請客的食物還要令人心滿意足。

男子和律師事務所員工在韓牛無菜單料理餐廳裡用餐，每人還各開一瓶高單價紅酒，到此時為止男子都還意識清楚，但是第二攤在青潭洞酒店裡究竟在洋酒裡摻了哪些東西一起喝下肚，他實在想不起來，只有隱約想起大夥兒開心地刷著議員信用卡的記憶片段。

「老闆，您不下車嗎？」

計程車司機焦急地催促著，因為他已經接受了下一位乘客的叫車服務。

男子用模糊不清的雙眼望向窗外，在一片黑霧茫茫下，傳來陣陣雨滴聲。

「幫我開進停車場吧。」

男子努力擺脫酒氣，打起精神說道。

他沒有帶傘，下車後應該很快就會弄濕褲管。雨聲愈漸清晰，但是男子這番話反而讓司機感到有些為難。

「可是我已經接了下一組客人，從這邊走幾步路過去就是一〇三棟了，我看外頭雨下得不大，能不能請您用跑的過去呢？」

男子透過後照鏡看了一下司機的長相，那是一張飽經風霜、滿布皺紋的面孔。

鏡子裡的兩人四目相交，視線交流。

滴答滴答，唯有雨滴落在車窗上的聲音劃破這片靜默。握住車門把手的男子手部用力。

「好吧。」

男子收回視線說道。

「哎呀，謝謝老闆。」

男子遞了兩萬韓元（約台幣四百七十元）鈔票給司機，告訴司機不用找零，便下了車。司機接過後頻頻向男子道謝。

的確如司機所言，外頭的雨勢並不大，只是毛毛細雨。男子用手遮住頭部，往大樓門口方向跑去。雨後的潔淨空氣吸滿肺部，他輕鬆奔跑，身上宛如碎渣的剩餘酒氣也隨著步伐一一抖去。

男子跑進大樓門口，拍掉頭頂、肩膀上的水珠。

恰巧就在此時，電梯伴隨著提示音響起，門打開了。自動感應燈亮起，露出身影的人是樓上鄰居夫婦的大女兒，自從今年上大學以後，她就摘掉眼鏡、積極減肥，像一朵含苞待放的花朵，變得美麗許多。

「您好。」

她向男子問好，並走上前去。

「喔！哈囉，原來是敏慧啊，這麼晚了要去哪啊？」

「我要去幫媽媽跑腿。」

回答完以後正準備與男子擦肩而過的剎那，自動感應燈突然滋滋作響，隨即就直接暗掉了。兩人同時抬頭仰望天花板，就連電梯門都已經關上，所以走廊上呈現一片漆黑、伸手不見五指的狀態。

「真是的，上次也是這樣。」

男子喃喃自語。

「對啊，我出去的時候順便跟警衛叔叔說一聲好了。」

女孩說完便準備往大樓門口走去。

「等等。」

男子突然叫住了女孩。

「怎麼了？」

女孩轉過頭來問道，他的身後是一片朦朧雨絲，身形輪廓隱隱約約，男子一步步走向女孩。隱藏在黑暗中的男子，令人看不清他的臉龐，也不曉得面帶什麼表情。男子對著女孩舉起手。

「用這些錢去買妳喜歡吃的吧。」

男子的手裡握有一張五萬韓元（約台幣一千二百元）的鈔票。

「啊，不用給我錢。」

「大人給妳錢，妳只要乖乖收下說謝謝就好。」

女孩扭扭捏捏地抓住了紙鈔一角。

「謝謝叔叔。」

「我是看妳這麼晚了還幫媽媽跑腿很懂事，所以才給妳這點零花錢。外面在下雨，路上小心喔！」

「好。」

女孩向男子道別後，便轉身朝大門口方向走去。男子目不轉睛地盯著漸行漸遠的女孩背影好一會兒，才回過頭。

電梯門打開，投射出明亮的燈光，進到電梯裡的男子確認了一下手錶，也才晚上十點半，由於最近「工作生活平衡運動（work-life balance）」正夯，所以已經愈來愈少人跟同事聚餐到很晚，這個時間點妻子應該還沒睡。

真是遺憾。

機械音在狹小的電梯空間裡繚繞，男子照著鏡子整理了一下衣著，再用雙手上下摸了摸臉，用鼻子嗅了嗅衣袖的味道。酒氣早已揮發。

每當電梯裡顯示的數字逐漸攀升，男子的內心就愈漸沉重，只要一想到回到家要面對妻子的銳利眼神和酸言酸語，就會使他頭痛加劇。

幾週前，也不曉得妻子是從哪裡道聽塗說的，說他在外面有女人、搞外遇，還為此和他大吵一架。

「你他媽的腦殘智障，要搞外遇怎麼也不找別人，偏偏找那女的幹嘛，我都要吐了！」

「老娘好不容易把你扶持成今天這個樣子，結果你竟然忘恩負義，用這種方式背叛我？」

「我竟然會和你這種畜生結婚，真是瘋了！你要是真那麼想上其他女人，就去酒店裡隨便找一個都好，為什麼偏要和那個女的搞在一起，真是丟人現眼！」

妻子當時隨手抓了一個物品就往男子身上扔，大鬧一場後坐地痛哭。男子只能冷眼觀看妻子的這些舉動。

又開始了嗎？

真是受夠了。

妻子的躁鬱症和妄想症。

地方望族千金出身的妻子，從小就是備受呵護長大的，尤其是老來得女的岳父對她更是疼愛有加，就算要為女兒捐肝捐膽都在所不惜，也毫不在乎女婿會用什麼眼光去看待這樣的舉動。因此，妻子經常會拿父親在她五歲前從未讓她自行走過路的事情來說嘴。

男子初次遇見妻子是在大學聯誼會上，被妻子天真爛漫、活潑開朗的笑容迷倒，對她一見鍾情。岳父見過男子以後，也看好他將來大有可為，所以同意兩人交往，兩人大學畢業後，年紀尚輕就結為連理。

直到那時，男子都不曉得。

妻子的內心住著什麼樣的怪物。

妻子一開始是抗拒生育的，因為她想要多享受幾年新婚生活，但是後來在岳父整天嚷嚷著想抱孫的逼迫下，妻子像是被趕鴨子上架似地懷上了孩子。然而，當妻子實際懷孕以後，她似乎也沒那麼排斥，反而顯得有些開心。

初診當天，男子陪同妻子一起抵達婦產科。他緊握妻子的手，用充滿感動的眼神觀看著螢幕上宛如豆子般大小的胎兒，他的內心甚至有些激動，但是在聽聞妻子脫口而出的一句話之後，他不可思議地張開了嘴巴。

「好噁心，像隻蟲一樣，這種東西竟然住在我肚子裡？」

妻子的表情滿是厭惡。男子至今都無法忘記妻子說過的那句話。

他原以為，只要孩子出生，妻子的態度也會有所轉變。然而，那只是男子不切實際的期待罷了。

即將迎接孩子百日的某一天，男子比平常提早返家，但是從他打開玄關大門的那一刻起，屋內傳來的嬰兒哭聲就顯得不太尋常，上氣不接下氣的哭聲不停在家中迴繞。

男子呼喚妻子，卻無人回應。比起尋找妻子，男子認為應該要先去安撫嬰兒，於是急忙衝進了臥房。

然後發現了孩子。

孩子被放在衣櫥裡的收納籃裡，也不曉得哭了多長時間，哭到滿臉漲紅。男子抱著孩子走到客廳，用不耐煩的口氣呼喊妻子。男子氣呼呼地在家中各處走動，努力尋找妻子的身影，最後是在一間小房間裡找到戴著耳塞睡著的妻子。

男子感覺血液已經逆流到頭頂，假如手上握有東西，很想拿來亂砸一通，以此洩憤。

一開始，男子還以為妻子只是罹患產後憂鬱症，然而，妻子的躁鬱症和妄想症也愈漸嚴重。她一方面不停暗地裡偷偷虐待小孩，一方面也對男子口無遮攔地施行言語暴力。

雖然她的理由看似琳瑯滿目，但是歸根結柢只有一個理由——

因為男子搞外遇。

這簡直荒謬透頂，純屬妻子的妄想。

男子發誓，自己從未對婚姻有過一絲不忠。

男子暫時拋下這些不愉快的記憶，打開玄關大門，有一種彷彿被吸進一個張著血盆大口洞穴中的感覺。通往客廳的狹窄走道上亮起了自動感應燈，但是屋內仍呈現一片漆黑。

「我回來嘍。」

男子輕聲呼喚，孩子早已沉睡。知道先生今天跟同事聚餐的妻子，可想而知一定是氣得咬牙切齒。

男子打開客廳裡的燈，在明亮的燈光照射下，整個客廳一覽無遺，但是仍不見妻子身影。

這時，屋內某處傳來了砰一聲巨響，男子嘆了一口氣，摻雜著酒精氣味；怒火中燒的妻子像是在抗議示威般，希望老公聽見聲響可以主動去找她。

不然就是憂鬱症又再度發作，獨自躲在家中某個角落。

男子將公事包放在客廳地板上，往書房方向走去。

「老婆，妳在這裡嗎？」

男子打開書房房門，再按下電燈開關，那是個四周都是書的空間，只有一張厚重的桃花心木書桌和一張空椅子迎接男子。男子蹙眉，將書房門重新關上。

客房、兒童房、廁所、多用途室，男子依序尋找，卻仍不見妻子蹤影。

男子努力壓抑內心煩躁，打開了臥房門。正當他準備要開燈時，發現更衣室的門呈現半開狀態。

原本朝電燈開關伸手過去的男子突然停下動作。

妻子其實不喜歡在飽受憂鬱症折磨時，讓自己的痛苦表情在明亮燈光下顯現，男子同樣也不想讓自己衣衫不整的樣子，一清二楚地呈現在妻子面前，因為可想而知妻子一定又會拿著這點來大做文章。

由於房內昏暗無光，事物難以分辨，但還是隱約可見形體和界線。男子走進更衣室。

「妳在那裡做什麼？」

妻子一動也不動地坐在地板上，背部倚靠著門板。看樣子似乎是哭過，她頭部低垂。

「又怎麼了？」

男子向前靠近妻子一步，屈膝彎腰蹲坐下來，與太太維持在同樣的視線高度。兩人面對面的距離變得更為接近。

然而，就在此時，男子赫然向後彈開，一屁股跌坐在地。妻子兩眼朝上，瞪大雙眼，頸部還纏著層層細繩。

「呃、呃啊——！」

男子嚇得魂飛魄散，拖著身子不斷向後退。

他心跳飛快，雙腿無力，整個人連站都站不起來。

妻子的兩眼目不轉睛地瞪著男子。

＊＊＊

美好睜開眼睛。

連夜變強的雨勢打落在窗戶上滴答作響，四周一片漆黑，她確認了一下時間，凌晨一點二十分，距離起床時間還有好久。

美好放下手機，重新躺下，蓋上棉被，輾轉反側，怎麼躺都睡不著。

她嘗試側臥，卻感到不適，也或許是心理不適，不對，是因為白天的念頭盤踞腦海的緣故。

十七年前，美好的母校——徐羅高中，有人從五樓摔落，當場身亡。因為是後腦勺著地，所以頭部直接斷裂。花圃與水泥地上滿是暗紅色的鮮血、腦髓、骨肉等殘骸。最先發現遺體的是一名在校學生，這項消息以迅雷不及掩耳的速度瞬間傳開。

這是一起自殺案，然而，也是一起社會他殺案，等於是被痴狂和從眾心理的所有人殺害。

美好努力拋開有關韓周賢的記憶，每次只要想起，就會陣陣作嘔。她覺得自己應該也睡不著了，於是乾脆起身下床。

美好喝著冰開水，在狹小的客廳裡繞圈，感覺內心沉入無底深淵。

這時，某處傳來沙沙聲響，那是薄薄的材質摩擦的聲音，十七坪，不算寬敞的小屋裡，陌生聲響顯得格外清晰。美好在黑暗中豎起耳朵。臥房？小房間？美好往小房間方向走去。

「深夜」這個時間點，往往會在日常生活空間裡產生陌生情感；有時會使人變得感性，但大多時候會使人戒慎恐懼。

美好小心翼翼打開小房間的門，嘎吱——幽暗漆黑的小空間伴隨著開門聲響呈現。美好按下電燈開關，衣櫥、書櫃、洗衣槽等，拿來當成儲藏室使用的小房間裡堆滿著物品。

難道是我聽錯了？

正當美好準備轉身的瞬間，又再度聽見一樣的沙沙聲響，是從衣櫥裡傳出來的。她緊張到腰背僵直。

美好躡手躡腳，緩緩向後走幾步路。她沒有關上小房間的門，而是到外頭將客廳燈打開。喀啦，開關聲響顯得格外大聲。然後當她跑到臥房的瞬間，震耳欲聾的聲音迴盪在空氣之中。

美好飽受驚嚇，心臟激烈跳動，驚險萬分地抓住了差點掉落的水杯。

原來是手機鈴聲。

凌晨一點半，絕對不是適合來電的時間。美好努力穩住內心，往臥房內走去。她推測應該是在公司加班的金代理有急事打電話給她。美好拿起電話。

黃芝藝。

美好內心一驚，她沒想到會是芝藝打來。

大半夜的，怎麼會打給我呢？

美好接起電話，手機另一頭傳來慌張急促的說話聲。

一輛計程車緊急停在首爾聖母醫院本館南門出入口前。

美好急匆匆跳下車。

一大清早，披頭散髮、蒼白素顏、樸素穿著、腳踩拖鞋的她，格外引人注目。

美好不顧旁人眼光，直奔院內。

搭乘電梯往十五樓移動期間，她的心臟依然因為飽受驚嚇而激烈跳動。

「怎麼辦，娜英她……她好像試圖自殺。」

芝藝的說話聲不停在耳邊繚繞。

住在娜英家隔壁的芝藝說她是被救護車嗚笛聲吵醒的，還聽見匆忙的腳步聲及呼喊聲。由於是在大半夜聽見屋外有騷動，所以開門查看，但是正當她走出門外的時候，剛好撞見了娜英的先生，然後在一團混亂的情況下答應暫時接手照顧雅琳。

美好一直拿著手機，癡癡等待到天亮，因為芝藝在掛上電話前說會再聯絡美好，於是直到黎明破曉時分，才又再度接到了芝藝打來的電話。

「剛才娜英的先生打給我了，幸好沒有性命危險，娜英在急診室吊完點滴後，就轉到普通病房了。」

美好正在往芝藝告訴她的病房走去。

電梯升到十五樓停下，保安管制閘門擋住了通往VIP病房的道路。不過就在此時，剛好有人打開那扇門，所以美好可以在未經呼叫護理人員開門的情況下通過閘門。

前往一五〇二號病房期間，美好的心臟依然激烈跳動。

娜英竟然試圖自殺。

難道是對有珍的死感到自責？還是因為我而受到刺激？

芝藝一定是認為與我有關，所以才會把娜英試圖自殺的消息第一時間告訴我，意思就是「妳刺激到極度不安的她了」。

娜英很可能是殺死有珍的兇手，然而，假如懷疑錯人，也的確是需要向她鄭重道歉才對。

美好調整好呼吸，握住了病房門把。她手心冒汗，濕乎乎的。事情老是往出乎意外的方向發展，她不曉得這扇門後又會有什麼樣的驚奇在等待她揭曉。美好手用力，正當門要被打開的那一瞬間，她聽見了病房裡傳來的交談聲。

「喂！李泰浩！」

「誰會信妳說的話啊。」

冷靜沉著的男子嗓音，打斷了娜英的激動高喊。

名叫李泰浩的男子應該就是娜英的先生。後來娜英還有繼續回幾句話，可惜都聽不太清楚。

「沒有……的證據啊……，妳難道還搞不清楚現在的情況嗎？」

泰浩的說話聲斷斷續續傳出。美好鬆開門把，將耳朵湊近門邊。

沒有證據？

到底是在說什麼證據呢？

娜英又再度回話。美好雖然已經將耳朵緊貼門板，卻只能聽見宛如唸佛的嗡嗡聲響，實在難以分辨確切內容。

「所以別再鬧了……，只要妳不說就……的事情，那個女的我會會自行處理。」薄薄門板背後，兩人正在串謀著某件事情。

抑或是打算隱匿某件事。

「那個女的」是指誰呢……？

要是能聽見娜英的回應，應該多少還能掌握一些線索。

病房內的對話戛然而止。

美好把耳朵湊得更近，卻聽不見任何聲響。正當她感到對話怎麼會停在奇怪的斷句時，突然聽見男人腳踩皮鞋的腳步聲，而且就近在咫尺。

也就是門板的正後方。

就在美好向後退一步的同時，病房門也正好被打開。

男子露出面孔。

「您好。」

美好自動反射式地問候，心臟也不聽使喚地焦急亂跳。

泰浩用充滿懷疑的眼神將美好從頭到腳掃視了一番。

他是個體格偏小、纖細瘦長的人，再配上那雙細長鳳眼、尖銳的臉部線條，整體看上去給人尖銳的印象。所幸配戴的圓形鏡框有讓尖銳感多少緩和一些。

美好偷瞄了病房內一眼。

娜英正坐在能夠俯瞰整個城市的VIP病床上，脖子上圍著絲巾，整個人正常到顯得和病房十分違和。娜英漲紅著臉，呼吸急促。

兩人難道是在謀劃某件事情的過程中，因為意見不合而起了爭執？

為什麼偏偏是在這間病房裡？

以對待試圖自殺的妻子來說，泰浩的態度顯得過於冷淡。

「那個……」

「妳是宋婷雅……？」

正當美好要介紹自己的時候，泰浩先開了口。

面對突然冒出的婷雅名字，美好急忙揮手否認。

「不不不，我叫張美好。」

泰浩一臉不需要額外多作說明的表情，用執著的眼神緊盯著美好。美好也不太想主動告知泰浩自己和娜英之間的關係。

「是妳認識的人？」

泰浩轉頭問娜英。娜英用朦朧的眼神看著美好，不發一語地躺了下來。

「我聽說發生意外，所以前來關心一下，然後——」

「已經沒事了，誠如妳所見。」

泰浩打斷美好的話。

「原來如此，很抱歉我空手來，因為一接到電話就趕過來了。」

「為什麼？」

「嗯？」

「為什麼一接到電話就趕過來？」

就在美好猶豫著該如何回答的時候，泰浩連等待美好回答的機會都不給，就繼續說道：

「抱歉現在不適合見客，請回吧。」

鄭重卻又果斷的口吻。

轉身側躺的娜英也閉口不語，美好只好向後退了一步，就這樣在一步都未踏進病房的狀態下，眼睜睜看著病房門在眼前關上。

美好盯著自己的拖鞋看了一會兒，只好默默轉身離開。從娜英試圖自殺，到病房裡的怪異對話，以及泰浩神情戒備的樣子，美好的滿腹疑問也愈漸增大。

泰浩為什麼會以為我是婷雅？

他說會自行處理的「那個女的」，難道就是指婷雅？

美好往告別式會場附近的吸菸區方向走去。

她正在吐著深吸的一口菸，看見告別式會場出入口有一群女子走了出來，從她們的穿著打扮和笑容來看，不禁讓她想起有珍告別式當天她所看到的婷雅，短髮高冷的長相、冷漠的說話方式。

她用冷淡的態度參加曾經如影隨形的友人告別式，卻用燦爛笑容迎接驅車前來接她的先生。在這一切事情當中，婷雅自然也是無法完全抽身。不能再刺激娜英了，如果要約下一個人見面，那應該是婷雅。

美好吐著白煙，想起自己竟然忘了對娜英道歉的事實，還考慮要不要乾脆寫個簡訊給娜英，卻因為沒有對方的電話號碼而苦無對策。

難道這也是在自欺欺人？她真的有在擔心娜英的安危嗎……？

不，其實至今為止所做的一切都只是為了見娜英一面而找的藉口罷了。美好不停來回摸著平滑的手機螢幕，這時，手機突然震動，還以為是有人來電，結果低頭一看，竟然是連續好幾通的簡訊傳來。

美好熄掉菸頭，打開手機，螢幕上出現簡訊內容。美好蹙眉，不自覺地從微張的雙唇間透出輕嘆。

「我們來交易吧。」

「妳想要的我可以給妳。」

「今晚十一點，地下二樓停車場D區，別忘了把東西帶來。」

然而，這些簡訊並未顯示傳送者是誰。

美好數了數接下來剩幾天休假，包含週末還有七天時間，預計等休假結束就會宣布人事異動。如果要適應新部門、新工作、新環境，想必一定會消耗許多時間和精力，這應該也是最後一週能夠像這樣擁有私人時間。

美好坐在能夠一眼看見赫里蒂奇美語幼稚園和兒童遊戲區的步道長椅上，確認了一下時間。

晚上十點三十分。

距離和簡訊發送者約定的時間還剩三十分鐘。

「我們來交易吧。」

「妳想要的我可以給妳。」

「今晚十一點，地下二樓停車場D區，別忘了把東西帶來。」

這是今天早上傳來的簡訊。

究竟是要做什麼交易？

對方又是如何得知我的電話號碼？

會傳這種簡訊來的人不外乎只有娜英、泰浩、婷雅。美好有一種彷彿陷進了深不見底的泥沼的感覺。

美好猶豫了一會兒，決定主動打電話給簡訊發送者。她的腦中不斷思考著，如何在不透露自己太多訊息的狀態下，又能夠盡量挖掘到對方的線索，然而，電話另一頭卻無人接聽。

美好撥打了五次電話，都沒能聯絡上對方。

最後，美好傳了簡訊。

「請問是？」

長時間無聲無息的手機，過了約莫一小時後才出現震動。

「今天把東西帶來，妳就會知道了。」

「請問是要我帶什麼？」

美好努力壓抑滿腹好奇，回傳簡訊。

「妳們果然是好朋友，就連裝傻都一模一樣。別想威脅我，我會報警喔！」

美好對這封簡訊有一種莫名的既視感。

接著，她想起了和娜英初次見面那天。

「垃圾、臭婊子，我就知道會這樣，還敢耍嘴皮子？早該一頭栽進糞坑裡去吃屎的！整天在那邊假清高，開膛剖腹就會發現一肚子髒水，太醜陋，好齷齪，有夠噁心，太可怕了！真是大快人心！死有餘辜的臭婊子。」

「妳不是她的高中好友嗎？怎麼可能不知道？果然和她一個樣，裝傻一流，物以類聚就是在說妳們吧？」

這封簡訊會是娜英傳來的嗎？

但是從這完全不聽對方說話的強硬口氣來看，比較像婷雅。

婷雅和娜英。

初次見到兩人時，她們都展現出一副早已知道美好這人的態度。

婷雅為了確認美好究竟是不是有珍高中時期最要好的朋友而反覆打量她許久，甚至倍感訝異；娜英則是聽聞美好是有珍的高中同學時，就開始沒頭沒尾的無情謾罵。

一開始美好還以為，應該是因為有珍在社群平台上傳了一張和一名陌生女子的合照，並說明是自己的高中好姊妹，所以婷雅和娜英才會知道有這號人物，並且因為自己的長相和照片中的人不一樣，所以婷雅才會面露訝異，然而，兩人的發言實在怪異到超出這樣的猜想範圍。

「妳們不是最要好嗎？那應該都知道才來找我的吧，不是嗎？」

這是婷雅說過的話。

「妳不是她的高中好朋友嗎？怎麼可能不知道？」

這是娜英說過的話。

兩人都一致認為，身為有珍「高中時期閨蜜」的「美好」，照理說應該要「知道」某件事才對。

而且很可能是兩人其中之一的簡訊傳送者，也認為「美好」目前持有某個「東西」，要她帶出來交易。

「我們來交易吧。妳想要的我可以給妳。今晚十一點，地下二樓停車場D區，別忘了把東西帶來。」

她們為什麼會這樣想？

有珍到底對她們說了什麼？

美好一邊轉動腳踝，一邊陷入沉思。她確認了一下時間，便從長椅上起身準備離開。

晚上十點四十分。

原以為已經過了一段時間，沒想到竟然只待了短短十分鐘。美好往地下停車場方向移動腳步。

新落成三年的大樓停車場深不見底，地下一、二樓是住戶專用車位，地下三樓則提供外來車輛停放。在宛如漆黑地窟般的空間裡，不僅顯得陰森，空氣中還瀰漫著一股寒意。

大部分車輛都停放在大樓正門口附近，偌大的停車場裡反而只有零星車輛停放。簡訊傳送者指定的場所D區，距離出入口十分遙遠。

美好獨自站在D區，環顧周遭環境。由於已經是深夜時分，幾乎沒有車輛出入。跟著美好進入停車場的兩輛車，也早已停好在各自的車位。位處偏僻角落的D區，只有一輛因為停車技術不佳而需要寬敞空間的汽車，壓著停車格線斜斜地停放在那裡。

晚上十點五十五分。

簡訊傳送者即將抵達。

美好把視線停放在地板上，在同一個地方來回踱步。她偶然發現，停車場地板上寫著一〇三-一三〇四-四的數字，也就是一〇三棟一三〇四號的第四個停車格的意思。美好心想，一戶怎麼會需要有四輛車，但是就在此時，她腦中突然閃過了一個念頭。

一〇三棟一三〇四號正是娜英的住處。

此時，尖銳的摩擦聲響從某處傳來，那是輪胎摩擦地板的聲音。

美好連忙抬頭查看，轟！引擎聲近在咫尺。她環顧四周，卻發現很難在有回音的停車場內找到聲源處。

正當美好東張西望的時候，刺眼的車頭燈朝她直射而來。

美好瞇著眼睛，舉起手遮擋強光。就在前方，一輛車開著雙黃燈、引擎轟隆作響，宛如對著獵物低吼的獵食者，也像一支搭在弦上的箭，突然朝美好的方向加速前進。

美好轉身，開始拔腿狂奔。美好的奔跑彷彿成了信號彈，汽車開始全力加速。

瘋了。

在偌大的停車場裡，奔跑的皮鞋聲、汽車引擎聲、輪胎摩擦聲不絕於耳。

美好的心臟彷彿快要掉出來般瘋狂跳動，她呼吸急促，氣喘吁吁，宛如一隻落入陷阱的野兔。

汽車一副要直接輾壓美好的氣勢，用充滿壓迫感的速度朝美好直衝而來，並在快要撞上她的時候又急踩煞車。駕駛人的腳在煞車與油門踏板間迅速切換，反覆威脅。每當美好繞過柱子轉彎奔跑時，汽車也同樣發著震耳欲聾的尖銳摩擦音急轉彎。

美好雙腿發抖，逃跑的速度愈漸緩慢，使不上力。她索性乾脆停了下來，彎下腰，不停喘息。汽車再次發出引擎巨響，刺眼的車頭燈又重新亮起。

正當美好試圖確認隱身在雙黃燈裡的駕駛人究竟是誰的那一剎那，汽車也剛好朝她加速前進。

就在美好緊閉雙眼的同時，汽車也發出了緊急煞車的聲響，嘎吱——車子剛好停在距離撞上美好的大腿只有一步之遙。

美好用手扶著柱子，不停調整呼吸，她已經腿軟無力，感覺隨時要跌坐在地。這時，駕駛座上的人開門下車，美好為了確認究竟是誰在威脅自己的性命，睜大了雙眼。

是泰浩。

泰浩背對著始終閃著雙黃燈的汽車，朝美好大步走來。

「你、你這到底是在……！」

就在美好還沒來得及咆哮怒吼前，充滿威脅感走來的泰浩就先一把抓住了美好的衣領，將身高、體型都和自己差不多的美好直接拎起來推到柱子上，美好感受到肩膀撞上了冰冷堅硬的水泥牆，傳來一陣劇痛。

「我忍妳夠久了，不會再忍了。」

泰浩的嗓音十分陰沉，纖瘦的體型、尖銳的臉部線條，再加上那雙細長的鳳眼，美好原本認為泰浩給人的印象是聰明睿智的，現在卻顯得格外殘忍惡劣。

「你到底在幹嘛？你差點就要撞上我了！」

美好同樣怒視著泰浩，她嘗試將對方的手撥開，對方卻紋絲不動。泰浩的臉就在她眼前，距離不到五寸。

「我問妳，幹嘛老是在這附近徘徊？有什麼事嗎？」

泰浩刻意將每個單字分拆說話，藉此加強語氣，不過也有點像是他本來的說話習慣就是如此，或者是在努力壓抑自己的內心怒火。

「這應該是我要問你的吧，不是你約我來這裡碰面的嗎……」

「少在那邊跟我打馬虎眼，這種話只能糊弄得了娜英而已。」

「你到底要幹嘛啦，先放開我！你以為這樣我就會善罷甘休嗎？」

「恐嚇犯還真囉嗦，我早就知道遲早有一天會惹出這種事端了。欸，我說妳啊，休想從我老婆那裡撈到任何好處，我勸妳還是趁早放棄吧，然後我是看妳可憐所以特別告訴妳，妳真以為我和趙兒菈老師有婚外情嗎？」

泰浩一提到與趙兒菈之間的婚外情，美好便打住了一連串想要回嘴的內容。

「我的意思是，妳以為只有妳一個人被我老婆耍啊？」

冷嘲熱諷的泰浩眼看美好終於不再吭聲，便繼續說道：

「宋婷雅？不，還是吳有珍？總之，不管妳是聽誰說的，這些女人一定背地裡嚼舌根嚼得可開心了，說我找幼稚園班導師外遇，但是很可惜這些都不是事實，怎麼辦呢，因為我老婆瘋了，有躁鬱症又有什麼妄想症之類的。」

泰浩微微鬆開虎口，飽受驚嚇的美好根本無暇想到要把握此時機會，從他手中掙脫。

泰浩和趙兒菈的外遇並非事實？

一切純屬娜英的妄想？

可是，為什麼……

泰浩察覺到美好滿臉錯愕，鼻笑了一聲繼續說：

「我的確經常見那位老師，但並不是因為有兒女私情，妳猜猜看我為什麼要去見老師？」

美好用沉默催促著泰浩繼續把話說完。

「我老婆打小孩下手有點重，雅琳身上到處都有瘀青、結痂，而這位老師又一直說我們虐待兒童，所以才會塞點封口費給她。」

迄今為止的所有假設和推定頓時被推翻，美好一直以為，有珍的死亡背後一定與娜英的仇恨有關，推測是因為有珍揭發了娜英的先生外遇，並對此事冷嘲熱諷，所以才會引發報復，但是泰浩和趙兒菈的外遇竟然並非事實。

那麼，趙兒菈社群平台上的男友也未必是泰浩，有珍很可能是自己誤會了泰浩與趙兒菈之間的關係，也有可能是被娜英的妄想所糊弄。

美好心亂如麻，一切猜想都兜不起來了。這時，她想起娜英在社區小徑、孩子們騎腳踏車的路上偷扔小石子的畫面，儘管女兒雅琳騎的腳踏車很可能會因為小石子而絆倒，娜英卻還是一派輕鬆的樣子。

若要從她身上找到虐待雅琳的樣貌，的確是絲毫不顯違和，難道真如泰浩所言，他和趙兒菈並沒有婚外情，這一切只是純屬娜英的妄想？

就在此時——

美好瞥見了緊抓她衣領不放的泰浩手腕上，有著一個天使翅膀形狀的曬痕，美好腦中馬上閃過一個記憶，並且鼻笑了一聲，覺得荒謬至極。

arara_jo（趙兒菈）

「和歐爸一起來度假！真的是很難得的假期（哭）

放鬆享受完再回去喔～」

#馬爾地夫六天四夜遊 #In_Ocean_Pool_Villa_with_Sala #情侶海娜紋身 #Sunset_cruise #spa保養

情侶海娜紋身。

照片中的趙兒菈有微微抬起手腕，炫耀她的情侶紋身。描繪在白皙肌膚上的天使翅膀圖騰十分清晰。美好緩緩抬起頭，直瞪著泰浩。泰浩細長的鳳眼裡，沒有流露出絲毫情緒。美好在內心裡嗤之以鼻。

怎麼會如此愚蠢。

假如他真的是清白的，就沒有理由把美好叫到如此隱密的地方並用這種偏激的方式來威脅她，也沒有必要做出一連串的辯解。可見他也是害怕擔心，怕自己外遇的事情被傳出去，抑或是有心人藉此來脅迫他。

不過，泰浩說的虐童說不定真有此事，所以為了封口而和趙兒菈頻頻見面、塞錢給她，但是隨著見面次數增加，兩人也漸漸開始產生情愫，只不過究竟是在何時開始過從甚密的呢？一開始可能只是為了隱匿虐童事實而相約見面，但是兩人一定有日久生情。

美好這下終於明白，娜英和泰浩在病房裡的對話內容是指什麼。

「誰會信妳說的話啊。」

「沒有……的證據啊……，妳難道還搞不清楚現在的情況嗎？」

「所以不要再鬧了……，只要妳不說就……的事情，那個女的我會會自行處理。」統統都是在講外遇的事情。

對話中的「那個女的」是指趙兒菈。

美好正視著泰浩的雙眼，開口說道：

「為什麼要特地向我解釋呢？」

你就老實承認吧，你和趙兒菈明明就有婚外情，像這樣質問對方只是在白費力氣而已。

泰浩粗魯地鬆開了虎口，美好一直雙腿撐地，沒有被對方推倒。

「所以我奉勸妳最好別來瞎攪和，聽懂了嗎？」

泰浩用充滿威脅的眼神怒視著美好，但是看在美好眼裡只覺得十分可笑。泰浩認為美好應該已經聽懂他的意思，於是掉頭往依然閃爍著雙黃燈的車子方向走去。

「其實你只要好好跟我說，我就會聽明白你的意思，何必把我叫來這裡？」

正當泰浩的手觸摸到方向盤的那一剎那，美好大喊問道，她想要趁泰浩離開前解開心中最後一個疑問。

「妳說什麼？我幹嘛把妳叫來這裡？」

泰浩蹙眉，一臉困惑地反問。

「那你怎麼會來這裡？」

「妳到底在說什麼？」

「你今天早上不是有傳簡訊給我嗎？叫我在地下二樓停車場D區等你。」

「我從來沒傳過那種簡訊。」

泰浩斬釘截鐵地回答。

「那你為什麼……」

「我只是下來地下室，然後碰巧看到妳。」

泰浩用下巴指向了美好原本所站位置，並坐進了駕駛座。

汽車從美好身旁呼嘯而過，美好一臉不知所措，只能眼睜睜望著車尾往地下一樓開上去。

所以簡訊傳送者不是泰浩？

那到底是誰傳的簡訊？

美好看了一下手錶。

晚上十一點十五分。

假如簡訊傳送者有準時來赴約，應該就會看見剛才美好和泰浩兩人之間的人車追逐。美好環顧了一下四周，D區突然傳出汽車發動的引擎聲響。

這人一定是簡訊傳送者。

美好朝汽車方向轉身，是一輛紅色BMW轎車。

啟動引擎有點像是刻意告知自身位置的舉動。美好緩緩走向轎車，皮鞋敲打著地面，發出叩叩的回音。她敲了敲有貼隔熱紙的車窗，車窗緩緩搖下。

美好確認駕駛人以後，不禁倒抽了一口氣。

住在一〇三棟的人原來不只有婷雅和娜英。

「對面住戶好像有人被抬出去，由於是在大半夜聽見屋外有騷動，所以開門查看，但是正當我走出門外的時候，剛好撞見了娜英的先生，然後在一團混亂的情況下答應暫時接手照顧雅琳。」

清亮的嗓音在耳邊繚繞。

美好徹底遺忘，

娜英家對面住著誰的事實。

美好確認了駕駛人。

是芝藝。

美好拉起副駕駛座的車門門把，但是車門上鎖，無法開啟。兩人的眼神在空中來回碰撞，等美好將手拿開，才聽見車子解鎖的喀啦聲響。

美好調整好呼吸，坐上副駕駛座。當她關上車門，車內的密閉空間霎時間呈現一片靜默。

「抱歉，我不是有意要騙妳。」

芝藝先開了口。

「我們來交易吧。」

「妳想要的我可以給妳。」

「今晚十一點，地下二樓停車場D區，別忘了把東西帶來。」

明明是故意隱藏身分傳送這種簡訊內容的人，卻說她不是有意要騙人。美好發出明顯不悅的一聲冷笑。

「比起道歉，好像更需要解釋一下，現在這到底是什麼情況。」

「我自己也嚇到了，因為沒想到……娜英的先生會突然闖出來。」

「不是，我是在問妳，為什麼要傳那種簡訊給我。」

美好直接轉頭盯著芝藝的眼睛問。

「……我只是想知道。」

「知道什麼？」

芝藝默不作答。

「妳到底想知道什麼！」

美好的聲音不自覺顫抖，她感到一陣厭煩。

坦白說一開始美好也只是純粹基於好奇和太受打擊，而且剛好又是休假期間，原本佔據大部分日常的工作被橫行奪走，所以需要找一件事情來投入。

但是不知從何時起，原本隱藏在內心深處早已被遺忘的情感突然探出頭來，那些是十七年前始終未能解決、放任它發炎、腐壞、潰爛的傷口。有珍的死彷彿成了一枚信號彈，使那些情感凝聚、增大。

像一隻小蟲一樣老是啃食內心的罪惡感；只要活著，遲早有一天是要回頭重新檢視的問題；遲早有一天必須以任何形式做總結的問題。美好就是用一種交作業的心情一腳踩進了這起事件裡，情況卻老是出乎她意料之外。儘管決定把腳踩進泥沼裡是根據她的意志，但是將她一口吞噬卻是泥沼的意志。

眼下情況逐漸將美好蠶食鯨吞。

「回答我啊，妳傳那種簡訊到底是想從我這裡知道什麼！」

美好扯高嗓音，但是芝藝依然緊閉雙唇，視線低垂，不發一語。感覺就算不停追問也得不到答案。

芝藝究竟認為美好持有什麼「東西」呢？

既然芝藝自己提出要交易，那麼一定表示這是個值得拿來進行交易的重要東西，既然可以交易，也就表示可以拿來用作威脅，那麼，說不定是和某人羞於見人的部分有關。

可以確定的是，婷雅、娜英、芝藝三人都十分堅信，有珍已經把那項重要東西交給了美好。

O_su_zzzzi（吳有珍）

「真不敢想像，要是沒有妳，我的高中生活會過得怎麼樣。我的高中好姊妹，世上最可靠的知己，只有妳知道我的一切。妳知道我永遠愛妳吧？」

#這就是友情 #我的好閨蜜也是靈魂伴侶 #像玫瑰花一樣漂亮的妳 #我們之間不存在任何秘密 #願友誼長存

因為知道她的一切，不存在任何秘密的人，

就是張美好。

假如她們再次回去確認那則貼文，就會知道照片裡的人物和美好長得並不一樣，但是顯然她們沒有去重新確認，唯有婷雅初次見到美好時有感受到違和感，但她也隨即自行接納了事實，收起了疑惑。

先攤牌的人就輸了，就如同芝藝不輕易開口回答一樣，美好也同樣不打算輕易道出這些事實。

「既然沒什麼話要說，那我就先走了，沒必要在這裡繼續浪費時間。」

美好拉開副駕駛座門把，正準備要下車。芝藝急忙抓住了美好的手提包。

「等等。」

「放開，妳都用這種方式捉弄人嗎？住在這裡的人怎麼各個都——」

美好瞬間打住了發言，因為芝藝的視線一直停留在美好的手提包上。

美好的手提包是沒有拉鍊的款式，直接大剌剌的敞開著。她感到一陣背脊發涼，寒毛直豎。

眼前這名女子正盤算著要翻她的手提包。

她正在尋找時機。

「妳看什麼看啊？」

美好大聲怒斥，一把將手提包搶了回來。她試圖打開副駕駛座車門，卻只有換來把手的喀啦聲響，車門仍無法開啟，未被解鎖。美好瞬間轉過身，漲紅的臉、急促的呼吸，芝藝正在用奇怪的眼神凝視著她。

「等一下，妳也是因為有心想和我交易，所以才會出現在這裡不是嗎？我應該沒說錯吧？」

芝藝對著美好喊道。

「如果妳有心想和我交易，那就應該先提出條件才對啊，幹嘛想要翻人家的包包啊？快開門，現在就給我立刻開門！」

「等等，都說叫妳等一下了。」

正當芝藝打算搶走手提包的那一剎那，美好拍掉了她的手，並朝駕駛座方向伸手，胡亂按下每一個按鈕。芝藝敵不過美好的腕力，硬是被推擠到駕駛座的椅背上，不斷尖叫。

後來也許是被美好按到了解鎖鈕，車子發出了解除門鎖的聲響。

美好再次把芝藝推向駕駛座，便迅速下車。芝藝亂吼亂叫，連忙朝穿梭在停放車輛間快步行走的美好身後追了上去。

「張美好，妳誤會我了，不是妳想的那樣，我就只是純粹想要確認妳是否真的知道，至於沒有直接問妳，是因為我不想自揭傷疤。」

美好沒有理會芝藝，繼續大步向前走。

「張美好！」

伴隨著吶喊聲的同時，芝藝也重新抓住了美好的手提包。

在一陣用力拉扯下，一條繩子從美好的手腕上滑落。美好停下腳步，手提包裡的物品也頓時散落一地。芝藝瞪大了眼睛，宛如一條蛇一樣，用眼神執著地追逐著掉落在地的皮夾和滾進車底的口紅等私人物品。

不是蛇就是蟲，總之任何噁心的東西都比不上芝藝當下的眼神來得噁心。

美好用力推開朝皮夾伸出手準備撿拾的芝藝。啊！伴隨著一聲慘叫，芝藝跌坐在地。

「怎麼會有妳這種瘋女人！」

「唉唷，真的不是啦……」

芝藝不停辯解，視線卻始終穿梭在美好的物品之間。

美好豪邁地撩起了散亂的髮絲，再用充滿威脅感的姿態朝跌坐在地的芝藝走去。

「我才不跟妳交易，現在就立刻給我滾。」

「……」

「還不給我滾！」

震耳欲聾的音量在停車場內不斷迴盪。

「果然不出我所料。」

芝藝揚起了一邊的嘴角。

「閉嘴！我叫妳滾！」

「在妳那裡，對吧？」

美好朝芝藝步步逼近。芝藝只好緊咬下唇，連忙後退。

直到腳步聲全然消失，美好才終於卸除防備，一屁股坐在地上。

她被一個晚上突如其來的各種攻擊搞得頭昏腦脹。

也許一開始芝藝只是為了試探她而傳那通簡訊，因為假如美好真的有出現在約定場所，就表示她有著某樣值得交易、足以威脅某人的「東西」，所以芝藝只打算偷偷躲在車內，確認美好有無出現在約定場所。

然而，沒想到半路殺出個程咬金，泰浩突然來攪局，目擊泰浩開車追逐美好的芝藝，認為那個「東西」可能會被泰浩搶走，或者與泰浩交易。因此，為了確認那個「東西」的行蹤，她才會做出後續這一連串冒失無禮的舉動。

到底是什麼東西？

值得交易、足以威脅人、塞得進手提包裡的「東西」。

照片？行車紀錄器記憶卡？影片檔案？

美好暫時打住思考，開始撿起散落一地的私人物品。

這是獨自一人絞盡腦汁想破頭也想不出答案的問題。手機、氣墊粉餅、皮夾、小物等，她將這些東西一一撿回包包裡，再壓低身體準備去撿滾落在車底下的口紅。

美好一邊心想，怎麼滾到那麼遠的地方，一邊用手四處觸摸探尋，這時，手機鈴聲剛好響起。

美好重新抬起上半身，從手提包裡掏出了手機，並發出「噢」一聲，原來那不是她的手機鈴聲，當然，握在她手上的手機也無聲無息。應該是剛才芝藝跌倒在地時，手機不小心掉了出來。

美好往手機鈴聲方向移動腳步。

手機似乎是滑進了停放在她前方那排車位的一輛車底下。

她伸出手四處摸索，終於被她摸到了手機的邊角。當她一拿出手機，音量調到最大的手機鈴聲便在空蕩蕩的停車場內震天價響。剎那間，美好短暫猶豫了一下到底該不該替她接起電話。

然而，美好的目光徹底被手機螢幕上顯示的電話號碼吸引，她逐漸瞪大眼睛，那是她再熟悉不過的電話號碼，所有猶豫也頓時全消。

「呵……」

她不自覺流露出摻雜著氣音的笑聲，但她不曉得這究竟是出自於那一種情感。

這又是什麼情形。

彷彿搭上了一輛失速列車，不知何處才是目的地。

「喂。」

美好接起電話。

「呃……請問是黃芝藝小姐的手機嗎？」

「是啊。」

「……」

「為什麼不回答？」

「……妳是，美好？」

世景在手機另一頭問道。

＊＊＊

十七年前，就讀高中二年級的美好，內心最大的恐懼就是母親。美好從很小的時候就一直住在母親設立的牢籠裡。

她控制美好的一切，包括去補習班、家教、自修室的時間都以分為單位嚴格控管，甚至就連美好上家教課也要坐在一旁陪讀。餐點和零食、穿著等，都要聽從母親的安排，就連鉛筆、螢光筆、桌上的檯燈燈光，沒有一樣東西是美好可以自行做選擇的。

不容一根髮絲散落、全部向後梳整的頭髮，沒有一絲妝感的素顏，平整無痕的衣著，緊閉的雙唇，緊蹙的眉頭。

美好只要一想起母親，就會先想到「嚴格」兩個字，而不是溫暖、疼愛。她是個非常有原則的人，而那些原則大部分也近乎完美。美好身為獨生女，自幼起就必須過著努力達到母親標準的人生。

令人倍感窒息。感覺快要喘不過氣。

沒能守住第一名時直接揮來的藤條，以及超過門禁時間返家時排山倒海而來的謾罵。

「真沒出息，到底要讓我失望到什麼程度？我實在不敢相信怎麼會生出妳這種孩子。」

「妳問我為什麼一定要按照媽媽的規則去做？妳這是什麼沒大沒小的態度！還敢質問我為什麼？我說這樣做，就是這樣做！」

青春期的時候美好還有反抗過，但是母親仍不為所動，她就像個人生字典裡從來沒有寬容、讓步、妥協的人一樣，她從未放棄過自己的觀念才是絕對正確的信念。

也難怪，當年和彗聖偷談的戀愛會讓美好感到極其快樂。因為不論是交男朋友、說謊去看電影，還是在幽暗的小巷裡接吻，這一切都可以貼上「背著媽媽偷偷做」的標籤。

然而，「背著媽媽偷偷做」的事情也僅止於此，一旦超過危險標準，自從和彗聖偷嚐禁果以後，美好心目中的標準也徹底瓦解，脫軌帶來的愉悅蕩然無存，取而代之的是恐懼與擔憂。

初次發生性關係的一週後，美好一臉快要被擔心淹沒的神情，在某間藥局前不停徘徊。雖然網路上是說要等兩週後才能驗出是否懷孕，但她實在等不及，每天都覺得內心煎熬，度日如年。

彗聖則是一副事不關己的態度，還信誓旦旦保證絕對不可能懷孕。

「妳不相信我嗎？不要無謂的擔心啦！話說回來，今天我們家沒人喔，買一份辣炒年糕來我家玩吧。」

腦殘智障。

美好口出惡言，把男友臭罵一頓之後便掛上了電話。

內心焦急得要死，卻苦無對象可以傾訴。

要是真的懷孕了怎麼辦？

我才十八歲。

要是被媽媽知道……她應該會殺了我。

自那天起，美好就再也無法和母親有眼神交會，感覺只要對到眼睛，母親就能洞見所有秘密，不，說不定是美好自己先嚎啕大哭、跪坐在母親面前認錯道歉也不一定。

隔天有校外教學，但是美好根本無心參加。她在距離學校十分遙遠的一間小藥局買了驗孕棒，然後再用黑色塑膠袋層層包裹，打算在參加校外教學時偷偷驗，然後再直接扔進廁所垃圾桶裡。

美好對校外教學的期待也只有這件事情罷了。

載著一群學生的大巴士，巡禮完佛國寺、瞻星台、雁鴨池等觀光勝地以後，直到傍晚才抵達位於慶州的研習地點。

研習課程結束後，天色已暗，回到宿舍的學生們悄悄拿出了偷偷帶來的物品——罐裝燒酒、啤酒等酒水。那是高三前最後一次校外教學，就連老師也默許學生這種行為，讓他們藉此留下回憶。

幾杯黃湯下肚之後，美好不停尋找適當時機脫離人群，打算拿出藏在書包暗袋裡的驗孕棒去做檢測，但她遲遲找不到合適的時機。喝到滿臉通紅的同學們不停為美好的空杯補滿酒水，隨著時間進入凌晨，脫軌之夜也變得如癡如醉。在她尋找時機的期間，也因為接連喝了太多酒而醉意漸濃。

美好用模糊不清的視野觀察周遭，宿舍裡充斥著醉倒在地的同學、專注在遊戲或花牌的同學、發酒瘋的同學，亂成一團。

美好悄悄離開座位，朝胡亂堆放的書包區走去。她背對著同學，阻擋所有視線投射的機會，注意著背後同學們的嬉鬧喧譁。

她找到了自己的書包，拉開拉鍊，心跳加快。她把手伸進書包深處，翻找暗袋。

咦？怎麼不見了，明明放在這裡的啊。

她的手在暗袋裡來回翻找，卻撈不到任何東西。

奇怪了，難道這不是我的書包……？

正當她感覺到指尖碰觸到某個東西時，背後傳來了動靜，她根本沒有察覺到有人走來，聲音卻早已近在咫尺。美好嚇了一跳，連忙轉頭查看。

「在幹嘛？」

原來是有珍。

「嗯？」

「我們要出去一下，妳要不要也一起來？」

憨笑的表情、矇矓的雙眼、桃紅色的雙頰，有珍看上去已經微醺，世景也不遑多讓。

美好背脊發涼，冷汗直流，感覺酒都醒了。

她有看到嗎？

世景的視線是朝其他方向望去的，所以應該不至於看到，但是向她搭話的有珍就很難說。

「走吧。」

有珍挽住美好的手臂，催促她一起同行。美好面露尷尬微笑，點頭答應。在有珍和世景的催促下，美好連書包拉鍊都來不及拉上，就被帶離了宿舍。

轉眼間，氣候已經來到了立秋時節，炎熱暑氣和聽到厭煩的蟬鳴聲也都銷聲匿跡，吹來的涼風帶有一絲焦味，只有草蟲低聲鳴叫，為秋夜增添幾分情趣。

明明只是離開宿舍幾步路而已，周遭卻顯得格外寧靜。

美好踩著緩慢的步伐，抬頭仰望布滿繁星的天空，十分壯麗，也很祥和。世界是如此安寧……美好突然眼眶泛淚，壓抑在內心深處的情感頓時湧現。

有珍剛才有看到嗎？

一定有，一定是有看到但選擇不說破。

畢竟有珍之前也有注意到彗聖把手放在我的大腿上。

她們倆獨自嬉笑喧鬧的聲音突然停止，走在前頭的有珍和世景同時回頭。

「妳在哭？」

是誰問這句話已經不重要了，美好和她們一對到眼睛，眼淚就頓時潰堤。

應該是因為有酒精催化的關係，抑或是陌生場所、特殊情況所帶來的激動情緒，使人的判斷力變得奇差無比。美好一心只想著有珍一定是有看見她在翻找驗孕棒。美好在面露錯愕的有珍和世景面前突然嚎啕大哭。

究竟哭了多久呢？

三人在宿舍後方的長椅上並肩而坐，直到美好尷尬地擦乾眼淚為止，有珍和世景都沒有詢問美好究竟發生了什麼事。

「妳們知道我今天帶了什麼東西來這裡嗎？」

美好主動開口。有珍和世景對於突如其來的提問感到詫異，紛紛搖頭表示不清楚。

「驗孕棒。」

有珍和世景兩人同時張大了嘴巴。

由於不曉得張大的嘴巴裡會脫口而出什麼話，所以美好乾脆搶先一步。她盡量用淡定的口吻將至今發生的事情娓娓道來——從一週前和彗聖發生性關係開始，到她擔心自己是否懷孕的心路歷程。

「我本來也想當作沒什麼大不了的事情，妳們也知道我的性格，但是呢……坦白說我一直很害怕，也很後悔，早知道就不要越線了，為什麼會這麼傻，其實也並沒有很想做。」

美好的眼眶開始泛紅，有珍和世景也跟著紅了眼眶。雖然是衝動之下的表白，但是終於能夠向人傾訴連日以來獨自承受的壓力，內心還是暢快無比。

「發情的公狗，立刻跟那傢伙分手。」

世景擦去淚水，扯高嗓音喊著。

「我本來就打算這麼做，是我瘋了，竟然會和那種傢伙上床。」

「別這麼想，錯不在妳，知道嗎？」

有珍也緊緊抓住美好的手，給予安慰。

「我知道，也有努力往這個方向去想。總之，對妳們說完以後舒服多了。」

「這些日子妳一定很痛苦吧，都只能一個人默默承受，早該跟我們說了。」

世景這番話讓美好會心一笑。

「因為怕妳們會把我當成是很隨便的女人啊，而且感覺只有我的人生留下了汙點。總之，就是出現很多這種負面念頭。」

美好試圖用打起精神的嗓音努力緩和沮喪的氣氛，但是只見有珍和世景的臉色愈漸暗沉。

「誰說的？誰說只有妳的人生留下汙點？」

世景用稍微激動的嗓音質問。

「畢竟妳沒和男人上過床啊。」

以亮麗的長相和大剌剌的性格來說，世景反而鮮少與異性有往來。儘管參加伽藍團和男校生互動頻繁，也從未交過男朋友。美好總是對於這點百思不解。

「是啊，沒上過床，因為就連戀愛都沒談過。不過妳知道我為什麼從來不交男朋友嗎？」

面對世景的反問，美好和有珍都不發一語。

「因為只要是男生我都討厭，每個都很像我爸。」

世景的臉在橘黃色路燈映照下出現了陰影。

笑聲、行為舉止都不拘小節的世景，基本上表情算是豐富多彩的，然而，有時也會展現出不帶絲毫情緒的表情。

就像現在一樣。

每當出現這種表情時，美好都會覺得世景很像尊蠟像。

「還記得嗎？我前陣子不是有說過，在我家停車場裡目睹一對男女在車裡做那檔子事。」

美好點點頭。

「那個男的，其實是我爸。」

美好和有珍露出了驚愕表情。

「他大白天的和公司女員工在車上搞了起來，那個女的還經常幫我爸跑腿，來我家拿東西。算了，我也已經無感了，這種事情又不是一兩次了，小時候我甚至還看過他趁我媽得盲腸炎住院時，把女人帶回來家裡滾床單。酷吧？是不是很誇張？完全就是個不倫不類的家庭。」

美好彷彿能夠理解，為什麼剛才在說出自己的秘密時，有珍和世景會選擇沉默不語。

在某人承受的龐大悲劇面前，沒有人敢擅自提供任何安慰，因為「可以理解」「深有同感」這些話，都會是明擺著的謊言。

「那種人根本不是人，簡直就是發情的禽獸，竟然不懂得分時間、地點，想要就要，實在是有夠噁心，完全弄髒了我的眼睛。我看他們兩個根本瘋了，大白天的，還在車內，有夠誇張。」

美好彷彿也能夠明白，那天世景提到停車場男女時，為什麼會展現出那種反應。

「世景啊——」

「算了，安慰和同理都先謝絕喔，我只是用這件事情來證明我的人生也有被染上汙點而已。有珍妳呢？」

世景打斷了美好的安慰，用半開玩笑的口吻將話題轉移到有珍身上。突然被點名的有珍面露錯愕，擠出了尷尬微笑。

「坦白說，我沒有什麼要分享的事情……」

「什麼？就妳最清高嘍？」

「真的沒有。」

「好吧，就妳最沒汙點，最清白，最無瑕。反正我們也本來就不覺得妳會有什麼汙點。」世景開著玩笑，一把摟住了有珍的脖子。美好同樣笑了出來，在一旁附和著世景。

事隔多年以後，美好不禁心想。

假如當時她和世景繼續追問有珍，結果會是如何呢？不斷催促她開口，篤定她一定也有隱藏的秘密，然後打破砂鍋問到底，也許有珍會改變心意願意說出口也不一定。要是當時有向我們傾訴，是不是就能避免日後的悲劇發生？韓周賢是不是也就不會選擇自殺了？

美好知道這樣的假設已經毫無意義，但是這些念頭仍然久久無法揮去。

＊＊＊

咖啡廳裡播放著柔美旋律——史麥塔納（Smetana）的〈莫爾道河〉（Die Moldau）。時間來到午夜，二十四小時營業的咖啡廳裡，只有零星幾名喝醉酒的上班族點杯咖啡來醒酒。就連工讀生都在打著哈欠，美好和世景卻像是在對質般相對而坐。

兩杯冒著煙的熱咖啡被兩人冷落在旁，放到涼掉。

美好目不轉睛地看著世景，世景的臉上沒有絲毫表情，像極了蠟像。

就如同當年那天一樣。

隨著過去記憶一一浮現，美好想到了一個疑問。

其實過去十七年來，有珍的名字在美好和世景之間有如禁忌，絕口不提，然而，唯有一次是在討論那件事的時候有提起過，也就是在韓周賢死後。

「是她把人害死的！韓周賢死了！瘋女人，都是因為那個瘋女人！」

世景大聲嘶吼，咆哮痛哭，甚至還用不雅字眼謾罵有珍。然而，她從未問過美好——是不是妳說出去的。

這是世景充分可以問美好的問題。

美好將滿腹疑問暫時擱在一旁，喝下一口早已涼掉的咖啡，杯子才剛準備放回桌面，世景便開口說道：

「妳知道嗎？我有時候會覺得妳很可怕。」

「……」

「妳應該知道我指的是什麼時候吧？」

「……」

「就是像現在這樣明明有話要說卻不發一語的時候。每次只要遇到這種情形，就會覺得妳有點可怕，該怎麼說呢，彷彿自己成了死刑犯一樣，在等待法官判決。」

「……」

「……妳為什麼都不說話？應該有話要問我吧。」

「妳也有話要問我，不是嗎？既然我們立場相同，幹嘛表現得一副只有妳很心急的樣子。」

世景的表情出現扭曲，因為剛好被美好說中。

「妳是怎麼聯絡上黃芝藝的？」

美好故意對世景的反應選擇視而不見，拿起咖啡杯問道。

芝藝怎麼會知道我的電話號碼，然後傳那種簡訊給我？說不定是世景把號碼告訴芝藝的也不一定。

兩人到底都聊了些什麼。

「什麼怎麼聯絡上的，我也就只是和妳一樣，在調查吳有珍……那起事件啊，幫尹記者調查，所以才會和幼稚園媽媽們有聯絡。」

「那為什麼偏偏是黃芝藝？」

「妳不是也有聽到嗎？在告別式會場上其他幼稚園媽媽們的談話內容啊，說她和有珍兩人有一些過節，所以我才會好奇，想了解一下究竟是個怎樣的人。」

「所以才會在這麼晚的時間打給她？」

面對美好最後提出的這個問題，世景沒有回答。其實美好有個更想要問的問題。

為什麼只有我問妳？

妳為什麼都不問我？

就像十七年前的那天一樣。

通常已經知道答案、有所隱瞞的人，是不會提問的。

然而，美好沒有責怪世景，只有放下咖啡杯，簡單說明了至今發生的一切。她將很久以前的疑問暫且擱置，因為眼下當務之急是分享各自手上握有的資訊，才能夠拼湊出有珍死亡的真相。

世景聽聞美好分享自己掌握到的資訊以後，露出了微妙的表情。

「宋婷雅、金娜英、李泰浩、黃芝藝，這四個人在想方設法奪走妳持有的某個東西？因為他們認為有珍生前有把這個東西轉交給妳？」

「這些人以為我和有珍是沒有任何秘密的好閨蜜，儘管我已經解釋過我們已經多年沒有聯絡，他們還是不相信我說的話，認為我在說謊。說不定也是因為那個東西而更對我起疑。」

「然後妳認為害死有珍的人一定是他們其中之一？」

世景小心翼翼地問道。美好猶豫了好一會兒，才終於開口回答。

「一開始的確是這麼想的，但是坦白說現在我已經不曉得了，因為排除掉李泰浩，其餘都是女性，究竟一名女子真的能將有珍和其老公同時壓制殺害嗎？這也是我內心的疑問。而且新聞不是說有珍的老公已經康復，那麼應該早就向警方報案了，可是警方至今都還沒有展開逮捕嫌犯的動作。」

事件已經發生數日了，主要受害者暨現場目擊者已經身體康復，警察卻仍在檯面下默默進行調查。因此，美好才會推測有無其他可能。

也許有珍並非死於他殺。

那麼難道是意外……或自殺？

然而，在她腦海中依然揮之不去這樣的念頭，婷雅、娜英、芝藝在找的那個「東西」，一定是和有珍的死有密切關聯。

「我從一開始就覺得這起事件沒有兇手。」

聽聞世景這麼一說，美好抬起頭，「為什麼會這樣想？」這句話都已經到嘴邊，卻還是硬生生把話吞了回去。

「我從一開始就沒有好奇過究竟是誰害死有珍的。」

「不然？」

「我是好奇她為什麼會死。」

世景的說話口吻不帶一絲遺憾。美好感受到凝聚成團的某個東西，在心中突然碎裂一地的感覺，她將微微顫抖的手握成拳頭，美好認為，現在世景對有珍展現的敵意，照理來說應該是要衝著她來才對。

「總之我要說的話僅止於此，接下來換妳了。」

美好好不容易靜下心，把球拋給世景。

世景一臉不以為意，聳了聳肩，把自己的手機遞給了美好。

「與其解釋一堆，不如讓妳直接看更快。」

美好把視線挪移至手機上，螢幕上顯示著某人的社群平台。

Lim_sungji_zz（林成枝）

初次聽聞的姓名，也是首次見到的面孔，然而，有一種微妙的熟悉感。

到底是在哪裡看過？

社群平台上？

儘管美好絞盡腦汁，仍想不到任何線索。

女子的社群平台上顯示的最新一張照片中，她披著長髮，笑容可掬。白皙肌膚配上小巧玲瓏的精緻五官，可愛活潑的開朗笑容，和有珍是截然不同的感覺，卻也是絕對會令人讚嘆的美貌。

「妳不覺得這女的好像在哪裡見過嗎？」

世景察覺到美好的反應，臉上藏著一絲模糊微笑問道。

「是赫里蒂奇幼稚園媽媽嗎？」

美好邊問邊有預感，答案一定是否定的，因為這種程度的美貌，她自然不可能沒有注意到，不，應該說不可能沒留下印象。

「不是。」

「那她是誰？」

「藝人。」

「什麼？」

世景看著美好錯愕的表情，突然放聲大笑。

「或者應該稱她是女團成員？」

「別跟我開玩笑了。」

「真的啊，妳不記得嗎？十年前以Sweet Bubble團名出道的啊。」

「Sweet Bubble？」

「大概在演藝圈活動了三年吧，不過當時沒有紅起來，林成枝是以『藝娜』這個藝名擔任團內的副主唱。」

經過世景的補充說明，美好這才想起好像的確有這麼一個女團。

「聽說團體解散後她就直接嫁人了，當時應該只有二十二歲左右，總之，現在還不到三十，就已經在狎鷗亭一間最大的疼痛科醫院，被人稱院長夫人，過著不愁吃穿的富裕生活。我看她好像有兩個孩子，一男一女，換個角度看，妳不覺得她才是幸福對決裡的優勝者嗎？」

「所以這個女的怎麼了？」

世景到現在都還沒有說明這個女的和這起事件有何關聯。美好有點心急。

「這女的也是社區裡有權有勢的人，和有珍一樣。如果說赫里蒂奇媽媽們是一群在她們的主場上走跳的人，那麼這女的就是影響力更廣的人。」

「……為什麼？」

好奇後續內容的美好只能焦急地不停追問「為什麼」，世景似乎很享受美好的這種反應，用調皮的嗓音繼續說明。

「林成枝是她們那區媽媽社團的管理者。」

「喔～」美好發出終於明白的聲音。

「盤浦洞媽媽社團？」

「不是。」

「不然？」

「盤浦洞『Premium』媽媽社團。」

世景繼續解釋。

每個社區都一定會有的媽媽社團，大部分媽媽們都會在這個社團裡獲得資訊、交流、吐苦水、交易物品等，有時還會因為社團屬性、目的、地域不同等，同時加入多個媽媽社團。

至於世景提到的Premium媽媽社團，是屬於加入門檻非常高的私密社團，加入前要先經過嚴格的條件審核，諸如一定要住在特定社區以上的頂級豪宅，甚至還要提供居住事實證明文件才可以加入；除此之外，也需要提供先生的在職證明書、財產稅繳納證明等，以及既有會員的推薦引介才有辦法加入此社團。

儘管流程如此繁瑣，卻依然有人搶著加入，其理由可想而知。

首先最大的好處是可以累積優質人脈，和一群已經通過驗證的人往來，無須懷疑或警戒，可以放心交流，這點是該社團的最大價值。此外，在Premium媽媽社團裡，還能夠得到不易取得的高級情報，尤其新加入成員最渴望得到的便是一份神秘的黑名單。

醫院、超市、幼稚園、眼鏡店等，Excel表裡有長達五十多條細項，按照各項標準做出評分。像這樣做成的黑名單，會以每月為單位來進行更新。

不僅如此，甚至還有老師、小孩、媽媽們的黑名單，關於這些人的黑名單，則是要獲得Premium媽媽社團的忠實成員認可才能取得，是屬於最高級的情報。黑名單上雖然不會有個資，卻含有充分可以辨識的線索、證據照片和附件，所以這份名單只有社團管理員和極少數媽媽擁有。

「據我所知，吳有珍、宋婷雅、金娜英，這三人都是那個Premium媽媽社團的忠實成員。」

世景以這句話作為最後的補充說明。

「可是這個Premium媽媽社團和有珍有什麼關係？」

美好一邊想著這根本是超乎自已想像的世界，一邊繼續追問。

世景把手機從美好手中拿了回來，簡單操作了一下，再重新把手機遞給美好。

那是婷雅的社群平台截圖照。

jjeong_ah_ssong（宋婷雅）

「老公說這是結婚十週年禮物，其實我不需要這種東西，總之，還是謝謝老公喔！」

#卡地亞 #三克拉鑽石 #十一週年就期待有四克拉嘍 #懂浪漫的男人

照片中的婷雅用手抓著項鍊上的鑽石墜子，刻意強調。雖然表情做作，卻可以看得出來她很滿意。

「這張照片怎麼了？」美好問道。

因為那就只是一張平凡無奇的照片，和她們平日炫富、曬幸福的照片沒什麼差別。

「妳看底下留言。」

美好將視線轉移至留言處。

「sumin_love22 天啊……這條項鍊也太美了吧！好適合民聖媽媽，太羨慕了。先生好會挑禮物，對老婆的愛也滿滿^^」

「jjoojjooo_mom 嗚嗚，我什麼時候才會收到這種禮物，要是民聖媽媽明年真的收到四克拉鑽石，我一定會肚子痛死！ㄎㄎ」

「jjeong_ah_ssong @jjoojjooo_mom 所以從上個月就一直想買的勞力士已經泡湯了，等下個月再來跟老公提提看。」

「O_su_zzzzi 不過這樣真的沒關係嗎？不要太逞強啊。」

「jjeong_ah_ssong @O_su_zzzzi 啊？什麼意思？」

光看留言依然找不到任何線索。美好繼續看另一張照片，是同一天上傳的。

jjeong_ah_ssong（宋婷雅）

「當完博士後研究員終於回來韓國的正軾，為了慶祝他歸國，老公送他一輛Range Rover，弟弟超開心，姊夫萬歲！」

#出手闊氣的姊夫 #你的眼裡根本沒有姊姊我吧？ #總之welcome_to_korea #又多了一個跟屁蟲 #記得多陪民聖玩喔 #哥倫比亞大學博士後研究員 #很快就要改口稱他教授了

照片裡的婷雅和弟弟正軾一起站在高級休旅車前微笑合影，推測掌鏡人是她先生。正軾和姊姊婷雅長得十分相像，人高馬大，長相英俊，渾身飄散著喝過洋墨水的氣息。姊弟倆看上去交情很好，合影的站姿也一點都不顯尷尬。

照片底下的留言清一色都是稱讚和恭喜，然而，這次依然可見有珍充滿尖銳的留言。

「O_su_zzzzi 我勸妳真的不要逞強，是時候該考量一下家裡的經濟狀況了吧？」

「jjeong_ah_ssong @O_su_zzzzi 親愛的有珍，怎麼老是說一些奇怪的話呢。」

美好確認了一下日期，都是一個月前上傳的照片，也就是幸福對決正在如火如荼進行的時候。

也許是因為如此，在一片赫里蒂奇媽媽們的誇讚聲浪中，唯獨只有有珍老是會留一些話中有話的留言。

「這有怎樣嗎？」

美好依然百思不解，世景這次乾脆拿有珍的社群平台截圖照給她看。

O_su_zzzzi（吳有珍）

「即將登場，潘朵拉的盒子。」

#吃著爆米花看好戲 #電影名稱是三克拉鑽石的秘密與黑名單 #全是謊言 #就只是一般電影裡會出現的謊言 #電影還是要和朋友一起看才有趣

照片裡只有照到艾斯電子的最新款筆記型電腦。

美好看過這張照片，她以為這只是一則為了炫耀最新款筆記型電腦而上傳的照片。

「妳看有珍上傳這張照片的時間點，就是在宋婷雅上傳鑽石項鍊照片後馬上刊登的，再看她設定的主題標籤，不是有寫到三克拉鑽石什麼的，不覺得是在直指宋婷雅嗎？」

的確如世景所言，有珍的這則貼文看起來完全就是在回應婷雅的鑽石項鍊照，嘲諷泰浩與趙兒菈婚外情的事實時，也以「觀看的眼神充滿愛意」這種巧妙狡猾的方式上傳娜英的家庭照；因此，這張照片絕對不可能沒有任何目的性。

「這樣還不夠清楚嗎？」

美好仔細端詳照片，面對世景的提問她沒有多加理會。

有珍為什麼要上傳這張照片？

到底為什麼……？

就在此時——

美好的腦海中閃過一道靈光，恍然大悟的同時，手臂上也起了雞皮疙瘩。

是隨身碟。

她的視線停留在照片中插在筆記型電腦上的一只銀色隨身碟。

剛開始美好還因為這只隨身碟誤以為有珍是要用筆記型電腦來看電影，當然，多少也是因為有珍的照片描述中有提到即將登場、吃爆米花、電影名稱等字眼，所以才會自然去做這樣的聯想。

然而，這只隨身碟裡儲存的資料會是電影檔案嗎？

有珍真的是打算看電影嗎？

「隨身碟？」

美好用充滿疑問的口氣問道。世景點頭。

「當我聽聞宋婷雅、金娜英、李泰浩、黃芝藝這四人篤定有珍一定是把某樣東西交給妳，並且想要從妳那裡奪回時，我第一個想到的就是這則貼文。」

足以放進手提包裡的物品，且藏有不可告人的秘密。

「還有Premium媽媽社團最高機密——有關老師、小孩、媽媽的黑名單。」

美好聽著世景最後這句補充說明，再次把視線投放在有珍的社群平台上。

O_su_zzzzi（吳有珍）

「即將登場，潘朵拉的盒子。」

#吃著爆米花看好戲 #電影名稱是三克拉鑽石的秘密與黑名單 #全是謊言 #就只是一般電影裡會出現的謊言 #電影還是要和朋友一起看才有趣

重新再讀一遍，美好發現這則貼文暗藏著許多雙關語。

潘朵拉的盒子應該是意味著隨身碟，而隨身碟裡的黑名單則是關於老師、孩子、媽媽們的資料，不只有可以辨識身分的線索，還有證據照片和附件，只有社團管理員和極少數成員擁有這份檔案。

有珍刻意用巧妙的方法主張婷雅就在黑名單上，並且暗諷婷雅說的內容並非真實，至於吃著爆米花看好戲則是指觀看這份名單。

另外，也可能是因為「電影還是要和朋友一起看才有趣」這句話而使婷雅、娜英、芝藝認為有珍一定是和美好一起觀看過那份檔案。

「所以那份黑名單裡一定有宋婷雅嘍？」

美好問道。

「如果沒有的話，有珍也不用寫這種內容來回應宋婷雅的照片了吧。」

美好發出一聲無力嘆息，把上半身靠在椅背上。終於又挖掘出一條線索——有珍死亡三週前，三人分道揚鑣的理由。

原來不只是因為泰浩的婚外情，有珍也有在社群平台上巧妙暗諷婷雅的弱點。

「可是想要搶奪那只隨身碟的人是黃芝藝啊，難道黃芝藝也有被列在那份黑名單當中？」

「有可能。」

世景回答。

那麼，說不定娜英也是黑名單之一，因為芝藝在地下停車場裡認為，我已經和泰浩做了隨身碟交易。

娜英應該是因為虐待小孩和先生外遇的問題而被列入黑名單，那麼，婷雅和芝藝又是為何被列入黑名單？

「竟然只是為了區區一份黑名單……」

美好實在難以理解，她想起芝藝在地下停車場裡虎視眈眈試圖想要翻找她的手提包、在掉落一地的物品間想要找到隨身碟的樣貌。

「也說不定不是區區一份黑名單，畢竟都說有含證據照片和附件了，更何況我認為不能用一般常理去看待這群女人。妳看金娜英都嘗試輕生了，就算是因為她的狀態不穩定好了，目前還有在上班工作的黃芝藝居然會用那種方式試圖搶奪隨身碟的話……會不會是因為黃芝藝和宋婷雅有更嚴重的事情而被列入黑名單呢？」

美好點點頭，同意世景的推測。

一切都變得更加明確了。不只是先生外遇被嘲諷的娜英，還有婷雅和芝藝對有珍的怨恨也浮上檯面。不只是因為有珍手裡握有黑名單，而是因為她會用自己的方式明嘲暗諷。

三人究竟想對她做什麼事？

會不會想把她殺了？

「時間好晚了，我們要不要走了？」

世景催促著獨自陷入沉思的美好，並從椅子上站起身。不知不覺間，已經超過凌晨一點鐘。

「嗯，炳俊應該也會擔心妳。」

兩人把咖啡杯放到回收檯上，走出了咖啡廳。

周邊商家早已打烊，沉睡在一片漆黑當中，唯有剛才走出來的那間咖啡廳是燈火通明的。路上有幾輛車開著車頭燈，馳騁在空蕩蕩的街道上。

一輛計程車停在兩人面前，美好將計程車讓給世景，世景才剛要鑽進車內，就彷彿突然想到某件事情般急忙回頭。

「不過啊，我突然想到，難道有珍都沒有任何弱點或把柄嗎？」

美好面露訝異，不清楚世景說這話是什麼意思。

「有珍不是握有宋婷雅、金娜英、黃芝藝三人的弱點嗎？那這三人難道都沒有掌握到有珍的弱點？妳想想看喔，通常會產生紛爭，都是在彼此勢均力敵的情況下才會產生，假如只有有珍獨自佔上風，那麼三週前也就沒理由和她們分道揚鑣了啊，其他人應該要對有珍唯命是從才對吧。」

有珍的弱點？

「還有啊……」

計程車司機按了一下喇叭，催促著乘客趕快搭車。世景向司機說了聲抱歉以後，便迅速把接下來的話說完。

「世界上哪有完美的幸福？那些都只是假象罷了。」

大學時期，講師在人文學講座上說過這句話。

「如果從本質上來看，人類是更接近痛苦而非幸福的存在。」

「來，請各位試著回想，人生中幸福的瞬間與痛苦的瞬間。如何？幸福是很抽象的，痛苦卻有具體畫面，對吧？這是理所當然的，所以人類是經由痛苦而體驗到實際存在。」

這是一堂以老套標題——「幸福的方法」所開設的講座。

講師一邊講述人類是比較接近痛苦的存在，一邊又主張為了讓自己變得幸福，要將幸福「具體化」和「規律化」。隨著演講進入後半部，講師雖然有提供多種具體方法，美好卻一個都不記得了。

在她腦海中留下深刻印象的一句話，反而是「人類的人生充斥著不幸的元素，人類的實存也是以痛苦為基礎」。

「世界上哪有完美的幸福？那些都只是假象罷了。」

世景最後留下的這句話，聽起來恰巧與講師的意思相符。

社群平台上多的是假裝幸福的人，但每個使用者都心知肚明，世界上並不存在完美的幸福，有珍一定也不例外。

美好思考著，假如有珍也有不足、欠缺的部分，那究竟會是什麼？

昨天就像被暴風雨掃過的一天，雖然被泰浩和芝藝襲擊，美好卻不打算就此善罷甘休，反而更想要朝真相邁進。

剩餘的休假天數只有六天。

今早一起床就確認了新聞，卻不見警方搜查上有任何進展。美好伸了個懶腰，喚醒尚未完全醒來的身體，準備了一下便走出家門。理所當然地，今天依舊是往威望社區方向前進。

雖然在出門前，美好有嘗試撥打世景給她的婷雅手機號碼，卻無人接聽。世景表示自己也是自從娜英嘗試輕生以後，就再也聯繫不上婷雅。難道是娜英嘗試自殺之後，婷雅的心境產生了變化？

總之，美好抱著不論如何都要見到婷雅的想法，往赫里蒂奇幼稚園方向走去。

現在時間是下午三點整，三十分鐘後就是幼稚園放學時間。美好心裡盤算著，假如配合幼稚園放學時間出現，就自然免不了會碰面。

美好的步伐十分自然，要是被人撞見還會以為是該社區的住戶。

美好坐在一張可以同時看見幼稚園和公園遊戲區的步道長椅上。多了分涼意的微風，把沿著步道生長的樹枝吹得搖搖晃晃。沙沙沙，伴隨著近似於海浪拍打的聲響，樹葉也片片掉落在地。褪色泛黃的樹葉在地上滾來滾去，窸窣作響。

抱著耐心等待，是美好最擅長的事情之一。三十分鐘稍縱即逝，媽媽們也開始一一現身。走出幼稚園的孩子們紛紛騎著自己的腳踏車奔馳而去，也有幾名孩子留在遊戲區溜滑梯或玩球，媽媽們則坐在公園長椅上閒聊。

下午三點三十五分。

婷雅尚未出現。美好焦急地望向手機畫面，然而，就在此時，有個東西滾到了她的腳邊——是一顆黃色球，一名小朋友為了撿球而快步跑來。

美好立刻認出了這名小朋友。

是娜英的女兒，雅琳。

美好偷瞄了坐在遊戲區旁長椅上的媽媽們，沒有人注意到美好，畢竟不論是誰目睹這個場面，一定都會起疑。美好搶先一步，撿起腳邊的球。

「哈囉，原來妳就是雅琳啊。」

分成左右兩邊紮著小馬尾的頭髮，白皙肉肉的臉頰，小巧玲瓏的五官，整體看上去圓圓滾滾的，是個給人可愛印象的女孩。美好面帶微笑，以示親切，但是雅琳的表情立刻露出警戒。

「來，把球給妳，妳是不是覺得奇怪，阿姨怎麼會知道妳的名字？因為阿姨呢……妳知道智律吧？我是智律媽媽的好朋友喔！」

美好會向雅琳搭話，純屬一時興起，並非帶有任何目的。如果真要細究下去，也許是來自於對雅琳的小小擔心，以及好奇娜英日子過得怎麼樣。

可能是因為說出她熟悉的名字，雅琳充滿警戒的表情瞬間緩和許多。原本躊躇不前的雅琳，迅速從美好手中接過那顆球，但是她沒有馬上跑回遊戲區，反而站在原地一副吞吞吐吐的樣子。

難道是有話要說？

美好想起剛才說過的話，發現雅琳是對智律這個名字展現反應。

應該是感到擔心吧。

就如同媽媽們多年來一直都很要好一樣，雅琳和智律曾經一定也是密不可分的玩伴。七歲的話已經是不小的年紀，好朋友的媽媽過世了，在幼稚園裡也不見朋友的蹤影，大人之間還頻頻交頭接耳，也許雅琳有在默默擔心智律也不一定。

雅琳抿唇好幾次，終於開口說道：

「阿姨，那妳知道智律現在在哪裡嗎？」

美好微微蹙眉，內心一隅感到有點酸澀。這個孩子擔心的事情，反而是自己從未想過的事情。

「抱歉阿姨也不是很清楚，可是阿姨覺得智律現在應該是在外婆家，一定會在那裡生活得很好。」

雖然也可以用白色謊言來安撫雅琳的擔憂，但是美好還是決定對她坦白。會推測智律在外婆家，是因為美好想起了有珍生前上傳的最後一則照片說明。

O_su_zzzzi（吳有珍）

「今天是夫妻約會日，孩子們都送回娘家了，準備和老公度過一個熱情的夜晚。各位在想什麼呢？我們只是要一起看電影！哈哈，幹嘛不相信我說的話呀？」

#愛你喔老公 #孩子們掰掰 #十九（表情符號）的夜晚 #DomPérignon唐培里儂香檳王 #BelugaCaviar魚子醬

有珍的先生還在醫院接受治療，所以智律和夏律繼續留在外婆家的機率較大。然而，儘管美好努力安撫，雅琳的表情反而更顯憂心。

「可是智律不喜歡去外婆家……」

「嗯？」

「外婆不喜歡智律媽媽，也不喜歡智律……」

雅琳語帶含糊，沒有把話說完。

有珍……有討厭回家嗎？

高中時期，有珍說過，等上了大學以後就要搬出來自己住，所以很早就開始在外打工。當時美好以為，有珍是想要實現完全的自由，所以才會想要自力更生，因此，她連有珍為什麼要搬出去住的理由都沒有多問。

印象中有珍的父母是平凡人，父親有一定的財力，自行創業做生意，母親則是家庭主婦，只不過母親的容貌並不平凡，她有著年輕動人美貌，也老是招來社區阿姨們的嫉妒，說她是一輩子奔波勞碌的面相。

有珍則是完全繼承了母親的美貌。

原來有珍討厭自己的家，這是美好從來不知道的事情。

「智律好可憐，媽媽死了，還要住在外婆家。」

「……」

「智律怕很多東西，她怕晚上房間關燈，也怕風聲，還有，還有，怕昆蟲，然後也很討厭蛇。」

「看來雅琳妳是很擔心智律嘍？」

「嗯。」

美好猶豫了一會兒，用生硬的手勢嘗試撫摸雅琳圓滾滾的頭頂，她希望至少能用這種方式來向擔心好友的雅琳傳遞安慰。

「智律再也不會來學校了嗎？我好想和她一起玩。」

「等智律的爸爸出院，她應該就會來上學了吧？」

「那為什麼智律的東西都不見了呢？」

「嗯？」

「室內鞋、美術本、色鉛筆……統統都不見了。」

「統統都……不見了？」

「對，就覺得……智律好像突然消失了。」

美好聽聞雅琳說的最後一句話，內心突然一沉，這次她無法做出任何回答，只能舔舐著乾燥的嘴唇。

這時，遠處傳來呼叫雅琳的聲音。雅琳大動作轉身，回頭朝奶奶揮手。

「謝謝阿姨幫我撿球。」

雅琳鞠躬道謝後，便奔回奶奶身邊。美好目不轉睛地望著逐漸遠去的雅琳背影。

「那為什麼智律的東西都不見了呢？」

「室內鞋、美術本、色鉛筆……統統都不見了。」

「就覺得……智律好像突然消失了。」

雅琳說過的話一直言猶在耳，沒有辦法將其視為難以區分現實和幻想的年紀所做的發言。有時候，孩子們反而對情況變化更為敏銳，還有可能語出驚人。

智律的物品怎麼會統統不見？

雅琳為什麼會覺得智律彷彿突然消失？

留下的種種疑問皆屬於美好一個人的責任。

下午三點五十分。

美好依然坐在步道的長椅上。

雖然內心掀起一陣波瀾，卻也只是短暫而已。光靠現有的線索，仍難以解決任何疑問。

美好暫時將雅琳丟出的疑問擱在一邊，因為還有更急迫的事情要處理——放學時間早已超過二十分鐘，卻仍不見婷雅的身影。

美好越發著急。

該不會是在和雅琳對話的時候錯過婷雅吧？

美好一邊想著也許是如此，一邊從長椅上起身，她打算直接前往一〇三棟大樓。

可能是因為碰上幼稚園或學校的放學時間，社區內到處都是帶著小朋友的媽媽們，不是匆匆忙忙地趕回家，就是三三兩兩聚集在一起聊是非。

美好與她們擦肩而過，卻意識到媽媽們的交談聲突然打住。

她感到有些怪異，於是往媽媽們的方向看去，卻發現她們在刻意迴避美好的視線。美好重新轉過頭來，這次又感受到背後有人在交頭接耳，竊竊私語。

怎麼了？

美好有一種不祥的預感，直到抵達一〇三棟前，她才終於明白媽媽們為什麼要用那種眼神看她。

大門口張貼著一張超大幅的海報。

海報上寫著斗大的標題——「社區住戶請注意」，下方則有一張從監視器畫面中擷取出來的照片。

「近日有不明人士在社區內閒晃出沒，卻無人制止，對於社區居民的人身安危儼然已構成嚴重威脅。

由於近來頻頻接獲不明人士在赫里蒂奇幼稚園和社區各處出沒的通報，故已向管理中心檢舉抗議，管理中心表示將採取適當措施嚴加控管，但仍須提醒社區住戶務必提高警覺，盼請各位為了家人及自身安危，嚴防可疑人士。」

美好看著大字報上的文字與照片，驚訝地掉下巴。由上往下俯瞰的截圖畫面中，自己的臉被清清楚楚拍下，也不曉得是不是有刻意經過角度挑選，照片裡的美好表情顯得格外險惡。

這到底是誰貼的？

從她一路走來被其他媽媽們在身後議論紛紛來看，推測海報應該不只張貼在一〇三棟。美好在驚訝之餘顯得有些不知所措，這時，一名媽媽帶著孩子走到了她身邊。

原來是婷雅。

兩人四目相交，婷雅的眼神充滿敵意，護著小孩民聖的手勢也充滿警戒。居然不是害怕，而是敵意。那瞬間，美好的直覺告訴她——

這張海報是婷雅寫的。

到底為什麼？

美好和婷雅其實只有一面之緣，也就是那次在有珍的告別式會場上。而且當時兩人只是在談論有珍，對話內容都很平凡，到底為什麼會出現如此大的態度轉變，美好百思不解。

難道是娜英的嘗試自殺使她心生敵意？

「宋婷雅小姐，我想找妳聊——」

正當美好想要上前靠近一步時，婷雅便望向美好的肩膀後方，焦急地喊道：

「大叔，大叔！這裡！」

美好感覺背後有人踩著匆忙的腳步跑來，就在她還沒來得及轉身回頭查看時，手臂就被人緊緊架住。

「這是在做什麼？」

美好喊道。

「妳才在這裡做什麼？我們接獲居民報案！」

架住她手臂的人是兩名警衛。

「海報上的可疑人士就是這個女的！大叔，快把她趕走！」

儘管美好不斷喊著自己只是有珍的朋友，不是什麼可疑人士，仍於事無補。婷雅則是展現出一副遭人攻擊般的神情，害怕地急忙將民聖拉進懷裡。

「放開我！我會自己走出去。」

美好掙脫掉強行拉扯她的兩名警衛。其實只要好言相勸、請她離開即可，婷雅卻偏要放聲尖叫，害得警衛也不得不大動作驅趕。

美好一邊喘氣，一邊怒視著婷雅，高冷、陰鬱的臉蛋，實在令人難以捉摸。

「快出去！快走！」

警衛像是在驅趕推銷員似地將美好推走。

美好忍住內心怒火，往社區出入口方向走了出來。警衛在身後距離幾步之遙繼續跟著美好，應該是想要確認她是否真的離開。

美好走出社區以後，警衛留下居民會感到不安、請勿再擅闖社區的警告，便掉頭離開。

美好荒謬到只能乾笑，這擺明是不當對待。美好抬頭仰望高聳入雲的大樓，瞧了幾眼便準備折返離去。高傲堅固的城堡，拒絕城外人士出入。

返家的腳步很是空虛。

在這裡已經黔驢技窮了，現在休假只剩六天，今天也早已過了一半以上。

美好拖著空虛的步伐往地鐵方向走去，走下階梯，通過驗票口，抵達月台，剛好聽見列車即將進站的廣播通知。由於距離下班還有很長一段時間，所以車站裡的人潮不多，不，應該說這個彷彿專為社區居民興建的車站，乘客本來就不多。

美好在椅子上坐了一會兒又站起身，零星幾位等待列車進站的乘客相隔遙遠地站著。隨著噪音愈漸逼近，地板出現震動，列車也即將駛入月台。

美好走進車廂，選了一個離車門較近的位子坐下。車廂內的乘客寥寥無幾，相隔遙遠而坐，各個都埋首於手機螢幕。

美好也掏出了手機，習慣性地尋找有珍的新聞閱讀，並確認事件事故分析平台上是否有張貼新文章，這彷彿已經成了她閒暇時間固定會做的事情。

然而，她突然感受到好像有視線緊盯著自己。

美好抬起頭，環顧四周，卻沒發現有人在看她，也沒看到可疑人士，每個人都面無表情地專注在自己的手機上。

奇怪，明明就有感覺到有人在看我。

美好重新低頭滑手機，但是就在此時，又再次感受到有人在暗中觀察自己。

這絕對不是錯覺，確實有人在緊盯著她。

一起搭上列車的乘客當中，有誰是認識的嗎？

不對，不可能。

如果真的有，也沒理由認不出對方。

雖然美好即時抬頭確認四周，但也碰巧遇上列車開門，車廂內湧進許多乘客，新乘客迅速移動腳步，分散各處，阻擋了美好的視線追蹤，她想要一一確認乘客長相，卻難以進行。

到底是誰？

五十多歲的阿姨和兩名學生，以及一名年輕男子。

是不是還有一名三十幾歲的女子？

美好嘆了一口氣，搖搖頭。其實她完全不記得了，難道是一時幻想？可能是自己太敏感也不一定，對雞毛蒜皮小事也會放大解讀。

列車行駛了許久，抵達人潮眾多的轉乘站。美好和一群乘客一起下車，再走到另一條線準備轉搭其他列車。隨著愈接近下班時段，地鐵站裡的人潮也愈擁擠。美好重新搭上的另一輛列車裡，人滿為患。

再幾站就要到家了。美好的緊張感隨著列車愈接近目的地也愈趨緩，她一手握住把手，一手滑著手機，瀏覽新聞，後腦勺卻突然感受到炙熱的眼神。

美好立刻轉頭。

又來了，又有一樣的感覺。

這次絕非錯覺，她很肯定從轉乘站下車到現在為止，一路上一直都有人眼神緊盯著她。

她心跳加快，人潮眾多，從每一張面無表情的臉孔中要區分出到底是誰一直在偷看自己著實不易，甚至就連一張熟悉的面孔都沒有。

一站、兩站，然後第三站。

終於抵達目的地。車廂門一打開，美好就急忙衝下車。

幾個人跟在她身後一起走下車，可是她卻沒有餘力回頭。她快步走上階梯，通過驗票口，那是個乘客不多的車站，通往美好住處方向的出口，也剛好位在人煙稀少的車站最角落。

明明還不到傍晚，美好卻感到背脊發涼。她快步走上出口階梯，甚至走到氣喘吁吁。她聽見身後傳來跟隨的腳步聲，立刻回頭查看，卻只有看見一名阿姨從容不迫地走著，另一名年輕男子則是邊走邊大聲講電話，兩人都只是普通路人。

一走出出口階梯，一陣冷風迎面吹來。

她看見遠處筆直聳立的住商大樓。光是抵達熟悉的環境、離家愈來愈近，就足以讓美好感到安心踏實。

她沿著大馬路邊行走，繞過一間便利商店，走進一條巷子。她的心情放鬆不少，再拐進一條小巷，卻在這時又突然聽見身後傳來腳步聲，腦海也隨即閃過一個念頭。

那些人，在那些人當中……

有一張熟悉的面孔。

明明是看過的臉。

五十多歲阿姨和年輕男子。

到底是在哪裡見過。

瞬間，身後的腳步聲速度加快，就在美好大幅度轉身的同時，腦海也亮起了火花，有人將她的頭用力推往牆壁，直接撞了上去。

她的頭徹底撞上了堅硬的水泥牆，並發出一聲慘叫。

她皺著眉頭，好不容易從微張的眼縫中看見一名頭戴鴨舌帽的年輕男子。男子壓低帽簷，一把抓住美好的包包。

「你這是在幹嘛？」

男子肆意拉扯美好的包包，由於拽得太用力，導致包包背帶應聲斷裂。

美好瘋狂尖叫，奮力尋求周遭人士的幫助。男子似乎沒想到美好會如此頑強抵抗，連忙用手將美好的嘴巴摀住。

美好揮動雙手，大力扭轉身體，激烈反擊。就算是一名成年男子，也難以馬上制伏身高體格都相對高大的美好。美好一手緊握包包背帶，並揮動手臂，一把摘掉了男子的口罩。男子的面孔頓時現形，發出了驚慌失措的嘆息。

被拆穿身分的男子情急之下連忙朝美好的腹部揮拳，美好發出疼痛呻吟，彎下上半身，但仍沒有鬆開包包背帶。

「妳給我鬆手！快點放開！」

男子踹了美好的脛骨一腳，美好屈膝跪地，包包背帶從鬆開的虎口中脫落，男子口出惡言，左顧右盼。

美好好不容易雙腿使力，站起身。

「宋、宋正軾……」

男子背對著美好，當他聽聞背後傳來的呼喊聲時，瞬間在原地僵住。美好沒有放過機會，將剩餘力氣統統集中到腿上，朝正軾的命根子狠狠踢去。

「啊——！」

正軾的慘叫聲在小巷內迴盪。

「正、正軾！」

婷雅急匆匆衝進了派出所，美好雙臂交叉在胸前，回頭看了一眼。警察露出終於可以鬆口氣的表情。

「還好嗎？」

婷雅關心著低著頭坐在美好身旁的正軾，正軾一臉慘白，微微點頭。

美好用冰冷的眼神看著這對催人落淚的姊弟。

「哎呀，小姐，妳怎麼現在才來？我們都聯絡妳多久了。」

警察一見到婷雅便開始發牢騷，因為他被自始至終保持緘默的美好和正軾搞得不知所措。

美好和婷雅徵求完警察同意後，兩人便往休息區移動。

美好不發一語，目不轉睛地瞪著坐立難安的婷雅。

「那個，張美好小姐……」

當婷雅終於忍不住開口時，美好一把將背帶斷裂的手提包用力放在桌上。婷雅被突如其來的舉動嚇了一跳。

「我還沒對警察說任何話，妳要是不希望妳弟弟被以暴力罪提告的話，就最好廢話少說。」

「張美好小姐，不是啦——」

「妳最好按照我問的內容如實回答，因為我現在什麼事都做得出來。」

美好無情地打斷了婷雅的發言，她感受到一股微妙的快感，沿著血管蔓延至全身。

婷雅緊咬下唇，怒視著美好。過不久，她終於再度開口。

「好吧，妳想問什麼就問，我回答妳。」

面對突如其來的半語，美好感到無言，冷笑了一聲，但另一方面也能理解婷雅突然改用半語的意圖，這可能是她最後的自尊，畢竟一切都已被揭穿，甚至就連主導對話或情況的話語權也失去，唯有使用半語是她目前能做的最後反擊。

「我只好奇一件事。妳到底怎麼了？」

「……」

「為什麼會被列入黑名單內？」

婷雅那張宛如石膏像般的臉龐頓時出現裂痕，她似乎還不能理解究竟是什麼情形，思考了一會兒，臉上浮現訝異又混亂的情緒。

「妳……不知道？」

婷雅反問。美好搖搖頭。

「我不曉得到底是從何時開始讓妳們有所誤會，但其實我和有珍已經失聯了十七年，所以有珍的隨身碟根本不可能在我這裡，我看妳們好像都以為她的隨身碟在我這裡，錯了，根本就不在我這裡。」

「那有珍的隨身碟在哪裡？」

「我怎麼知道。」

「所以我現在等於是搬石頭砸自己的腳嘍？」

從她將短髮向後撩的手勢中明顯可見內心十分煩躁懊惱。

「這倒是形容得很精準，妳打算怎麼做？要讓妳弟上手銬嗎？還是如實告訴我？」

婷雅板著一張彷彿被揍過一拳的臉，嘆了一口長氣。她先是搖頭否定，最後只好無奈苦笑，接納現實。最終，她不得已，只好開口承認。

「好吧，我的確有被列入黑名單，約莫是在兩個月前左右吧，也不曉得她們是如何得知的，不，應該說是有珍好像有去調閱過我們家的戶籍謄本，照理來說我掩飾得很好，應該是神不知鬼不覺才對，也不知道這女的是如何嗅到不尋常的味道，唉，總之，自此之後就被她發現原來我們是租客不是屋主。真是的，明明之前都已經千叮嚀萬交代過房仲業老闆不准說溜嘴了。」

也許是有損自尊，婷雅的表情扭曲，欲言又止。

過了一會兒，她繼續說道：

「如果要問住在這個社區會不會太逞強，其實並不會，因為那本來就是我們的房子沒有錯，只是暫時賣掉改用月租的方式住在那裡而已。」

「……方便問一下為什麼決定賣掉嗎？」

婷雅眼睛向上瞪了美好一眼，然後發出一聲無奈嘆息。

「既然妳都已經把我拉到了谷底，就不必又來跟我客套……。總之，我老公有經營一間專門生產美容儀器的公司，兩年前準備要擴大事業版圖時，有用投資的名義四處借錢，其中也包括赫里蒂奇幼稚園媽媽們。」

後續內容其實不用明說想也知道，婷雅的先生一定是遭遇事業瓶頸，所以才會選擇連房子都拋售出去。

「我知道妳在想什麼，妳一定會覺得，既然事業都已經走下坡，還改用承租的方式租下這間房子，卻還整天在社群平台上炫富、炫耀那些奢侈品，可我也是逼不得已，因為要是被那些女人得知我們公司有經營上的困難，就會一個接一個要收回投資金額。」

婷雅表示，那是牽涉到公司存亡的重要問題，假如有一筆鉅額資金瞬間抽走，無疑是讓公司直接倒閉，所以就算昧著良心說謊，也必須證明公司依然生意興隆。

「但是這件事情被吳有珍發現了，她知道我們公司經營不善。」

原來有珍是負責更新黑名單的Premium媽媽社團管理員，等於是被她撿到槍的概念，由於這份含有個資的黑名單是只提供極少數會員閱覽，所以也不曉得傳聞會從哪裡傳出，並傳進多少人耳裡。

因此，婷雅才會心急如焚，她一直難以確定自己有無被有珍列入黑名單。

「這是關乎我們公司存亡，不，關乎我們這一家人命運的問題，我怎麼可能坐以待斃、袖手旁觀？」

有珍上傳了那張「即將登場，潘朵拉的盒子」照片來暗諷婷雅，而當時娜英也正巧被有珍爆料先生在外偷吃的事實，所以三人才會從此徹底決裂，這是婷雅的解釋。

「我真的超想把她碎屍萬段，我相信任誰遭遇到我這種事情，然後再看到那樣的貼文，一定都會和我一樣有相同的感受。」

「所以，妳就真的殺了她嗎？」

美好試圖讓婷雅內心產生動搖，但是她不像娜英那樣魂不守舍，嘴角反而帶著一抹淺淺嘲笑，沒有任何表情變化。

「妳現在是在懷疑我對吧？不對喔，應該不只懷疑我，也懷疑娜英對吧？不過，這可怎麼辦呢，我的不在場證明實在很明確，那天我剛好帶著民聖在娘家住了一晚，因為要向我母親再次伸手拿錢。」

這人可曾對有珍的死亡感到過絲毫悲傷？

還是認為死得正是時候所以感到慶幸無比？

美好感覺心中彷彿有塊巨石般沉重鬱悶。

「啊，有件事情我想要告訴妳，這也是因為我人太好所以才願意與妳分享；其實有珍死前精神狀態很不好，如果妳很好奇她的死因，可能要往這方面去仔細探究，而不是懷疑無辜的我們。」

所以有珍的死很可能另有其因？

隨著話題轉換到奇怪的方向，美好也開始繃緊神經。

這是她完全沒料想到的事情，不對，難道是陷阱？婷雅是個狠角色，不像娜英一樣簡單，也許是為了扭轉對自己不利的情況而故意說謊也不一定，說得一副像是手裡握有重要資訊的樣子。

美好挺起上半身，離開椅背，並將上身往前傾。

「精神狀態不太好？怎樣不太好？」

儘管如此，美好還是不能全然忽視婷雅拋出的這項資訊。

「這個嘛……我該怎麼說明才好呢，她一直以來都是端莊理智的人，卻突然變得魂不守舍，彷彿有某顆螺絲鬆掉的感覺，然後約莫在死前四天左右的時候，她好像連我們吵架的事情都忘記了，竟然主動向我搭話。」

「她當時對妳說了什麼？」

「讓我想想……她好像是問了我一個問題，問我什麼呢……」

婷雅一副想不起來的樣子，嘴角上卻掛著淡淡微笑。

她聰明伶俐，也早已知道，情況已經翻轉成對她有利的局勢。

美好則是被對方察覺到內心的焦急。

「問了什麼？」

「在這之前，妳應該先告訴我妳可以為我提供什麼才對吧？」

「那就當作沒這回事吧。」

「……」

「我是指妳弟對我施暴的事情。」

婷雅嘴角上揚，開始向美好娓娓道來。

「她問我兩年前在赫里蒂奇美語幼稚園發生的事情，問我有沒有聽民聖說過什麼。」

「當時幼稚園發生了什麼事？」

「其實也沒什麼，就只是大家誤以為智律被人誘拐了，引發學校一陣騷動而已。」

婷雅把兩年前在幼稚園發生的事情簡明扼要地講述了一番。

家庭月公演日，有珍的大女兒智律消失了。老師和家長都以為是兒童誘拐事件，當下立刻報警處理，就連刑警也抵達現場，把整個幼稚園翻找一輪。雖然也有將宅配人員誤認成誘拐兒童的嫌犯，但是整起事件的真相可說是荒謬至極。

最後是班導師趙兒菈在遊戲室裡的玩具收納櫃裡找到智律的，她獨自一人躲在那裡。

智律辯解著自己只是想和老師玩躲貓貓，所有人這下才鬆了一口氣，公演活動也重新舉行。

就是一場因為智律個人的玩笑所引發的小騷動。

「後來才知道，原來有珍不只有問我，還有問過當時同班同學的其他媽媽們關於那起事件，問大家智律平時是否很喜歡和老師玩躲貓貓、是否經常將玩具藏在該玩具櫃裡……諸如此類的問題，如果妳不信可以去向其他媽媽們求證。」

「那妳知道為什麼有珍要到處去追問這些事嗎？」

婷雅果斷搖頭。

「完全不曉得，就算我問她為什麼要問這些問題，她也沒有回答我，我只知道她似乎很迫切需要知道這些問題的答案，因為和她相識這麼多年，那是我第一次看見她面帶那種表情。」

那是在有珍死前四天發生的事情，自然不可能和她的死無關。

就在美好陷入沉思的期間，婷雅確認了一下手錶，釋出了想要趕快結束這場對話的信號。

「我該走了，民聖還在我媽那邊，妳也知道我現在的情況，已經沒錢請保母了。」

如今婷雅已經可以毫不介意地在美好面前自暴其短了。椅子伴隨著拖地聲響向後推移，婷雅也從位子上起身。開門前，她似乎是想到了某件事，啊一聲轉頭看向美好。

那是經過徹底精算、演技成分十足的舉動。

「話說回來，妳知道在幸福對決裡，要怎麼做才能獲勝嗎？」

迄今為止，美好一直以為婷雅是高冷的女子，比較以自我為中心、主導感也比較強、心直口快的那種女人。然而，在她回過頭來看美好的那雙眼睛裡，竟閃爍著宛如孩子般純然卻殘酷的眼神。

美好猜不到她接下來究竟要說什麼，另一方面也感到背脊發涼。

美好搖搖頭，表示不清楚。

「很簡單，不用變得更幸福。」

「……」

「只要粉碎別人的幸福即可。」

令人不寒而慄的嗓音在空氣中四散。

所以依序破壞別人幸福的有珍，是這場幸福對決中的獲勝者嗎？

不，就結果來看，有珍是最慘的失敗者。

那麼……

「看來，宋婷雅小姐，妳也有粉碎過別人的幸福嘍？」

婷雅用理所當然的表情看著美好，然後回答：

「這個嘛……」

「……」

「的確是有在水杯裡滴過一滴非常小滴的墨水。」

所謂疑心，其實就是這樣的道理。

婷雅補充的這句話宛如過眼雲煙般在空中消散。

接下來是一陣高跟鞋踩在地板上的叩叩聲響，門被打開了，門把旋轉著。

「孩子們會透過畫畫說很多事情。」

伴隨著關門聲響，婷雅留下了最後這句話。

婷雅說的是事實。

有珍身亡四天前，的確有四處詢問幼稚園媽媽們有關兩年前引發學校騷動的那起事件，包括有珍的模樣和平時甚有落差也是。

不過有珍的社群平台一如往常地上傳著和平時沒有任何不同的照片，所以美好從不曾懷疑過她有任何問題。

為什麼有珍要四處詢問兩年前發生的那件事呢？

引發騷動的主角是有珍的女兒——智律，她應該比誰都還要清楚才對，為什麼如今卻要舊事重提，詢問別人，美好百思不得其解。

儘管婷雅已經摘錄重點向美好說明那起事件，但是資訊依然不足。

美好苦思了一段時間，下定決心要親自去幼稚園一趟，卻遇到了該用何種方式接近幼稚園的難關，她擔心自己能否靠演技蒙混過關。

美好最終決定向世景尋求協助。

「這有什麼好難的，就假裝成是新搬來的住戶，在幫小朋友尋找幼稚園不就好了。」

她打算喬裝成剛搬來附近生活的居民。

美好拿出了收藏在各種套裝之間、久未拿出來穿過的針織洋裝，上身披著一件針織外套，腳踩平底淑女鞋，看上去頗有幼稚園小朋友家長的韻味。

最後還戴上一頂試圖遮擋秋陽的草帽，壓低帽簷，遮住臉龐。

世景和美好在公寓社區出入口相遇，世景對於美好的這身穿著打扮十分滿意。

兩人走在步道上消磨時間，直到過了放學時間以後，才往赫里蒂奇美語幼稚園方向走去。三層樓高的彩色建物親切地歡迎兩人到來，公園遊戲區裡則是孩子們的嬉笑聲不斷。美好和世景按下了幼稚園門鈴。

「好的，馬上來～」

隨即，出現了一名年輕女子的身影。

美好還差點自在地和對方攀談，卻突然意識到自己只是在社群平台上看過對方的照片，於是連忙按捺住自己。

「請問是……啊，原來是韓春的媽媽，您好，我剛好也在等您來訪。」

趙兒菈想起了事前聯絡諮詢的那通電話內容，帶領兩人往園內移動。

相較於美好扭扭捏捏的樣子，世景反而把角色飾演得很好，所幸這場喬裝成家長的戲碼是交由世景來擔任主演。兩人在趙兒菈的引導下，從幼稚園一樓仔細地參觀到三樓，一樓有教室、遊戲室、圖書室，二樓是禮堂和體育室，三樓則有美術室、烘焙教室等。

幼稚園沿革、師資經歷、課程安排和教育目標……，趙兒菈用親切又充滿自信的嗓音介紹說明，世景也有適時拋出提問，趙兒菈則展現出早有準備的樣子，熟稔地為世景做說明。

美好看著飾演幼稚園小朋友家長的世景，不禁覺得自己頗為過分，竟然會向她拜託這種事，著實有些殘忍，也突然想起韓春這個名字其實是世景老早就已經想好要替將來的寶寶取的名字。

她已經和先生炳俊試了五年都沒懷上孩子，雖然世景沒有特別明說自己多麼想要孩子，但是從她為了受孕而辭去工作來看便可知。世景從小就因父親外遇而飽受內心折磨，她一直夢想將來自己組成的新家庭，所以有珍的家庭看在她眼裡，不知道會是什麼樣子。

完美幸福的家庭，兩名漂亮女兒，腹中還有一個新生命。

正當美好沉浸在這些念頭裡的時候，三人正準備往黃金班教室移動，也就是智律、雅琳、民聖三名孩子所屬的班級，當美好意識到這一點的時候，連忙重新繃緊神經，仔細參觀。

趙兒菈打算和介紹其他園內設施一樣簡單帶過，但是美好和世景必須找到藉口在這裡停留久一點。

「老師，不過我四處參訪幼稚園，有聽到一些事情。」

正當美好在環顧教室、尋找智律蹤跡的時候，世景突然開了個話題。

「是，媽媽您請說。」

「聽說兩年前，這裡有發生一起小朋友失蹤，後來才找到的事件，其實我知道這間幼稚園在這區算是最好的學校，但是畢竟發生過這種事，不免還是會有所顧慮……」

儘管面對世景如此唐突的提問，趙兒菈依舊面不改色，似乎已經很習慣這個問題及應對方式。

「完全可以理解您的顧慮，身為家長聽到這種傳聞自然會很擔心。那件事情的確有在我們這裡發生，可是事情的發展可能和您知道的內容有所落差，實際上根本就沒有所謂的誘拐，只是孩子躲在遊戲室裡鬧出的烏龍，而且剛好那天是幼稚園的公演日，所以人潮眾多，在種種巧合下產生了誘拐這種謠言。」

美好聽著兩人的對話，繞著教室走了一圈。趙兒菈忙於向世景解釋，也沒有特別去注意美好的一舉一動。

教室牆壁上貼滿孩子們的圖畫，美好想起了婷雅和雅琳說過的話。

「那為什麼智律的東西都不見了呢？室內鞋、美術本、色鉛筆……統統都不見了。就覺得……智律好像突然消失了。」

「孩子們會透過畫畫說很多事情。」

美好專注尋找智律的畫作。

李雅琳、周民聖、崔海俊、方素談、金佳喜……

「原來如此，所以確定並不是誘拐事件，對吧？」

世景刻意提高嗓音，吸引趙兒菈的注意。

「當然，就只是一個小插曲而已。」

「不過，那名小朋友為什麼要躲在遊戲室裡呢？既然學校當天有公演，孩子們應該也都很期待參與才對啊。」

空氣突然變得安靜，彷彿澆了一盆冷水般。原本在尋找智律畫作的美好，也同樣感受到空氣中產生微妙變化，將視線轉回到她們身上。一直面帶笑容親切有禮的趙兒菈，表情上也出現了細微裂痕。

「喔！那是因為……那個小孩特別喜歡玩躲貓貓。」

因為自己一時不注意沒有看管好小朋友而心虛的趙兒菈連忙辯解。

「是喔？太奇怪了，再怎麼樣也都五歲了，應該是能夠分辨情況的年紀才對啊，都已經有重要的表演要準備登場了，怎麼還會因為想玩躲貓貓而躲起來？」

經過世景這麼一說，趙兒菈的臉色明顯變得僵硬暗沉。她緊閉雙唇，不發一語，似乎是在思考要用什麼說帖來回覆，過了一會兒才又重新開口回答。

「其實是該名學生的私人問題，所以一直以來都不方便透露，不過既然您都這樣問了，我只好如實告訴您，以免您聽完我的話以後有所誤會。」

趙兒菈先用這段話替她們打好預防針以後，便進入了正題。

「兩年前剛好是我擔任該名小朋友的班導師，那個孩子雖然有時會少根筋，但基本上算是活潑聰穎的小孩。可是從某天起，她就一直說她害怕蛇，老是想找地方躲起來，只是我萬萬沒想到，就連表演日當天也會發生同樣的情形。那天，我在遊戲室裡的玩具收納櫃裡找到她，當時她也說了一樣的話。」

「她說一直有蛇在追她，很害怕蛇。」

「……」

蛇……

到底是在哪裡聽到的呢？

這句話分明是在哪裡聽過的。

蛇好可怕，不，很像一條蛇。

牠老是追來，一直出現，蛇，是蛇。

美好感到頭部隱隱作痛，明明是曾經聽過的話，卻始終想不起來在哪裡、哪個情況下聽到的。

對！是有珍，有珍說過這句話。

此時——

「請問孩子有無遭人虐待的跡象呢？」

站在遠處的美好突然打破沉默，開口問道。

為什麼在想起蛇的瞬間，會聯想到虐待呢？

美好自己也不是很清楚。

「沒有，絕對沒有。」

趙兒菈用堅定的口吻矢口否認。

「那名女孩，是不是叫姜智律？」

美好問道。趙兒菈點點頭，卻也同時浮現懷疑的眼神，因為她發現對話逐漸往奇怪的方向進行。

「那個孩子好像還在這裡上學，卻只有她的畫作被拿掉了。」

李雅琳、周民聖、崔海俊、方素談、金佳喜……

推測應該要掛有智律畫作的牆面上，剛好有一張圖畫紙大小的空位。

「前陣子她的媽媽有來把畫作取走。」

有珍有來過？

「室內鞋、美術本、色鉛筆，統統都拿走了？」

「是啊……不過，為什麼要問這種問題？妳們，到底是誰？」

趙兒菈的口氣瞬間變得充滿敵意。

「我們就只是在考慮要不要把孩子送來這裡就讀的媽媽，總之，謝謝妳今天的介紹，我們回去會再考慮看看。」

美好轉過身，將充滿警戒的趙兒菈拋在腦後，大步走出教室。

已經沒有什麼好參觀的了，該聽的內容已經聽完，想確認的事情也都確認過了。

社區小徑上強風呼嘯而過，寒冷的空氣不斷從衣角鑽進身體，但是因為內心的那把火不斷在燃燒，使身體熱得發燙。

冷風迎面而來。

「美好，走慢一點！」

世景在後頭邊追邊喊。

「妳這是突然怎麼了？」

是啊，我到底怎麼了？

各種念頭盤踞腦海，雜亂無章，彷彿被人胡亂翻攪過的感覺。

社群平台上的幸福對決、圍繞著黑名單展開鬥爭的幼稚園媽媽們、兩年前在幼稚園發生的事件、突然人間蒸發的智律。

以及，蛇。

美好感覺頭痛欲裂。

蛇好可怕，不，很像一條蛇。

牠老是追來，一直出現，蛇，是蛇。

美好不斷想起十七年前有珍嚇得花容失色的臉龐。

「美好！張美好！」

在世景的聲聲呼喚下，美好突然停下腳步。

「妳走那麼快幹嘛？」

「妳為什麼從不問我？」

世景話還未說完，美好便以冰冷的嗓音逼問。

「妳說什麼？」

「十七年前，那件事，妳應該要質問我才對，問是不是我說出去的。可是妳怎麼能到現在都從不問我？」

兩人心照不宣的絕口不提，換得了友誼關係的和平穩定。

美好一直以為，如果某天有人打破這份和平，那個人一定是世景，絕對不會是自己，但她已經無法再對內心深處沸騰的情感假裝視而不見。

憤怒與埋怨之情頓時湧現，深刻的懊悔不斷衝擊內心，名為罪惡感、愧歉感的情感也一直緊緊掐住美好的脖子。

「妳早該問我了，問我是不是有把有珍的事情說出去。」

美好咬著顫抖的下唇，重複說著同一句話。

「因為我知道。」

世景沉默許久，終於開口。

「……」

「是妳。」

「……」

「當時只有妳和我兩個人知道有珍的事情，既然不是我說的，那自然就是妳說出去的。」

強風穿梭在相對而站的兩人之間，乾燥枯萎的樹葉在地板上隨風拖行。

兩人同時領會到一件事——

是時候該把塵封多年的事情好好說出來了。

＊＊＊

高二那年秋季校外教學。

美好在一時衝動之下，選擇公開自己和彗聖發生性關係，且擔心自己是否懷孕的事情，相信世景當時一定也是衝動告白，畢竟向朋友們坦言自己親眼目睹父親和女職員在車內做愛，絕對是在清醒狀態下難以啟齒的內容。

在唯有蟲鳴聲和樹葉沙沙聲繚繞的藏青色秋夜裡，陌生場所、微醺氣氛，再加上內心的害怕擔憂，這樣的組合對於涉世未深的孩子們來說，自然是最容易說出心底秘密的絕佳條件。

「算了，安慰和同理都先謝絕喔，我只是用這件事情來證明我的人生也有被噴上汙點。有珍妳呢？」

說出自身秘密的世景一臉如釋重負的表情，並用半開玩笑的口吻將話題轉移到有珍身上。突然被點名的有珍面露錯愕，擠出了尷尬微笑。

「坦白說，我沒有什麼要分享的事情……」

「什麼？就妳最清高嘍？」

「真的沒有。」

「好吧，就妳最沒汙點，最清白，最無瑕。反正我們也本來就不覺得妳會有什麼汙點。」

世景開著玩笑，一把摟住了有珍的脖子。美好同樣笑了出來，在一旁附和著世景。

「我們要不要回去了？這裡好冷喔。」

世景故意對著手掌哈氣，再比出回去的手勢。

但是呆站在原地的有珍似乎不打算回去。

「不進去嗎？再這樣下去要冷死了。」

儘管美好催促著，有珍依然不發一語，默默望著她們倆。街上的路燈剛好打在有珍的臉上，光影分明，看上去顯得不太像這世界上的人。

不，也許是因為她那張陌生的表情。

「我也有事情要向妳們坦承。」

有珍還沒進入正題，氣氛卻已明顯嚴肅低沉，反而讓世景剛才的玩笑話顯得有點有失分寸。不過明明是有珍自己先起的頭，她卻欲言又止。

「怎麼了？」

美好催促她繼續說下去。

「這真的是秘密，絕對、絕對不能說出去。」

「當然嘍，我們絕對不會對任何人說，妳不相信我們嗎？更何況我們也都有說出自己的秘密啊。」

儘管是世景的高八度嗓音，也未能挽回低沉的氛圍。有珍不停扳弄手指，努力在腦海中篩選語詞，過了好一會兒才終於開口。

「有人用異樣的眼光看我。」

美好和世景滿臉詫異，還沒聽明白有珍說這話的意思。

「真的很令人不舒服，那種一直盯著我看、上下打量我全身的眼神，好噁心，簡直就像蛇一樣。剛開始我還以為是自己的錯覺，結果發現不是，那種事情我怎麼可能看錯，每當我們面對面談話時，他的目光總是停留在我的嘴唇上，甚至還舔嘴咂舌，然後再把視線挪移到我的胸部，彷彿只要目不轉睛地看，就能透視衣服似地，一直用那種猥褻的眼神看我；最後再將視線依序停留在腳踝、小腿、膝蓋上，最後還到大腿，然後會在這時摸一下自己的褲襠，這已經不是頭一回了，是每次都這樣。」

有珍原本冷靜沉著的嗓音逐漸出現動搖，她似乎在努力壓抑情緒上的起伏。其實她只是在描述某人的眼神，卻宛如有昆蟲在身體上攀爬般，令人起雞皮疙瘩。

「有時候他會摟住我的肩膀，隱約將手指放在我的腋下與胸部之間；拍打或者揉捏我的大腿時，也會刻意把手指滑進我的大腿內側；輕輕扶我的腰時還會用手滑過我的臀部上緣。唉，我也不曉得該怎麼說，其實要是被人看見，根本不會察覺有異，會認為是很自然的肢體觸碰，純粹的鼓勵或安慰，所以不免讓我懷疑，難道是自己太敏感？會錯意？或者只有我會有這種感覺？」

有珍似乎也很混亂，就連對自己的感受都沒有十足把握。

「還有一次是我的筆記本不小心掉在地上，於是我彎下腰準備伸手撿起，他卻馬上緊貼在我身後，說要幫我一起撿，我當下有明顯感受到他的下體碰到我，約莫一秒鐘，不，大概是兩秒鐘的時間……？這真的不是我的錯覺，是千真萬確的事實，我真的有感受到，可是我不知道這樣的舉動算什麼，不算性侵也不算性騷擾……」

那個年代的確是如此，在判斷自己是否有被性騷擾時，受害者的感受是不被考慮在內的。這是一種因為加害者的手法實在太巧妙，就連受害者自己都難以承認的虐待。有珍不曉得該用什麼名詞來說明這樣的不當行為。

明明是千真萬確的性騷擾。

「那個人是誰！」

世景問道。美好同樣也想問這個問題。有珍的告白中獨漏了一項重要資訊，儘管加害者對有珍做出不當的肢體接觸，仍能夠顯現得十分自然，所以表示兩人平時就互動頻繁，而且對方應該是在關係中位居上風，才會讓有珍難以拒絕。

「我不能說。」

「可是妳到目前為止說的這些內容根本不是秘密，這擺明是……是犯罪！怎麼能就此善罷甘休。」

世景拉高嗓音。

「我就是怕妳們會有這種反應才沒說，而且我也根本沒打算要說，反正我和他之後還是會繼續碰面。」

有珍斬釘截鐵地回答。

「誰啊？到底是誰？」

「我是絕對不會告訴妳們的。」

「喂！吳有珍！」

儘管世景不斷施壓，有珍依舊保持緘默，那句「反正我和他之後還是會繼續碰面」不停在美好耳邊迴盪。其實有珍平日活動範圍不外乎就是那幾個地方。

不是學校就是補習班。

學長或者老師。

當世景在催促著有珍趕快揭曉答案的時候，美好依然獨自安靜地推測著究竟加害者會是誰。

「忘掉吧，如果妳們真心為我好，就拜託忘了這件事。我今天只是純粹想把這骯髒的秘密講出來，讓自己心裡輕鬆一點而已。」

有珍說出了自己講述這個秘密的初衷，世景也就停止了追問。

空氣中維持一陣尷尬又不自在的靜默，沉重低垂的冷風纏繞在腳踝上，唧唧作響的蟲鳴聲不停騷擾著耳膜。

就在那時——

美好突然感覺到下體有濕濕的東西流出來，於是連忙站起身。

「妳又怎麼了？」

世景問道。

難道是錯覺？不，不是錯覺。

美好沒有回答，只有用怪異的姿勢朝宿舍方向走去。

有珍和世景還一頭霧水，就連忙追了上去。美好衝進廁所裡，脫下褲子。

內褲上沾染著經血。

呼……終於。

她眼眶泛淚，一種難以用「安心」兩個字來解釋的眼淚不停流出。不清楚究竟發生了什麼事的有珍和世景則站在廁所門外焦急地敲門。

沒錯，應該是罪惡感。

那是對有珍感到罪惡的起點。

她不僅拿自己和朋友的不幸做比較，從中獲得安心，也在月經來的那一刻煩惱全消。

美好在廁所裡待了許久才出來，她實在難以正視有珍的眼睛。

隨著月經到來，憂鬱的心情也彷彿一掃而空。

就連在酒精催化下助長的情緒也消失得無影無蹤。隔天天亮以後，美好像是全然忘記前一晚的對話般，表現出若無其事的樣子。

結束上午行程的巴士沿著高速公路行駛回學校。美好、有珍、世景三人一起走出校園，吃了一份辣炒年糕便各自返家。

美好回到家，連澡都沒洗就直接躺在床上進入夢鄉，書包則是直接扔在房間角落。

明明兩天一夜的行程也沒多辛苦，濃濃睏意卻仍席捲而來，甚至就連母親打開房門走進來的聲音都沒聽見。

究竟睡了多久呢？

啪！響亮的掌摑聲伴隨著劇烈疼痛直撲臉頰，母親的怒吼聲也幾乎要穿破耳膜。美好睡眼惺忪地睜開眼睛，還搞不太清楚到底發生了什麼事。

「妳……妳這是什麼……這到底是什麼！」

母親的怒吼響徹雲霄，這下子美好才意識到原來自己是在睡夢中被母親搧了一記耳光，以及母親手裡握著驗孕棒的事實。

「這是妳的嗎？說話啊！為什麼會有這種東西出現在妳的書包裡！」

儘管母親氣得直跳腳，聲嘶力竭地對她咆哮，美好依然兩眼無神，呆呆地看著母親。尚未完全清醒的大腦無法正常運作。

「我是這樣教妳的嗎？妳怎麼可以這樣對我？我為了妳、為了妳吃了多少苦啊！」

母親眼看美好依舊沉默不語，便開始對美好無情地掌摑。

美好的臉頰很快就變得紅腫，口腔內也開始滲血。在經過一陣毒打洗禮過後，美好內心的恐懼已經來到喉嚨。

「唉，不是啦！媽，那個東西不是我的！」

美好走下床，拚了命地否認。

愚蠢的是，她居然因為陶醉在月經有來的安心感當中，而忘了把該扔的東西扔掉。

她明知道母親時不時就喜歡翻她的書包，卻仍犯下了這種愚蠢失誤，就連她自己也難以理解。

「別想騙我！」

母親對著美好咆哮，但是可以從拍打美好的力道中感受到些微變化。美好把握機會。

「我說的是真的！拜託妳相信我一下吧！」

「張美好，妳好好看著我的眼睛回答。」

終於，母親停手了，美好看著母親的眼睛。

「確定不是妳的？」

「確定不是我的。」

「那是誰的？」

「……」

「妳不說嗎？」

「……」

「這東西為什麼會在妳的書包裡！」

母親再度舉起手，搧了美好一記耳光。美好的臉直接撞上牆壁，鼻子部位突然感到一股溫熱，鮮血直接滴落在床單上。

美好斜眼看向母親，原以為母親多少也會感到驚訝，沒想到母親的表情沒有出現絲毫動搖。要是向母親坦承，她一定會當場把我碎屍萬段。拿出廚房裡的菜刀將我亂刀砍死，然後再切腹自盡。

美好的母親原本是學校老師，為了育兒而選擇留職停薪，最後甚至辭去工作。她一直很想生個兒子，想養出了不起的女兒，想藉由傑出優秀的女兒來向惹人厭的父親證明自己育兒有方。她唯一的夢想全都寄託在美好身上。

令人窒息的恐懼感排山倒海而來，美好滿腦子只有不論如何都要挽回局面的念頭。

「是有珍的。」

美好用顫抖的雙唇開口回答。鼻血浸濕了她的嘴角。

「有珍的東西為什麼會放在妳書包裡？」

「有珍拜託我幫她扔掉，我忘了。」

母親那雙眼睛宛如一條蛇，不停在美好的表情上游移，執著地尋找是否有任何說謊的蛛絲馬跡。

如果要說謊就說得徹底一點。

美好彷彿能聽見母親的心聲。

「為什麼有珍需要用這個？」

「……有珍遭遇了不好的事情。」

母親那雙像蛇一樣的眼睛變得細長，原本因情緒激動而上下起伏的肩膀也變得安穩許多，停留在懷疑界線上的那顆心也開始逐漸往一邊傾斜。

「她遭遇了什麼事？」

美好把前一晚有珍說過的話如實轉告母親，守住秘密的承諾在不到一天的時間內就破功了。

美好痛苦地說完那些內容以後，母親的眼裡浮現了其他結論。

「所以那個男的性侵了有珍？」

「有珍什麼話也沒說，但是既然都用了這種東西……應該八九不離十吧，這只是我個人的猜測。」

「那個男的是誰？」

「我哪知道啊，有珍又沒告訴我。」

「妳至少可以猜得到是誰吧？」

母親說話的嗓音再度變得尖銳。

「我有想過應該是學長不然就是老師。」

美好最終還是把自己的推測說了出來。

母親雙臂交叉於胸前，一手拿著驗孕棒，不停用手指敲打，那是她陷入沉思時會出現的習慣動作。

「媽，這真的是秘密喔，絕對不能說出去，知道嗎？有珍千叮嚀萬交代我們，絕對要幫她守住這個秘密。」

「這種事情怎麼能就此袖手旁觀？」

「不行啦！媽，我這樣求妳了，從今以後只要妳說什麼我都照做，我真的拜託妳、求妳了，一定要幫我守住這個秘密，好不好？」

美好跪坐在床上，雙手摩挲苦苦哀求，眼淚也掉個不停，把整張臉都哭花了。

「那以後每週三、五，妳願意再多上兩堂名師家教課嗎？」

「好！願意，我願意！」

「手機會沒收喔！以後週末也不准出去。」

「好，不出去，我會在家乖乖複習功課，照妳的話去做。」

當時真的好傻好天真，以為母親會信守承諾。

其實說不定對於美好的母親來說，那支驗孕棒是誰的一點也不重要，她只是需要一個可以控制女兒的利器而已。

美好向彗聖單方面提出分手，刪掉了過去所有簡訊，然後將手機交給母親。她延長了家教時數，全心全意投入課業。

不久後，母親以和老師討論女兒升學問題為由去了學校一趟，美好的內心雖然忐忑不安，但她還是選擇相信母親對她做出的承諾。

然而，就在幾天後，美好的期望落空了，校園內傳聞四起，議論紛紛，大家都在傳有珍被學校老師性侵的消息。

而傳言的主嫌正是辦公室裡的老師們。老師們在辦公室裡毫不避諱地討論這項話題，恰巧被路過的學生聽見，雖然自始至終都未提及性侵主嫌，但是眾人都能猜想到是誰——擔任二年級數學科任教師的韓周賢老師，已經連續請了好幾天假。

傳聞有如滾雪球般愈滾愈大。

有珍雖然不停解釋一切並非事實，卻沒有人相信她的說詞，老師們也根本不想理會這件事情的真偽，只想從有珍那邊得知韓周賢到底是用什麼方式性侵她的。

然後從某天起，這項傳聞就成了事實，批評的聲浪也愈演愈烈。

冷風哭嚎的十一月某日，徐羅高中驚傳有人墜樓身亡，那個人正是韓周賢。他的遺體是被一早抵達學校的學生發現，而他投身的地點就位在五樓的科學教室，死前還在現場留下了一封遺書。

他在遺書中表明自身清白，吐露冤屈，埋怨著其他老師為什麼不相信他，並表示自己只能以死明志，將選擇自殺的理由寫得十分迫切。

自此之後，老師和學生的態度開始有了轉變。靈車在繞行學校操場時，學生們紛紛倚靠在教室窗戶旁，朝窗外拋擲菊花，難道是想要藉此掩埋掉自身的罪過。

窗外只剩花瓣隨風飄搖。

＊＊＊

假如沒有和彗聖交往；

假如沒有和彗聖發生關係；

假如沒有買驗孕棒；

假如沒有聽到有珍的秘密；

假如選擇寧願被母親打死也絕不說謊；

韓周賢應該還活在這世上。

日後也能和有珍、世景一直維持平凡的友誼關係。

一切都是我的錯。

美好十指緊扣，再重新鬆開，不停反覆，目不轉睛地盯著世景的眼睛。強風從社區小徑之間呼嘯而過，吹亂了兩人的髮絲。

「我一直很想問妳，是不是妳把有珍的秘密說了出去，但是我不想連妳也失去。」

美好聽完不禁雙腿發抖，只想就地坐下。

「我知道妳為什麼這十七年來絕口不提有珍。」

的確。

將有珍的名字視為禁忌、絕口不提有珍的人是美好，想要藉由避而不提來堅守內在和平的人也只有美好一個人罷了，從頭到尾都沒有經過世景的同意。

宛如海嘯般直撲而來的罪惡感緊緊掐住了美好的脖子。

「其實我甚至有一度希望妳可以向我坦承，因為我知道妳為什麼至今未婚、為什麼像是在懲罰自己似地認為自己不配擁有幸福、為什麼只專注於工作、為什麼一輩子像是在逃避某件事情一樣過日子。」

美好聽著世景這番苦思已久、語重心長的發言，最終還是不支倒地。

我是殺人犯，害死韓周賢的人正是我。

也是我毀掉了有珍的人生。

所以一直以來都將有珍這個人的存在徹底抹去，把宛如夜空繁星發光發亮的女孩、令人憧憬羨慕的女孩，當成從一開始就根本不存在的人，生活至今。

然後就在十七年後，偶然看見了有珍的全家福。

豪華公寓、暖男丈夫、可愛的兩個孩子，美好對於有珍已經組了一個很美滿的家庭感到慶幸，因為彷彿十七年前的那件事並沒有在她人生中留下任何汙點。

也因此，美好才會如此執著於有珍的死亡。

她只是想證明，有珍的死並非來自當年的傷害；她由衷希望一切純屬意外，或者是第三人的所作所為；然而，這也只不過是美好的一己之私、想要拋去罪惡感的醜陋真心罷了。

「韓周賢是被我害死的。」

摻著水氣的嗓音從張動的唇齒間流露出來。

「每個人都脫不了關係。」

「假如我沒告訴我媽，就不會出現這種傳聞。」

「應該是老師們在那邊瞎說，同學們又自己加油添醋，校長則是草率地對韓周賢做停職處分的關係。」

「究竟為何傳聞會指向韓周賢？我從來沒有對母親說過加害者是韓周賢，只有說自己的推測可能是學長或老師。」

世景緊閉的雙唇出現了些微抽動，美好這才意識到，說不定世景也有壓抑已久的難言之隱。

在過去那段時期，世景雖然討厭父親，暗戀對象卻清一色都是成年男子，也許在她的潛意識裡，一直想找個可以頂替父親的男子也不一定。韓周賢就是世景當初非常喜歡的暗戀對象，韓周賢選擇跳樓自殺的那天，世景漲紅著臉，聲嘶力竭。

「是她把人害死的！韓周賢死了！在學校跳樓自殺了！瘋女人，都是因為那個瘋女人！」

在那當時，世景需要有個埋怨洩憤的對象，所以她將一切責任推給了有珍。然而，儘管到了現在，世景也一直對有珍懷有怨恨。

為什麼，到底為什麼？

有珍究竟做錯了什麼？

「世景。」

世景沉默不語，喉結不停上下晃動。

「美好，在妳看來，有珍當時說的話是事實嗎？」

過了一會兒，世景才終於開口，她的臉上沒有絲毫表情。

「什麼意思？」

「當時去參加校外教學的時候，有珍對我們說的那些話，妳相信嗎？」

「當然，誰會去捏造那種事情啊？」

校外教學之夜、顫抖的嗓音、蒼白的面容、時不時冒出的羞恥與恥辱，那一切都再真實不過，不可能是假的。

「我一開始也是這麼想的，相信她所說的，但是隨著時間流逝，不禁讓我產生了這樣的念頭，說不定有珍那天說的全都是謊言。」

美好彷彿被敲了一記當頭棒喝。

儘管美好露出飽受打擊的表情，世景也依舊不為所動，繼續說道：

「當時妳和我都說出了關於性方面的秘密，而且還是滿大的秘密，站在聆聽這一切的有珍立場，妳覺得會有什麼感受？當下會不會覺得自己好像都搭不上話，或者沒有任何秘密的自己好像個小朋友？」

「不可能，再怎麼說也……」

「當時夜已深，我們都喝了酒，也許是在氣氛的促使下隨意想出的內容也不一定。」

強風再次從美好和世景之間呼嘯而過。

世景抬起頭，凝視著虛空中的某處，她的眼睛彷彿遊走在過去的某個時間點上。說不定世景也和美好一樣，想從挖掘有珍的死因來證明些什麼。

或者是想找到某種確信。

確信有珍是充分會捏造出性騷擾這種事情的人。

在接二連三的打擊下，美好的身體顫抖，宛如抱著一大袋冰塊般，肌膚被凜冽強風吹得刺痛。

隨後那天傍晚，警察針對「盤浦洞夫妻遇害事件」發表了正式偵查結果報告。

第三章　墜入黑暗的腳踝

警方公布了整起事件的緣由始末，表示是有珍先持刀自殘，然後再殺害了先生姜道俊，兩人因子女教養問題而起爭執，但是有珍為什麼要拖著鮮血直流的身體在家中四處走動，至今仍是個謎，警方推測應該是有珍事後想要報警求救，所以才會在家中來回走動尋找手機。

美好用充血的眼睛一而再再而三的確認相關新聞，不知不覺間，窗外的天色漸亮。美好對於警方公布的資訊並沒有感到特別意外，也許她早就知道，有珍的死並非由第三人所造成。

但是美好無法認同警方公布的原因。

她難以相信，這場悲劇的起因竟是夫妻為了子女教養問題而起口角，假如警方多少有去試著了解有珍的人生，就不可能做出這樣的結論。

那天的場景突然在美好的眼前展開。

菊花花瓣在學校窗外四處飄散，那些花瓣沒有掉落在地，而是乘風飄搖，宛如成千上萬的白色蝴蝶翩翩飛舞。靈車繞著操場行駛，同學們淚流滿面，痛哭哀嚎聲此起彼落，不絕於耳。

某人的呼喊聲聽起來像回音。

過去十七年來從未取出過的記憶。

早在內心深處扎根的罪惡感與愧疚感，儼然已成來不及癒合的潰爛傷口。

如今不想再視若無睹了。

最懇切的心願是能夠將時間倒轉，回到那個時期，阻擋一切容易釀成悲劇的可能，承擔過去的罪過，誠心向有珍贖罪。

在那當時，就連一句對不起都未能說出口。

要是能對她說一句對不起該有多好。

可惜如今贖罪的對象已經不在世了。

美好想要藉由面對有珍的死以及那件真相來贖罪，想要理解有珍的死、有珍的人生——不是社群平台上的虛假人生，而是她的真實人生。

既然心意已決，美好便從沙發上起身，她雖然一覺都沒睡，卻感覺腦海裡的迷霧漸散，接下來該怎麼做也突然變得清楚明瞭。

美好洗了個澡，穿上一身黑衣，宛如在進行一種儀式。出門前，她確認了一下手機裡的記事本，寫著地址和電話，是透過世景從尹記者那邊拿到的資料。

其實不免有些害怕，因為不曉得會得知何種真相，然而，她也是個可以講述有珍真實人生的關鍵證人。

美好打開家裡的玄關大門，走了出去。她搭上市外公車，公車行駛了約莫一小時。

最終抵達的地點是龍仁市的一處田園鄉村，這個村落被橘紅色的山巒包圍環繞，宛如屏風般豎立在周圍。這裡的空氣清新涼爽，田園民宅之間都有相隔一段距離，雖然是在政府規劃下組成的小鎮，卻沒有半點人造的感覺。

美好重新確認了一下手機記事本裡的地址，走到了一間用紅磚砌成的田園民宅。

她按下門鈴，等待了一會兒，過不久，大門的門鎖解除，她穿過庭院，看見一名中年女子站在玄關門前迎接美好。

「您好，我是先前致電給您的張美好，有珍的高中同學。」

有珍的母親身穿灰色長裙，披著披肩，她沒有染髮，白髮蒼蒼。和十七年前偶爾會見到的模樣截然不同。

有珍的母親帶領美好進入屋內，美好坐在客廳裡的沙發上，有珍的母親端出熱茶和點心來招待。

「妳說妳叫……張美好，對吧？」

有珍的母親一邊放下茶杯，一邊問道。

「是。」

對方不停用探尋的眼神觀察美好，深褐色的眼珠彷彿要看穿美好的肌膚。美好心跳加快，拿著茶杯的手也忍不住微微顫抖，她完全無法預測有珍的母親接下來會說什麼。美好被打量了好長一段時間之後，有珍的母親才終於開口說話。

「抱歉，還真想不起來。」

幸好。

緊張感頓時全消。美好暗自鬆了一口氣，重新拿起茶杯。

「沒關係，我們從高中二年級以後就再也沒聯絡了，到現在也有十七年了。」

有珍的母親聽完美好的說明也只有微微點了一下頭，品味熱茶的肢體動作顯得優雅高尚，甚至就連放下茶杯都毫無聲響。

美好想起十七年前去有珍家裡作客時，見過她的母親兩三回。她的母親年輕美麗，根本不像學生家長，及腰的長直髮、濃妝、短裙、高跟鞋，其他阿姨雖然都說她這種臉是苦命臉，但是任誰都難以否認她的確美若天仙的事實。

她的教育觀念也和其他媽媽們大相逕庭，說好聽是相信子女、讓他們享有自由，說難聽則是放任子女不管，比起有珍，她更重視自己，總是把自己排在第一順位。

美好想起很久以前有珍告訴她的事情。

「以前窮得要死，要是沒遇見在建設公司上班的我爸，這輩子應該永難翻身。」

「我爸是體格瘦小又安靜的人，但是每次只要喝酒，就會徹底變成另外一個人，還會用高爾夫球桿揍我媽，他可能覺得這樣很有男子氣概吧，要是沒有因為車禍過世，我媽可能一輩子都得活在家暴之中。」

「我媽是個沒有男人一天都活不下去的人。」

美好目不轉睛地盯著有珍的母親看，那是一張和當年截然不同的面孔。

「是嗎？看來在那之後妳們就沒有再聯絡了，是因為妳搬去其他地方了嗎？我們家有珍是到婚前一直都生活在方背洞，妳和她是世明高中同學，對吧？」

這究竟是純粹基於好奇提問，還是因為懷疑而做試探性的詢問？

無從斷定。這種時候選擇保持沉默才是正解，不需要提起徐羅高中，也不需要解釋自己是在新都市長大。美好默默拿起茶杯，靠近嘴邊。

「我有去參加有珍的告別式，其實有點後悔早該和她聯絡的，怎麼會忙到忘記老朋友，真是的。我還滿好奇……有珍這十七年來是怎麼生活的……」

聽聞美好這麼一說，有珍的母親露出了可以理解的眼神。

前一天，美好主動致電有珍的母親，小心翼翼地詢問能否登門拜訪，沒想到有珍的母親竟然很爽快地一口答應。

她很想找人講述有珍的事情，和女兒失聯十七年的美好自然是最適合不過的人選，可以滿足她排解這份內心渴望。

有珍的母親從沙發上站起身，把家中的相本拿了過來。她溫柔地用手撫摸照片裡的有珍臉龐，不自覺紅了眼眶。她哭了許久。

「有珍她爸是叫我不要再提起有珍，叫我深埋於心就好，可我怎麼捨得把孩子埋在心裡？我到現在都覺得她還活著。」

她翻著一頁頁的相本。

「妳也知道我們家有珍從小就很有領導力，不論走到哪裡都喜歡當老大，學生時期從未錯過班長、會長等職位。喔，這張就是高中時期的照片，不曉得美好妳有沒有在裡面。」

看完國中時期的有珍以後，出現了高中時期的照片。被朋友們團團包圍的有珍，面帶淘氣微笑。美好快速翻閱相本，她感到心跳加快。

十七年前，有珍在學校的確很受歡迎，但她是個文靜的女孩，也不怎麼愛出風頭。

「後來她上了延大社會系，在管絃樂社團裡……遇見了我女婿。」

有珍的母親在說「我女婿」這個詞的時候沒有帶任何情感，難道她是對這場悲劇中獨自活下來的姜道俊心有埋怨？還是認為整起悲劇是因姜道俊而起？實在無從讀懂她的情緒。

「原來有珍有學樂器……」

美好開了新話題，她其實不記得當年有珍有學過樂器。

「大提琴，她從五歲就學大提琴了。妳竟然不知道？」

雖然她說得雲淡風輕，卻帶有一種微妙的責怪口吻。美好心頭一驚，偷瞄了有珍的母親一眼，所幸對方只顧著專注於欣賞照片。

十七年前的有珍和如今的有珍，隨著美好的認知差異被逐一點破，她感到胃部灼熱，視野模糊，也有耳鳴的感覺，不想再聽見任何有關有珍的事情。

然而，有珍的母親毫無察覺，依然自顧自地說著各種往事。正當美好的排斥感愈漸增強的時候，突然傳來門鈴聲響，有珍的母親確認了一下手錶，連忙從沙發上起身。

「居然已經過了這麼長時間，可以稍等我一下嗎？我們家智律和夏律剛好要回來了。」

美好點點頭，其實她今天來訪的目的也不只是為了見有珍的母親。

在公園遊戲區遇見的雅琳說過，「智律和智律的媽媽都不喜歡回外婆家」，除此之外，也有提到智律像是突然人間蒸發般，室內鞋、美術本、色鉛筆、畫作都消失無蹤，趙兒菈也說有珍過世前幾天，還到幼稚園將女兒智律的物品統統帶回去。

為什麼呢？

有珍為什麼要這麼做？

答案一定在智律身上。

過不久，有珍的母親便帶著智律和夏律走了進來。美好從沙發上站起身，這是她第一次親眼見到有珍的小孩，過去一直都只有在照片上看過。

「哈囉，我是……」

美好原本打算和孩子們平凡地打招呼，但是就在她見到孩子們的瞬間突然語塞，心臟宛如石頭沉入大海，不，光是這樣形容好像還不夠，她感覺自己彷彿墜入一片漆黑深淵。

她從未見過失去母親的孩子面孔，也從未想像過年幼的孩子眼睛裡會摻雜著何種失落感，她只有一心想著要見有珍的孩子，何其傲慢又以自我為中心的想法。

「我是……」

美好看著孩子們空洞的雙眼，實在不曉得該如何繼續說下去。

「這位是媽媽的高中同學，見到阿姨是不是要問好啊？」

智律和夏律在有珍母親提醒下向美好鞠躬問好。

「先回房間吧，餓不餓？美好妳也留下來一起吃晚餐吧。」

有珍的母親急匆匆走進了廚房，她的人生似乎是被需要照顧孫女的責任感所支撐。智律和夏律望著美好許久，才默默走回房間。

美好轉頭望向廚房，牆壁突出的結構阻擋了她的視線。美好短暫思考了一會兒，往孩子們的房間走去。

房間門是敞開的。

智律和夏律正在解開書包，美好敲了敲門，走進了孩子們的房間內。

「哈囉，妳們是智律、夏律對吧？」

好不容易擠出一句平凡的問好，卻感覺喉嚨有異物，彷彿口腔內滿布荊棘。

「阿姨是媽媽的高中同學。」

智律和夏律回頭望向美好，她們的眼神充滿警戒。

智律像極了有珍，有著一雙深邃的雙眼皮，高挺的鼻梁、豐厚的嘴唇，任誰看都會稱讚漂亮的長相；反觀夏律則比較適合用可愛來形容，肥嘟嘟的雙頰配上細長的鳳眼，看起來不像有珍也不像道俊。

美好突然想起在有珍的社群平台上看到的留言。

「chloe_mom 夏律胖嘟嘟的臉頰肉實在太可愛，哈！到底像誰了？不過，長得不像爸媽又怎樣，只要健康長大就好嘍！」

「O_su_zzzzi @chloe_mom 不是都說女大十八變嗎？我們家夏律其實長得像我小時候，簡直一模一樣，很期待她長大以後會變得多漂亮。」

「chloe_mom @O_su_zzzzi 哇，原來！我還在想是不是應該去做個親子鑑定呢。」

美好拋開腦中懷疑，屈膝跪地，維持在和孩子們一樣的視線高度。

「阿姨前幾天在公園遊戲區裡遇見了雅琳，她很好奇智律最近好不好喔，她很想念妳。」

聽聞美好說出熟悉的名字，智律這下才收起了眼神裡的警戒，緩和不少。儘管如此，臉上的憂傷、失落、憂鬱依舊存在。

這起事件的最大受害者，無疑是孩子們。

不只是智律、夏律，還包括雅琳、民聖。

以及當年的自己、有珍、世景。

在大人的欲望下，犧牲的往往是孩子，他們必須完全承擔那些受害的部分，在成為大人的時間裡，在往後的餘生裡，直到傷口變成傷痕為止。美好只要一想到這些孩子又要和過去的傷痛抗衡，就感到心痛不捨。

「我老是會想起媽媽。」

這句話從智律小巧的嘴唇間脫口而出，當她說到媽媽這個字眼時，似乎是想起不該提及，立刻又閉口不語。

可能是有誰叮囑過這孩子，連媽媽兩個字都不准再提起，或者是孩子自己看大人的臉色選擇不再談及這個關鍵字，不論是前者還是後者，孩子的內心傷痛似乎都無人關照。

「想媽媽不是什麼壞事，會想念她也是非常正常的事情，不需要隱藏，阿姨也很想念我這位好朋友。」

美好小心翼翼撫摸智律的小頭顱，智律眼眶泛紅，難過地流下了豆大的淚珠。夏律則是背對她們而坐，埋首於用色鉛筆作畫。

美好緩緩將智律摟在懷中輕拍安撫。

「媽媽說……她想要守護我們。」

「原來……」

「她說她一定要保護我們。」

「……」

「可是……如果都是因為我的話怎麼辦？」

智律抬起哭花的臉望向美好，瞬間，一陣難以言喻的淒涼感鑽進了心裡，孩子的眼睛裡不只流露著難過的情感。

「什麼？」

美好收回安撫孩子的手，智律則是用手背拭去眼淚，緊咬下唇，嘴角出現微微顫抖，這孩子不只有難過。

還有害怕，她現在的情感絕對有被害怕所支配。

「媽媽突然變了，變得很奇怪，每天都會盯著那個隨身碟看，一直一直看。」

隨身碟？

難道是指存有黑名單的隨身碟？

「媽媽如果是因為那個隨身碟而變奇怪的話怎麼辦？紹媛的媽媽叫我找一找，但是在媽媽的物品裡怎麼找都沒有，是黑色長條形的，本來一直都放在媽媽的化妝檯上，但是怎麼找都找不到……」

瞬間，美好睜大眼睛。

「等等，智律，妳剛才說什麼？」

「我說，媽媽如果是因為那個隨身碟而變奇怪的話怎麼辦？」

「不是那句，妳剛才說隨身碟是長什麼樣子？」

「黑色長條形。」

怎麼可能。

隨身碟明明是銀色。

O_su_zzzzi（吳有珍）

「即將登場，潘朵拉的盒子。」

#吃著爆米花看好戲 #電影名稱是三克拉鑽石的秘密與黑名單 #全是謊言 #就只是一般電影裡會出現的謊言 #電影還是要和朋友一起看才有趣

在有珍上傳的照片裡，明明是一台艾斯電子最新款筆記型電腦，插著一只銀色隨身碟。

而且是圓弧形的銀色隨身碟。

「不是銀色圓圓的嗎？」

美好急忙追問。

「不是，媽媽每天看的隨身碟是黑色長條形的。」

這句話宛如颳起一陣巨風，朝美好的腦袋席捲而來，她突然感覺一陣頭暈，神智不清。

原來隨身碟有兩只。

一只是裝有黑名單的圓弧形銀色隨身碟，另一只是長條形的黑色隨身碟。

美好在一陣混亂中不斷自我掙扎，就在她不曉得該說些什麼的時候，夏律完成了她的圖畫，將美術本高高舉起。

「我畫好了！」

夏律胖嘟嘟的雙頰有些泛紅，她將美術本遞給了美好，然而，就在美術本尚未送達美好手中之前，就被智律一把搶走，用黑色色鉛筆塗鴉的畫作迅速消失在美好的視線外。

智律喝斥著，並將圖畫擁抱在胸前，不讓美好看見。然後都還來不及阻攔，她就已經將夏律推開、撕毀圖畫。

「不可以！」

「都叫妳不要畫這種東西了！為什麼不聽姊姊的話！」

智律一氣之下把整張圖撕成了碎片，而且還撕得很細碎，完全看不出原貌。

夏律放聲大哭，儘管面對妹妹的嚎啕大哭，智律也依舊不為所動。

「那都是假的，不可以畫那種東西，知道了嗎？不可以喔！」

這不是孩子的口吻。

美好這下才發現，原來智律是在模仿她的母親生前對她做過的行為，如法炮製。

「媽媽想要守護妳們。」

「媽媽一定要保護妳們。」

「那都是假的。」

「不可以畫那種東西。」

有珍究竟為何要對孩子們說這些話？

智律和夏律到底畫了什麼？

美好試著回想剛才在眼前閃過的那幅圖畫，雖然沒有仔細看，但是的確有一個黑色長條物。

該不會是隨身碟？

夏律哭倒在地，聲嘶力竭，左右來回打滾，雙腳不停敲打地板。美好試圖要去安撫夏律，但是就在正準備要靠近她的時候，聽見了房外傳來的腳步聲。

是有珍的母親在朝孩子們的房間走來。

還有好多事情尚未問清楚。

美好連忙撿起一張小碎紙，用色鉛筆草草寫上了自己的電話號碼，然後塞進智律的小手裡。

就在這時，房門被推開了。

「美好，妳在這裡啊？」

有珍的母親用眼睛快速巡視了房間一輪，從發出氣呼呼聲響的智律，到剛準備要站起身呈現怪異姿勢的美好、在地上打滾哭喊的夏律，再到散落一地的紙張碎屑。有珍的母親將視線停留在紙屑上許久。

美好的心臟跳好快，絕對不能被有珍的母親發現她塞了一張寫有自己手機號碼的字條給智律，智律好像也有察覺到同樣的感覺，連忙用手指一點一點將紙條包覆住，握進拳頭裡。

「這些是怎麼回事？」

有珍的母親走了進來，蹲下身體，把散落一地的碎紙集中在一處。

美好默默望著有珍母親清掃碎紙的背影。

難道她知道，孩子們的圖畫裡隱藏著什麼含義？

有珍或有珍的家庭過去究竟遭遇到什麼問題？有珍的母親手握碎紙，重新轉過身站起來，光從她的表情實在難以讀到任何訊息。

「怎麼辦？孩子們今天的狀態不是很好，可能無法招待妳一起享用晚餐了。」

有珍的母親把夏律擁入懷中，不停安撫，夏律的哭聲才逐漸平息。

「沒關係，我也正打算要離開。」

美好幾乎是在被半強迫的情況下不得不離開那個房間。

「我因為夏律的關係就不出去送妳了，妳請慢走，路上小心。」

房門被關上後，美好聽見房間內傳來有珍母親的嗡嗡說話聲。

美好遲遲無法離開客廳，她站在那裡許久，才決定轉身離去。當她一走出那棟房子，便迎來一陣冷風，環繞住她的身體。她將念念不忘的孩子們臉龐暫時拋諸腦後，踏上了返家之路。

感覺自己菸抽得愈來愈兇了。

美好站在住商大樓社區裡的吸菸區，掏出一根香菸叼在嘴邊。

這包菸明明不久前才剛買的，菸盒裡的香菸已經所剩無幾。美好把沒剩幾根香菸的菸盒塞回了口袋裡，並為嘴上那根菸點火。在吐出的煙霧間，再次浮現孩子們的臉龐。

什麼事都做不了。

和那些孩子什麼關係都不是。

但是繼續放任那些傷痛在那裡，真的可以嗎？

儘管心知肚明，這起事件的最大犧牲者是那些無辜的孩子，難道也只能選擇袖手旁觀？

美好無從衡量，自己向有珍贖罪的行為究竟可以做到什麼程度。

她苦無對策地望著白煙濃霧，這時，手機鈴聲響起，是不認識的電話號碼，以她現在的心情其實不論誰打來都不想接起，所以正當她打算選擇置之不理的時候，突然腦海中閃過了一個畫面，她從有珍的母親住處離開前，有將自己的電話號碼寫在碎紙上塞給智律，而智律也有把那張小碎紙握進手中，只為了不要被外婆發現。

說不定是智律打來。

美好連忙接起電話。

「喂？」

對方沒有回答。美好繼續連問了好幾聲「喂？」電話那頭卻只有傳來呼吸聲。

「……是智律嗎？」

美好小心翼翼詢問，呼吸聲變得急促，可以明顯感受到緊握手機的智律現在是充滿害怕、猶豫的。

「智律，妳現在有話要對阿姨說，對吧？所以才會打電話給我，是不是啊？沒關係的，有什麼話想說都可以對阿姨說。」

美好小心翼翼安撫，可惜智律卻掛上了電話。電話另一頭只有傳來空虛的嘟嘟聲響。

智律究竟知道些什麼？

感覺過世的有珍以及有珍的母親都對智律下了封口令，不，也說不定是智律自己出於本能，害怕得不敢輕易開口。

美好無奈地重新把香菸叼在嘴邊，這時，手機再度響起。美好以為是智律又打來，連忙要按下通話鍵，但是在確認完手機螢幕上顯示的來電號碼以後，動作就頓時打住了，原來這通電話是世景打來的。

美好熄掉菸頭，斜眼看著手機，她想起自己最後一次和世景對話時感到崩潰的事情，以及世景對當年的有珍留有什麼印象。

「美好，在妳看來，有珍當時說的話是事實嗎？」

「當時妳和我都說出了關於性方面的秘密，而且是滿大的秘密，站在聆聽這一切的有珍立場，妳覺得會有什麼感受？當下會不會覺得自己好像都搭不上話，或者沒有任何秘密的自己好像個小朋友？」

「說不定有珍那天說的全都是謊言。」

光是傾訴、面對當年的自身罪過還不夠，美好還想要了解當年的真相，因此，她必須再次和世景對話。

美好接起電話。

「美好……」

從世景的嗓音中明顯聽得出酒意。

「怎麼了？」

「要過來嗎？我現在和尹記者正在小酌。」

美好猶豫了一會兒，雖然最後一次和世景見面有點不歡而散，但是依然有很多話想問她。

然而，世景似乎錯把美好的沉默解讀成了其他意思。

「妳要是來這裡，就能聽見妳心心念念的有珍的故事喔！不好奇是什麼故事嗎？都是一些沒被新聞報導過的內容喔！」

世景說話帶刺，聽起來很是刺耳；美好嘆了一口氣，她不習慣這種情緒爭吵，於是不自覺流露出冰冷回答。

「嗯，滿好奇的，那我過去，妳們人在哪裡？」

電話那頭默不作聲，只有充滿酒氣的喘息聲不斷傳來。

過不久，美好聽見位於論峴洞詠同市場的酒店名稱，她掛上電話，往地鐵方向走去。

夜晚的街道被輝煌燦爛的霓虹燈點綴得閃閃發光，街道上的噪音不停騷擾耳膜，美好往建築物樓梯走了下去，宛如走進漆黑洞窟。她觀察了一下店內，發現和尹尚烈記者相對而坐的世景。

美好和這位記者曾在世景的介紹下見過幾次面，雖然世景私心想將兩人送作堆，期盼兩人能發展成另一種關係，卻遲遲沒有擦出火花。

世景和尚烈正在談論「盤浦洞夫妻殺害事件」，美好簡單點頭問好，便坐在了世景旁邊的位子。

「聽說妳很關注這起事件？」

尚烈把花生扔進嘴裡說道。

「嗯，畢竟是疑點重重的案件，所以還是會比較關注一些。」

美好選擇用最安全的方式回答，她並不想讓第三者知道自己和有珍曾經是朋友。尚烈誇張地點頭，繼續說道：

「的確，這是一起各方面都有滿多疑點的懸案，首先是動機不明，雖然警方說是因為孩子的教育問題夫妻起口角，導致有珍一氣之下犯下這起殺人案……但那也只是採信了姜道俊醫院裡一名護士的片面之詞。」

他究竟對多少人說過這些內容？

這些話從尚烈口中一氣呵成地說了出來。

該名護士向警方陳述，自己親眼看過道俊和有珍因為孩子的教育問題而爭吵，然後警方也採信了該名護士的說詞，找出有珍的犯案動機。

美好同意尚烈提出的疑點，因為假如警方有多少試著去了解有珍的實際生活，就不可能做出這樣的結論。幸福對決、黑色長條狀隨身碟、幼稚園裡消失的智律物品……

有珍的家庭分明存在著其他問題。

「而且妳們知道嗎？這起事件為什麼會受到這麼多人關注，不就是因為案發現場都是血跡，怵目驚心嗎？從牆壁、地板到家具，到處都是血跡斑斑，所以警方一開始還以為是有外人入侵行兇，然後在家中將有珍四處拖行。」

尚烈愈說愈起勁，一邊灌著啤酒，一邊口若懸河，滿臉通紅。對於某人來說，這場悲劇只是一個茶餘飯後的話題罷了，或者是在新聞媒體上三言兩語就能草草帶過的新聞，然而，當自己親身面對這種事情時，不禁有一種嘴裡滿是苦水的感覺。

「根據警方的說明是，有珍後來為了求救而四處尋找手機，所以才會在家中留下血痕，但……」

這時，尚烈環顧了一下四周，低下頭。

「那也只是警方為了兜故事而編造的，其實聽說在他們家廁所馬桶裡有發現奇怪的東西。」

他突然壓低音量。反之，眼睛裡卻流露出興致勃勃的眼神。

「那是什麼？」

美好問道。儘管她也曉得展現好奇正是尚烈想要看到的反應，但她別無選擇。

「圖畫，孩子們的美術本。」

圖畫？

又是圖畫，該不會現場找到的那幅畫也有畫著黑色長條狀的東西吧。

美好感覺到後頸起了一些細小的雞皮疙瘩。

「所以畫了什麼？」

美好追問。

「不知道，聽說被撕得很碎，所以只撿到幾片而已，總之，雖然臥房和書房也都是血，但是兒童房和廁所是積血最多的地方，所以也可以合理推論是為了找出孩子們的圖畫將其扔進馬桶裡而在家中四處走動，也許是為了掩蓋真正目的而刻意在臥房和書房裡留下血跡也不一定。」

尚烈替這段內容做了結尾。在他續加啤酒期間，美好只得將視線停留在光滑的木質餐桌上。

到底為什麼？

瀕臨死亡的有珍為什麼要這麼做？

美好的腦海裡充滿著許多問號。

「還有最後一個疑點！」

尚烈一口氣喝下整杯啤酒，放下酒杯補充道。

「吳有珍為什麼會用那麼奇怪的姿勢，腹部頂著陽台欄杆身亡？」

尚烈輪流看向美好和世景，向她們拋出了這個問題。

這時，冷淡的口吻瞬間打破了緊張的氣氛。原來是世景突然接話。

「哪有什麼為什麼，還不就是在陽台上求救到一半死掉的，家裡之所以會血跡斑斑，也是因為她到處找手機準備打電話求救啊！真是夠了喔，別再瞎說了，像這樣胡亂散播謠言可是會遭天譴的，尹記者。」

原本一直專注聆聽尚烈發言的美好，這下才意識到世景的存在。她把頭轉向世景，看了她一眼，世景一臉冷漠，手握啤酒杯，儘管有意識到美好的視線，卻仍假裝視而不見。

「什麼謠言，這只不過是一些似是而非的言論而已，既然當事人都死了，還能怎樣找出真相。總之，沒有人會反駁整起事件最大的疑點就是我說的那個點吧。」

尚烈說的這番話刺進了美好心裡。

她一心只想向有珍贖罪，想承擔應該接受的懲罰。

她雖然想理解有珍的人生和死亡，但真有可能嗎？

而且真相真的存在嗎？

美好留下幾句話，便走上了狹窄陡峭的階梯。

當她一走出地下室，便迎來街道上的絢麗燈火和噪音。充滿歡樂的嬉笑聲、情緒高亢的說話聲紛紛從四面八方傳來。美好感受著無限違和的情感，站在巷子裡取出香菸，叼在嘴上，然而，不論她怎麼翻找，都找不到打火機。

就連褲子口袋裡也沒有。正當她思忖著該不該回去店裡尋找之際，一束火苗在她眼前亮起，點燃火苗的人是尚烈。

美好猶豫了一會兒，將香菸湊近火苗。

「妳們吵架啦？」

尚烈問得一副雲淡風輕。

「我看妳們互動好冷淡。」

要是能用吵架、冷淡這種簡單的字眼來形容兩人之間的矛盾該有多好。

「沒有啦。」

美好只回答一半。

兩人沉默了一會兒，各自抽著自己的菸。喧鬧的聲音填補了兩人之間的沉默，顯得沒那麼尷尬。

「妳們是從什麼時候開始成為朋友的？」

兩人不約而同點燃第二根香菸時，尚烈開口問道。

「高一。」

「世景的老朋友當中有人過世嗎？」

美好差點弄掉叼在嘴上的菸，她從未想過世景會對其他人說有珍的事。

「為什麼突然問這種問題？」

「因為好像是在前幾天的一場聚會吧，世景有提到這件事，我到現在還是覺得有點奇怪，因為她是個從來不說私事的人，那天的她很反常，喝了好多酒。」

尚烈按照平時的說話習慣，在進入正題前先說了一堆不著邊際的內容。

「所以世景那天說了什麼？」

「她說『叫她死還真的去死』。」

「……」

「我問她在說誰，她回答：『朋友。』」

街道上的噪音逐漸模糊。

取而代之的是十七年前世景淒厲的哭喊聲。

「是她把人害死的！」

「韓周賢死了！」

「在學校跳樓自殺了！」

「瘋女人，都是因為那個瘋女人！」

世景大聲嘶吼，咆哮痛哭，甚至還哭到昏厥，然後對有珍說了這句話。

「妳也去死，妳也去死啊！」

結果有珍真的死掉了。

世景會是什麼樣的心情呢？果真只有我一個人有罪惡感嗎？

尚烈把目光投向夜空說著。

「我總覺得她說的那個朋友妳也認識。」

美好沒有回答，只有朝夜空中吐出最後一口煙霧。

這時，她聽見高跟鞋聲往巷子裡走來，是世景，她似乎早在不遠處偷聽美好和尚烈的談話，腳步聲出現得有點突然。

「我已經結帳了，時間也晚了，我們回去吧。」

世景把尚烈的外套遞給了他。

「記者大人要搭計程車回家吧？我和美好打算去附近走走。」

尚烈明白世景的意思，刻意先行離開，消失在人群中。

美好和世景並肩走在論峴洞小巷內。

直到遠離華麗燈光和城市喧囂，走進一條寂靜小巷，兩人都沒有交談。過了許久，世景才主動打破這段漫長的沉默。

「妳還記得校外教學時，有珍說過的話嗎？」

美好回憶起當初，點點頭。世景不在乎閉口不語的美好，自顧自地繼續說著。

「當時聽完有珍說的內容可能真的滿震撼，到現在都還記憶猶新。」

有珍表示有一名男子老是會用令人不舒服的眼神盯著她看，還會用手摟住她的肩膀或大腿，做出一副安慰或鼓勵的樣子，甚至還會幫忙撿起掉落在地的筆記本，卻用性器官觸碰有珍的臀部。

「美好，妳說妳認為對方應該是老師或學長，對吧？」

的確如世景所言，美好當時是這樣推測的，因為對方一定是和有珍互動頻繁的人，就算做出不當的肢體接觸也顯得十分自然，而且對方應該是在關係中位居上風，才會讓有珍難以拒絕。早知道這樣的推測會導致韓周賢自殺，她就不去妄自揣測了。

「其實我當下聽完沒想到那裡去，我不像妳那麼聰明。」

「所以我就單刀直入地問了有珍，那個人到底是誰。」

美好停下腳步，有如慢動作畫面般，緩緩朝世景的方向轉過頭去。

「妳有……問她？」

「嗯。」

「所以妳早就知道性騷擾有珍的人是誰？」

世景搖頭。

「不，有珍也是聰明人，妳想想看，校外教學那天，她在喝了那麼多酒的情況下，依然沒有透露出任何有關加害者的線索。妳覺得這是為什麼呢？因為她擔心要是公開加害者是誰，就會讓自己變得更羞恥。」

「那妳問她對方是誰的時候……她是怎麼回答的？」

「她只有說一些自己的感受，說她很痛苦，不曉得該如何是好，想要趕快擺脫掉對方。後來有珍說，對方曾經假裝親切地幫她繫安全帶，結果卻有意無意地用手背滑過她的胸部，以及身體靠向她時的喘息聲也很噁心。」

「安全帶的話，表示有珍有坐過對方的車子嘍？」

加害者的身分範圍頓時縮小，應該是持有車子的成年男子。

「沒錯，我一直想把這件事情告訴妳，但是當時突然在學校裡傳出韓周賢老師性侵有珍的謠言，妳應該也記得吧？我暗戀過韓周賢老師。」

奇怪的是，當時學校完全籠罩在一種瘋狂的氣氛裡，謠言頓時傳遍全校，被學業、競爭、規律壓抑已久的學生們，也瞬間引爆情緒，朝有珍和韓周賢進行無差別謾罵，並產生更多不實又醜惡的謠言。

「我一直認為有珍是在說謊，那一切都是她自己捏造出來的故事，畢竟她有什麼事情需要搭老師的車？她根本就沒有理由要坐上老師的車，所以表示她一定是在說謊。當我這麼一想，就覺得有珍說的一切都像謊言。韓周賢老師過世後，我深深怨恨過有珍，還責怪她都是因為她害韓周賢老師自殺的，然後帶著這樣的怨恨過了十七年……」

世景語帶哽咽。總是充滿自信無所畏懼的她，嗓音竟出現顫抖。

「可是呢，美好……，我其實是故意的，因為要是不這樣催眠自己，我應該無法承受那份突如其來的打擊。」

「……」

「就如同妳這十七年來是因為基於罪惡感而絕口不提有珍一樣，我也是必須相信有珍當天說的都是謊言、把錯全推給她，才有辦法撐到今天。」

美好看著世景。

如果說自己是選了逃避，那麼世景是選了怨恨。

潰爛的傷口、啃食內心的罪惡感、彷彿被鐵鍊纏住的愧疚感。

儘管如此還是得活下去。

原來世景也跟她一樣，一直背負著難以面對的傷痛活著。

漆黑的巷子裡十分寧靜，以固定間距排成一排的路燈照亮著地面，隱約可以聽見強風吹掃路面的沙沙聲響。

美好尷尬地伸出手來拍撫世景的背部，給予安慰；也許是想對當年的自己所做的安慰也不一定。

世景收拾好激動的情緒，剛才顯現在臉上的傷痛與苦痛已不復見，取而代之的是某種近似於決心的東西浮現在臉上。

「有珍說的話是事實。」

世景看著美好的眼睛，斬釘截鐵地說著。

「為什麼突然又改變心意了？直到前陣子不是都還認為有珍說的是謊話嗎？」

「我也是最近不斷在回想我的情感、當時的狀況，一切都想重新看個清楚，所以一一回想起十七年來被我徹底遺忘的記憶，然而，當我重新細細咀嚼的時候，竟想起了一件事情。」

「什麼事？」

「我以前不是有說過，在公寓地下停車場裡看見有一對男女在做那檔子事嗎？雖然那對男女其實就是我爸和公司女員工。」

美好清楚記得這件事，因為當時她自己也在苦惱著和彗聖發生性關係的事情，所以自然是會格外留意聆聽，當時世景說得一派輕鬆，宛如茶餘飯後的八卦話題，不過如今回想，也許是想要刻意藉由那種方式來消化內心傷痛也不一定。

「妳還記得有珍當時的反應嗎？」

世景問道。可是美好已經不記得了。

「不記得。」

「我記得很清楚，當時我雖然是用毫不在乎的口吻說著，但其實內心非常在乎妳們的反應，擔心妳們會怎麼評論，會不會認為我爸很噁心，所以我就乾脆自己先說他骯髒齷齪，因為要是從妳們口中聽見那種評語，我可能真的會很受傷……」

「……」

「可是有珍聽完之後說的第一句話竟然是『妳幹嘛去看他們』，還說會去偷窺人家車內的我才奇怪。當時有珍的表情……真的很不尋常，就算事隔十七年，我也依舊印象深刻，那是她第一次面露那種表情，但我還是和她大吵了一架。」

美好的腦海裡也依稀記得這段記憶，那天有珍和世景兩人站在街道上互相飆罵，大吵大鬧，原本性格冷靜乖巧的有珍幾乎從未那麼生氣過。當時美好甚至為了讓兩人和解，還自掏腰包請她們吃了漢堡。

世景至少是因為對自己的父親感到失望而心情暴躁。

但有珍又為何要那麼情緒激動呢……

「所以妳的意思是……」

美好的嗓音分岔，感覺有一根刺卡在喉嚨裡，腳底不停冒出忐忑不安的感覺。

該不會……

世景彷彿看穿美好的想法，默默點頭。她的眼神充滿恐懼。

「我認為有珍一定是在車內經歷過非常可怕的事情。」

世景說的非常可怕的事情究竟是什麼，不得而知；究竟是有珍親口說出來的那些事，還是在那範圍之外，如今也無從確認，永遠成謎。

美好覺得自己快要被腳底下的恐懼焦慮吞噬，心臟則是早在很久以前就已經痛苦地激烈跳動。

世景說得沒錯，而且有珍應該是深怕自己在車內遭遇到的可怕事情被人看見，所以那種忐忑不安的心情才會轉變成帶有攻擊性的態度，與世景爭得面紅耳赤。

到底是誰對有珍做那種事？

經常開車載有珍的人，就算幫有珍繫安全帶也不足為奇的人；

在關係中位居上風的人，細微的肢體接觸也不會引人懷疑的人；

必須隱瞞受害事實的人。

美好一直低頭凝視地面，她突然抬起頭看向世景，世景的臉在路燈的照射角度下被蒙上了一道陰影，儘管如此，還是能看得出來她臉色慘白。

世景的呼吸聲變得急促，緊握大衣衣領的手也在顫抖，她正在被一種光是用害怕、恐懼仍不足以形容的龐大情感籠罩。

世景，妳……

「妳知道對方是誰，對吧？」

世景的眼神飄移不定，這下美好才發現，也不過是短短幾天未見，世景的臉頰已經消瘦不少、眼周也凹陷暗沉。她被擊垮了，而且好像也尚未意識到自己的雙頰已經被淚水浸濕。

世景回答：

「……對，而且現在妳也……」

＊＊＊

最先映入眼簾的是紅色指甲。

長直髮、濃妝、露大腿的迷你裙，但是最先引人注意的，無疑是那些紅色指甲。

美好至今從未見過其他家長會像有珍的母親一樣將指甲塗成鮮紅色的，也從未見過和她一樣年輕貌美的母親。

有珍的母親對走進屋內的美好和世景瞥了一眼。

「阿姨好。」

美好和世景向有珍的母親鞠躬問好。

「嗯。」

有珍的母親只有用冷漠的眼神看了兩人一眼，就連「原來妳們就是美好和世景啊」、「來我們家玩得開心喔」這種最基本的歡迎都沒有。

她和其他同學的母親、社區裡的其他阿姨很不一樣。

時不時還會聽見社區裡的阿姨們在交頭接耳，談論有珍的母親。

只要是她所經之處，就會聽到無情謾罵，像長長尾巴一樣跟著她。

然而，有珍的母親並不在乎這些批評，她總是用那雙塗著鮮紅色指甲油的手，撩動那頭烏黑長髮，集所有話題於一身。

美好對於她是某人的「母親」一事感到十分神奇。

因為對於美好來說，母親是和嚴格、紀律、果斷、約定、訓誡、懲罰等單字的集合體。

美好甚至偷偷幻想過，假如自己有那種母親的話會怎麼樣？

然而，有珍的想法截然不同，自從她升上高二以後，和美好走得愈來愈近，就愈不避諱地展現對母親的厭惡之情。

「看她擺出一副富太太的樣子實在可笑，她明明以前是在鄉下傳統理髮廳裡當助理，窮得要死，要是沒遇見在建設公司上班的我爸，這輩子應該永難翻身。」

那天，美好、有珍、世景三人坐在K書中心對面的公園遊戲區長椅上，拆了一包餅乾邊吃邊聊。總是沉著冷靜的有珍每次只要一講到自己的母親，就會忍不住大動肝火。一開始，美好和世景也被她突如其來的態度轉變嚇到不知該如何反應，但是隨著頻率增加，她們也愈漸習慣。

「完全就是灰姑娘啊，可是不是說外婆家過得還不錯嗎？」

世景試圖緩頰，畢竟不能老是只有附和有珍。

「灰姑娘？太可笑了，哪有灰姑娘整天被老公毆打的。我爸生前其實是體格瘦小又安靜的人，但是每次只要喝酒，就會徹底變成另外一個人，可以看得出來他的眼神變得完全不一樣，還會用高爾夫球桿揍我媽，他可能覺得這樣很有男子氣概吧，或者懷疑我媽在外偷腥。要是沒有因為車禍過世，我媽可能一輩子都得活在家暴之中。」

有珍的父親在她十三歲那年死於車禍，父親留下的遺產足以讓母女倆維持生計，有珍甚至暗自盤算過，七年後就可以離開母親獨立門戶、享受自由，在那之前都要和母親住在同一個屋簷下，無論如何都得忍耐。

然而，這是多麼天真又充滿希望的想法。

有珍的父親過世不到一年，母親就選擇了再婚。她和對方是在教會裡認識的，對方年紀雖大卻很體貼，一生累積了不少財產，為人也正直踏實，是位備受好評的企業家。這段戀情也成了整個社區議論紛紛的熱門話題。

「可是妳的繼父不是對妳和妳媽都很好嗎？」

美好一邊大口咬著餅乾一邊問道。

「嗯，是還不錯啦。」

有珍沒有對繼父多作評論，雖然她經常說母親的壞話，卻鮮少提及繼父的事情，所以在美好的印象中，有珍的繼父就只是個被用體貼、舒適、親切等字眼形容過的人。

「喂，至少妳媽不會對妳造成困擾，也不會去干涉妳做什麼，只在乎自己，比我媽好一千倍，妳也知道我媽多麼誇張，根本令人窒息，昨天也偷翻了我的手機和書包，我看她現在根本連掩飾都懶了。」

美好塞了滿口的餅乾說著。

那個年紀的女孩有誰不會抱怨自己的母親呢？因頻率相投而湊在一起的孩子們，不假思索地向彼此吐露著自己對父母的厭惡之情。

世景自然也不例外。

「現在是要來比賽誰比較適合當壓軸嗎？欸，妳們兩位，直接棄械投降吧，妳們知道我爸媽已經說好要離婚的事情吧？」

美好和有珍被世景這番胡言亂語逗得哈哈大笑。

彼此也在這樣的互動中互相取暖。

原來妳也和我一樣……原來不只我一個人不幸……

彼此確認，彼此安心。

也許三人的對話就該止於此，保持在感受到彼此是同路人、水準相當就好，然而，有珍望著美好和世景許久，竟主動提起了另一件事。

「就算是世景恐怕也不是我的對手喔！」

「妳在說什麼呢，我爸除了新婚第一年以外，一輩子都在外到處拈花惹草——」

「我媽不給我買裙子。」

有珍直接打斷了世景的發言，美好和世景一下子還沒意會過來，歪著頭表示不解。有珍繼續說著。

「她也不喜歡我留長頭髮。妳們知道嗎？我一直到國中三年級為止都是剪超級短的男生頭。」

「我現在也是啊，我媽會說妨礙讀書……」

美好說了一些聽起來像藉口的理由。

有珍的表情非比尋常，和至今在說母親壞話時的氣氛截然不同。其實有珍偶爾會露出很像大人的表情，可能是因為早熟的面孔導致，顯得比世景還要更像成年人。美好每次只要看見有珍面露那種神情，就會對她感到十分陌生。

「她不是因為那種理由，我媽和妳媽的理由不一樣。」

美好突然手心發冷，她反覆攤手又握拳，手心直冒冷汗。明明是炎炎夏日，內心卻生起陣陣涼意。竭盡所能嘶吼鳴叫的蟬聲在耳邊清晰可聞。

「那不然是什麼？」

世景代替被奇妙感籠罩的美好發問。她似乎也有感知到氣氛詭譎，嗓音顯得有些生硬。有珍視線朝下，開口回答。

「我媽不喜歡我變成女人。」

「什麼？」

「我媽會嫉妒我。」

美好不發一語，呆呆地望著有珍，因為她頓時語塞，說不出任何話。這句話很奇怪，媽媽會嫉妒女兒？她突然覺得彷彿有噁心的蛆蟲在肌膚表面蠕動，令人不寒而慄。

「哪有這種事，媽媽會嫉妒女兒？」

世景再次否認了有珍的發言。

「妳們知道嗎？在白雪公主原著裡，想要殺死白雪公主的不是繼母而是生母，因為魔鏡說世界上最漂亮的人是她女兒，所以讓她心生嫉妒，才會想殺死女兒。」

「但那只是童話故事啊……」

「如果人類要代代繁盛，就要有絕對的母性，但是這個故事裡的母性是有汙點的，所以聽說在首刷版之後就被刪除了。我忘記是從哪裡聽來的了，童話故事的原型其實也是來自人類的情感，可能從很久以前就有少數媽媽們會嫉妒女兒吧。」

相較之下，嚴格的母親、離婚的父母聽起來就像是小朋友在發牢騷。其實有珍的母親也沒有對有珍做出任何傷害，卻莫名地令人感到害怕恐懼，彷彿看見了人類情感最醜陋、最赤裸的一面，也彷彿觸碰了某種禁忌，感覺就像是對母親就該如何云云的社會標準、被大眾視為神聖的母性的一種侮辱。

「有時我更討厭我媽會選擇視若無睹。」

有珍輪流看向美好和世景，最後說出了這句話，並露出帶有嘆息的微笑。兩人也只能尷尬地跟著她傻笑。

後來，三人又開了一包零食，聊著一些瑣碎又平凡的對話，因為她們彼此心照不宣，都認為不可能就這樣重回K書中心。

她們刻意說著好笑的話題，放聲大笑，卻仍難以徹底消除鋪在最底層宛如雜質般的情感。

夏末，迎面而來的微風還有些濕氣。三人滔滔不絕，聊個不停，似乎是想要藉此稀釋掉剛才的凝重氣氛。樹上的蟬也越發猖狂，叫個不停。

「天啊，已經十一點了，該回家了。」

有珍確認完時間以後，便從長椅上先起身，可是美好卻對於要這麼早就解散展現惋惜之情，因為她已向母親取得同意會在K書中心溫習功課到深夜十二點，奇妙又尷尬的氛圍也好不容易幾乎全消。

「什麼？再待一會吧，我媽都允許我待到十二點了。」

「因為明天是星期天，每週日早上七點我們都要一家人和樂融融地去教會啊。」

美好聽完有珍這麼一說，搔了搔頭。

有珍每週日都會跟著身為教會長老的繼父在教會裡度過一整天，美好的母親也是去同一間教會，美好則是在高中前一直都有跟隨母親去做禮拜，但是自從升上高中以後，就以課業為由沒再參加。

然而，美好的母親總是在教會裡說得一副像是美好自行決定不去的一樣。她用充滿莊嚴、無欲無求的表情喊著「主啊！」卻說著滿口謊言，表現偽善。像這樣信念與價值觀矛盾衝突的部分，族繁不及備載。

「我也好想去。」

美好對著正在收拾餅乾袋的有珍背後說道。但是有珍的動作出現短暫暫停。

「妳別來。」

「為什麼？妳不想和我一起上教會喔？」

「嗯，不太想和妳一起去。」

「喂，妳這樣說我會很難過喔！」

「總之妳不准來喔，知道了嗎？」

有珍直接轉身，自顧自地往K書中心方向走去。

世景湊了過來，抓住美好的肩膀問：「她怎麼了？」美好沒有回答，只是聳了一下肩膀。走在前方的有珍突然轉過身，朝美好吐了一下舌頭，露出燦爛笑容，彷彿在說剛才只是在跟妳開玩笑而已；然而，美好知道，這一切都是事實。

包括她說別來教會這句話也是。

清純優雅的長相，潔淨清透的肌膚，像黑曜石一樣閃爍的瞳孔，溫柔堅挺的鼻梁，適度豐厚的嘴唇。

我漂亮的好姊妹。

那天的有珍不知為何看起來像在走鋼索，有點岌岌可危，搖搖欲墜。

美好望著往閱讀室方向匆匆走去並消失無蹤的有珍，暗自心想。

好想緊緊給她個擁抱。

＊＊＊

無情的冷風吹得美好感覺耳朵都要掉了。

宛如冰雪般凜冽的寒風，像刀刃一樣不停劃著臉頰，不，這也許只是個人感受而已。

實際上可能是令人心情愉悅、溫度適宜的涼爽微風。

美好卻覺得肌膚彷彿被無數支刀刃劈砍劃傷，心裡冷得直打哆嗦，全身僵硬，彷彿有一張名為恐懼的血盆大口，正準備將她一口吞噬。世景一直說著令人不解的內容，在她說話的過程中，美好只有不斷回想當初在K書中心外的長椅上，大家一起閒聊的那些內容。

鮮紅色的指甲、用高爾夫球桿毆打母親的生父、白雪公主和毒蘋果。

世景在說什麼呢？

對了，是在說有珍包包裡的那疊現鈔。

「校外教學的時候，我無意間看見有珍的書包沒有關上。」

世景淚流滿面地說著，她的嗓音依然顫抖。美好揮去腦中想法，專注聆聽世景發言。

現在就下定論還太早，她由衷希望聽到的是其他結論。

為此，必須仔細聆聽下去。

「所以有珍的書包怎麼了？」

美好被排山倒海而來的情感搞得嗓音也出現微微顫抖。

「我也不曉得，房間角落裡堆滿著同學們的書包，但是我看到有珍的書包被放在最後方，而且是敞開著，所以單純想上前去幫她把書包關上。」

美好想起了當時的記憶，校外教學那天，她本來打算偷偷拿出藏在書包裡的驗孕棒，但是把手伸進書包暗袋裡翻找時，卻怎麼撈也撈不到任何東西，直到指尖好不容易碰觸到某個物品時，有珍和世景就剛好出現在身後。美好在匆忙站起身的情況下，忘了將書包拉鍊拉上。

但是假如那不是她的書包，而是有珍的書包……

美好的書包和有珍、世景的放在一起，所以在緊張倉促之下，美好說不定翻錯書包也不一定。

「有珍的書包裡有一疊現鈔，當時我只有心想，應該是她打工賺來的薪水。」

這句話表示世景現在的想法並非如此。

這下美好才終於領會到，世景究竟在想什麼。

她再也難以忍受，心底凝聚成團的一顆火球正在以準備爆發的氣勢蠢蠢欲動。

「原來妳認為那筆錢是那個人給的。」

世景默默點頭。

「被揉皺的錢是放在暗袋裡的，應該是對有珍做出可怕事情之後再用這筆錢來作為補償吧，而且還以零花錢的名義……。妳覺得有珍會不知道那筆錢背後的真正意義嗎？」

正因為了解那筆錢的意義，才會覺得那筆錢很可怕，也才會將那筆錢胡亂塞進暗袋裡。

然而，有珍始終難以退還那筆錢。

因為她就是為了脫離那個家而偷偷打工存錢。

有珍是個整天把上了大學以後就要搬出來住這句話掛在嘴邊的人。

她真正想要逃離的是什麼，為什麼我們沒能提早察覺。

「可是為什麼後來傳言會指向韓周賢？」

美好握緊拳頭，努力撐住身體，好讓自己不要倒下。

至今一直是有問必答的世景，在面對這道問題時也答不出話來。世景用手背擦拭淚水，也用手指觸摸鼻尖，看起來像是在拖延時間。

「為什麼不回答？」

美好默默凝視著世景，不安感逐漸使人內心發毛。世景的眼神中依然流露著猶豫不決。最終，世景像是下定決心似地做了一口深呼吸，然後說道：

「……可能要問妳媽吧。」

世景含糊其辭。

「什麼？」

美好的心臟像是突然掉進漆黑深淵。

「是妳媽來學校一趟以後開始謠傳這件事情的，而且妳媽和有珍一家人去的是同一間教會，我們現在發現的這些事……我相信妳媽當時不可能沒有察覺。」

儘管世景話說得保守含蓄，也未能達到其效果，因為聽在美好耳裡極其暴力。

美好感覺眼前的景色愈漸模糊，愈來愈遠。

索性乾脆直接將雙眼闔上。

美好整晚沒睡。

明明還不到寒冬，美好卻冷到瑟瑟發抖。她的腦海有如颱風過境，只剩下一堆殘骸，亂成一團。

各種念頭像水彩顏料般攪和在一起，愈想愈理不出頭緒，就像顏料愈混合色澤愈汙濁一樣。

日正當中的時候，美好走出了家門，雖然她的心情是恨不得立刻飛奔而去，但她需要一些心理準備。

因為對方長期以來都是站在她頭上壓制她的存在。

隨著當對方的傀儡歲月愈長，內心的恐懼也愈深。

美好搭乘地鐵前往位於首爾外圍的新都市，那是她從小到大生長的地方，如今早已不再適合被稱之為新都市。

美好走出地鐵站，沿著既熟悉又陌生的街道行走，道路兩側出現高聳入雲的都市叢林，十分壯闊，也漸漸出現眼熟的景色。

轉眼間，美好已經站在大樓門口前。

在她搬出去住之前還是「家」的那個地方，然而，如今就連按下大門密碼都倍感沉重。

美好推開大門，走了進去。十七年前、十年前、現在，一點都沒有變，家裡依舊井然有序，一塵不染。所有物品都在這位女士的嚴格管控下，被放在適合的位置上，就連從家裡圍繞的氛圍中也能感受到這位女士的控制。

明明與以往沒有任何不同，卻瀰漫著一股冷清的氣氛，而且才剛踏進家門，就有一種令人窒息的煩悶感。美好下意識地拉了一下衣領，這已經是幾乎沒有再出現過的老習慣了。

「都跟妳說過多少次不要拉衣領了，會鬆掉。」

嚴厲的嗓音傳了過來。母親坐在客廳沙發上，茶几上堆放著好幾盆蘭草，她正在用手帕一一替蘭草仔細擦拭。對於完全沒有任何嗜好休閒、人際關係的母親來說，這是她唯一一件稱得上是興趣的活動。

但是美好連這些蘭草叫什麼名字都不知道。住在這個家期間，母親費盡心思用心照料這些蘭草，卻不曾有任何一盆開出花朵。

美好抬起頭，望向母親。

整齊向後梳的低盤髮、毫無血色的肌膚、純樸的穿著、緊閉的薄唇、鮮明的眉頭紋，母親嚴格自律、無欲無求的樣子依舊如初。

光是和她面對面，美好的心跳就開始加速。令人窒息的煩悶感使她呼吸變得急促。

「妳怎麼到現在都還沒改掉那個習慣，都說不好看了，怎麼老是講不聽。」

「……」

「別把自己弄得那麼邋遢，大家會瞧不起妳，都已經三十五歲的人了，怎麼還這麼不知長進？妳就是因為這樣才會被我唸。」

只不過是拉了一下衣領，就被劈哩啪啦唸了一頓。對於美好來說，這是習以為常的事情，因為母親總是像個難纏的獵人，只要抓到女兒的弱點就絕不會輕易放過，直到對方屈服投降為止，會一直死纏爛打。

母親用探尋的眼神上下打量美好，從髮型、臉龐、化妝，到穿著、指甲、背包，視線從上到下經過全身，仔細地一一查看。這時，母親的表情頓時僵硬，美好心頭一緊。

她不再是當年那個活在母親陰影下、敢怒不敢言的小女孩了，儘管如此，長年習得的記憶還是創造出自動反射式的反應，她的內心變得畏懼退縮，肩膀和背部也向內縮緊，沉睡於內在已久的十八歲小女孩頓時甦醒。

「別不穿襪子，會感冒。」

母親板著臉的原因終於揭曉了，美好縮了一下腳趾，點點頭。

彷彿還沒站上擂台，就已經被對手毒打一輪、輸得一敗塗地的感覺。這個家的氣氛、母親的眼神，都會把美好的四肢力量吸走，使她卸下武裝，變得無力。她私心想要立刻轉身回頭，衝出那個家門。

美好為了壓抑住想要逃離現場的心情，雙手用力握拳，在強烈施壓下，指甲陷入了掌心皮肉。

「妳還不打算搬回來住嗎？一個人在外住久了，給人的觀感也不好，要是沒打算要結婚，就把首爾的房子處理掉，回來住吧。我看妳還是需要媽媽的干涉才有辦法好好生活。」

三年前，美好準備搬出去住的時候，母女倆大吵了一架。母親並沒有打算把一直緊緊掐在手中的孩子放走，她雖然整天把結婚掛在嘴邊，但是在美好看來，母親並不是發自內心希望她結婚。

她只是想要一個可以徹底被她掌控的人。

就像那幾盆要是沒有她就會乾枯死掉，所以默默把自身性命交給她的蘭花一樣。

「我不是說過了嗎，再也不想回來這個家。」

美好好不容易擠出了卡在喉嚨裡的這句話，這是她回到這個家以後說的第一句話。失衡的關係、只因血緣而維繫的關係，過去當母親的木偶歲月在眼前不斷閃過。

美好的母親用快要穿破人體的眼神注視著女兒，眼睛連一下都沒眨，那是她為了使對方臣服於自己而經常使用的伎倆，眼神宛如一把鋒利的刀刃，劃破美好的肌膚。

「媽，我今天來是因為有事要問妳。」

瞬間，刮地板的尖銳噪音直穿耳膜，原來是母親推開眼前盆栽、將其他盆栽拉到面前時所發出的刺耳聲響。美好的心跳迅速攀升，母親氣定神閒地望著飽受驚嚇的美好。

「妳要問什麼？」

她重新拿起手帕，沿著自然垂落的葉子曲線溫柔擦拭。

美好猶豫著要如何開口，感覺像是吞了滿口刀片。要她在這位女士面前自揭十七年來從未回首過的傷疤，對於美好來說何其容易。

「有珍……」

「有珍？吳有珍……？」

美好的母親皺了一下眉頭，嘴角微微歪斜。

「她怎麼了？都已經是過去的事了。」

美好的母親流露出不以為意的笑容。美好的內心有如遭受棍棒毒打，她雖然早就知道母親是這種人，但是經過親眼確認後，心臟反而難以承受，原來母親一點也不了解女兒，或者應該說根本沒打算要了解，包括美好因為當時的事情內心受到多大傷害，擁抱多深的陰影過日子也是。

她完全不了解。

「我不是說過不要再提她的事了嗎？幹嘛重提那不吉利的名字？」

母親說出了難聽刺耳的話語。

美好努力壓抑著想要一陣怒吼的心情，再次握緊拳頭。指甲已經陷進皮肉裡，會使手掌感到疼痛的程度。

「我高二那年其實有交男朋友，他叫朴彗聖，在K書中心認識的。」

母親瞇起眼睛，怒視著美好。從她受驚的表情來看，應該是渾然不知的事情。

「胡說，妳當時怎麼可能交男朋友。」

「是真的，我背著妳偷偷和他交往。」

「……妳根本是瘋了吧？」

「我當時和他發生了性關係，擔心自己懷孕，所以還買了驗孕棒。」

母親露出了彷彿被人搧了一記耳光的表情。

憤怒、背叛感、恥辱，這些情感一口氣寫在了她的臉上。雖然早已是十七年前的往事，但是原來女兒曾經脫離過自己的管控，是她難以接受的事情。

宛如木偶般的女兒，好操控的傀儡。

這樣的女兒竟然背地裡做過這種見不得人的事情，可想而知她的心情會有多糟。

美好暗自嘲笑母親，雖然這樣的舉動有點自虐，但反而使她有一種快感。

她的腦海裡甚至閃過一個念頭，早知如此痛快，當時真應該懷孕的。

母親從沙發上站起身，一個箭步走到美好面前，大幅揮動她的手臂，美好的臉頰隨著啪一聲巨響轉了過去，臉頰出現刺痛灼熱。

「妳今天回來就是為了對我說這種下三濫的事情？告訴我妳從小就多麼骯髒？」

母親的嗓音明顯顫抖。美好整理了一下被弄亂的髮絲，一臉若無其事的表情重新開口說道：

「不要因為妳做女人失敗，就想把我也變成那樣的女人。」

「沒大沒小的東西。」

「高二那年校外教學回來那天，妳翻了我的書包，找到了驗孕棒，妳明知那是我的，也寧願選擇相信我說是有珍的。」

那些蘭草真的是在母親無微不至的照顧下，依然無法開花嗎？

不，也許是母親為了讓蘭花不要開花而無微不至地照顧也不一定。

母親氣到渾身發抖，但是最終她收起了眼裡的殺氣，朝美好走近一步。在美好還來不及向後退的瞬間，母親就伸手撫摸了美好紅腫的臉頰。

「美好啊……」

她的嗓音溫柔得像蜂蜜。

「我的乖女兒為什麼要老是說謊呢？那個東西怎麼會是妳的？妳今天是打定主意要來激怒我的嗎？嗯？今天到底有什麼事惹妳不開心，要來這樣對我找碴呢？」

我的乖女兒、聽媽媽話的乖女兒。

以前就算被母親體罰九次，也會因為她最後那一次的溫柔而選擇原諒。因為她所展現的短暫溫暖與稱讚實在太甜蜜、太渴望，所以會像餓死鬼一樣死扒著她不放。

但是如今美好已經明確知道。

母親對女兒所做的一切都是虐待。

「當時我不是有苦苦哀求過妳，會按照妳的話去做，所以千萬不能對任何人說。我聽妳的話增加家教時數，週末也被妳禁足，就連手機也都交給妳保管，可是妳是怎麼對我的？為什麼要去學校對老師說！」

母親惡狠狠地盯著美好，她對於自己以前的伎倆已經不管用了感到有些錯愕。母親重回沙發坐下，拿起手帕繼續擦拭蘭草。

「不知道，不記得了，那都是多久以前的事了，我怎麼可能記得二十年前的事？」

「媽……是十七年前。」

母親就連那是幾年前的事情都搞不清楚，可見對她來說是多麼微不足道的小事。

因為那件事情，我一直抱著發炎、腐壞、潰爛的傷口過日子。

對妳來說只是微不足道的小事，卻足以動搖我整個人生。

美好憤慨萬千，她覺得身體彷彿著火，瞬間熱了起來。

「管他是十七年前還是二十年前，總之我不記得了。」

母親說著卑鄙的藉口，直接斷言自己忘記。但是美好並不打算就此善罷甘休，不論如何都要逼母親說出實情，要使她動搖，為此，美好必須說出這句話。

她一直不願相信的那句真相。

「妳早就知道了吧？性騷擾有珍的人是她繼父。」

徘徊在嘴裡已久的那句話終於脫口而出。

好吧……

……

原來她早就知道了。

母親的眼睛出現了些微的晃動，始終如一的表情上頓時失去血色，在真相面前，就連習慣壓抑情感的母親也難以維持平常心。

「不，我不知道。」

「媽……」

「我不知道！我都說我不知道了！」

「才不是，妳是明明知道卻裝作不知道，而且還隨便亂扣人帽子。」

「我沒有，我才沒有！」

「毀掉有珍的人是妳！」

「妳瘋了嗎？今天到底發什麼瘋？為什麼要這樣對我？瘋的人是妳，就是妳！」

「……」

「怎麼能把自己的母親說成這種人？那種骯髒齷齪的事情和我一點關係都沒有！她有沒有被

繼父非禮我哪知道！我怎麼可能知道！」

「……」

「妳這瘋子，都不知道是從哪裡聽來的謠言，還敢跑來我這裡撒野！妳有什麼臉找我理論！」

母親的尖叫聲有如尖銳刺耳的玻璃破裂聲響，在家中迴繞。母親彷彿理智線斷裂，暴跳如雷。

「媽，妳老實告訴我吧，在我聽到妳的回答之前，我是不會離開這裡半步的。」

美好語帶堅定地說著，兩人互不相讓，感覺空氣密度變高，緊張感也高漲。當人的情緒達到一個極點，神經就會變得極度敏感，感官也十分清晰，心跳還會比過去任何時刻都還要來得明顯。

「妳告訴我啊。」

家中充斥著急促的呼吸聲。

「我叫妳說啊！」

過了好一會兒，母親才用手扶額，一屁股坐在了沙發上。她的視線朝向美好，美好則是用眼神不停催促她說出實情。

「那如果我告訴妳的話，妳要為我做什麼？」

美好的母親又端出交換條件的老伎倆。

「沒有什麼能為妳做的，別想再用這種方式控制我、左右我。」

「所以妳打算不付出任何代價，只想從我這裡取得？」

「那是妳早該對我說的事情。」

「死丫頭。」

母親依舊話說得惡毒，但她其實內心早已在準備該從何說起。

「好吧，妳說得對，我的確知道有珍當時被她的繼父性騷擾。」

終於從母親口中聽見了像樣的內容。美好不自覺地往母親所坐的方向靠近了一步。

「妳是在什麼時候、如何發現的？」

「這我哪記得？二十年，不，都已經是十七年前的事了。」

「媽，妳就說吧，妳明明都記得，別想騙我。這可是繼父性騷擾繼女的事情，像妳這種人怎麼可能忘記？」

母親再次怒視美好，從她的表情上明顯可見一股焦慮，那是來自於她發現女兒再也不受控制。

「狠毒的傢伙，竟然把妳媽說成是那種人，開心嗎？」

「快說。」

「我在教會裡看過。」

「看過什麼？」

「實在是噁心到不想從我的嘴巴裡說出口，但我的確親眼目睹過有珍的繼父對有珍的臀部上下其手。」

美好感覺心臟快要跳出來，憤怒與緊張感以爆炸般的氣勢迅速竄升。美好再往母親身邊走近一步，母親看著她繼續說道：

「而且他的手勢還不是只有觸摸，是帶有挑逗意味的，超級噁心，根本弄髒我的眼。那種動作一點也不是不小心。所以自此之後我就有特別留意那一家人的互動。」

「所以？妳之後又看到了什麼？」

「什麼也沒看到，他可能也有察覺到我在觀察他，之後就變得比較小心謹慎，不過該怎麼說呢……，等妳到了我這個年紀就會發現，有些事情一直看一直看，某天就會看明白，所以我多少有預料到應該是有這種事。」

難怪有珍說她不希望美好來教會。

因為被人一直看可能真的會看見些什麼。

她不想讓人看見她和繼父在一起的樣子。

「可是妳為什麼沒有採取任何行動？媽，妳是大人啊，有珍她……她遭受到那種事，妳怎麼能選擇視而不見？有珍是我的好朋友耶，是我當年最要好的朋友！」

母親用一副幹嘛問我為什麼的眼神望著美好。

「我為什麼要幫她？」

「什麼？」

「我說我為什麼要無端捲入那種複雜的事情？又不是我女兒被性騷擾。」

「……」

「那應該是她媽媽要去做的事情吧，哪裡輪得到我？我只要守護好自己的女兒不就好了？」

美好想起了鮮紅色指甲。如今，她恨不得想掰斷那些指甲。

有珍說過她的母親會嫉妒她，也說過她的母親不希望她變成女人。

「有時我更討厭我媽會選擇視若無睹。」

在白雪公主原著裡，想要殺死白雪公主的不是繼母而是生母。生母之所以會嫉妒女兒……是因為丈夫的愛被女兒奪走。

那天，有珍可能想說的是後面這句話也不一定。

「那妳為什麼要去學校亂放消息說是韓周賢老師性騷擾有珍？」

美好拋出了最後疑問。她已經受不了待在這個空間裡，感覺全身被沉重的空氣壓制，脖子也彷彿被人緊緊掐住。

母親露出了微妙表情。

「妳是真不知道？」

美好蹙眉。

「我不是說我只要守護好自己的女兒就好嗎？」

美好感覺心臟快要炸裂，心跳非常快，耳朵也如潛水般出現耳鳴，埋藏在心底的焦慮不安一直在滾滾沸騰。

「……什麼意思？」

也許是身體感知到內心的恐懼，美好的嗓音不爭氣地顫抖著。母親一派輕鬆，短嘆了一口氣說道：

「妳當時不是跟那個老師經常碰面嗎？」

母親這句話使美好想起了就連自己都早已遺忘的記憶。

當年，美好是屬於韓周賢老師負責的數學研究班學生，還可以順便準備數學奧林匹亞競賽，所以母親是舉雙手歡呼的。美好自己也是在所有科目中最喜歡數學，所以沒有多作抵抗，直接就加入了數學研究班。

而在那當時，美好只要想和彗聖偷偷約會，每次就會端出數學研究班來作為理由，因為只要是班上的活動，母親都會欣然應允。

有數學研究班的定期聚會、老師請大家吃披薩、有問題要去問老師……

美好為了和彗聖見面，只要一有空就會以數學研究班為由，爭取出去的機會。

「我怎麼可能不起疑？妳的書包裡都出現驗孕棒了。」

母親搬弄毒舌，美好感覺腳下已經徹底崩塌，一片漆黑的絕望朝她直撲而來，憤怒感一口氣衝上腦門，心臟宛如被火焰包圍，燃燒著熊熊烈火。

「我只是為了守護妳，我做了我該做的事。」

「我和韓周賢老師……」

什麼關係都不是。

後面這句話沒能變成聲音脫口而出，因為這句話根本不需要美好說，母親也早就心裡有數。

儘管如此，她還是只想著去除掉老師這個眼中釘。

「那一點也不重要。」

在母親回答這句話的同時，美好一把抓起了蘭草，有如抓頭髮般整束連根拔起。她眼前一片模糊，心臟感覺真的要炸開，母親的形體也變成了一頭怪物。

沒錯，就是怪物。

眼前只有一頭怪物，將我和有珍生吞活剝，只為了滿足其飽足感的怪物。

美好想起了十七年前有珍最後傳來的幾封簡訊。

「美好，我們可以聊聊嗎？」

「我真的好害怕。」

「不要連妳也這樣對我。」

「我已經在妳家門口了，方便出來一下嗎？我等妳。」

放開，快放開！

美好放聲尖叫，不停揮動著蘭草盆栽，朝母親的頭部狠狠重擊。

花盆應聲碎裂，泥土四濺，銳利的花盆碎片散落一地。

母親發出一聲慘叫，整個人蜷縮在沙發上。

「美……美好！」

母親的額頭流下了鮮紅色的血痕，她睜大眼睛，不可置信，眼睛裡還蒙上了一層至今從未見過的影子——恐懼。

「妳根本是怪物……」

美好放著白色毛衣被染得血跡斑斑的母親獨自在那裡，轉身離開。母親則是嚇得啞口無言，完全說不出話來。

直到在玄關處穿上運動鞋的時候，美好才發現自己手裡一直握著一把蘭草的事實。搖晃的葉子宛如被拔起的髮絲。

美好鬆開手指，葉子整坨掉落在地。

她走出家門，沒有遺留任何東西，除了很久以前學生時期的一場惡夢以外。砰！玄關大門在她身後關上。

有一種好不容易從惡夢中醒來的感覺。

逃出家門以後，美好還是拔腿狂奔，彷彿有人在身後追趕似地。還沒結束。

一切都還沒有結束。

美好在筆直的大馬路旁拚了命地奔跑，雙腿肌肉腫脹，心臟也快要炸裂；反之，她的腦海卻是愈漸冷靜，比過去任何時候都還要明確清晰。

街道上的風景迅速閃過，美好自己也不曉得究竟是要跑往何處，就只是純粹想要把身體裡的各種情緒宣洩出來。

美好用一種彷彿永遠不會停下腳步的氣勢大步奔跑，直到她感覺到手機震動的時候才停下腳步。她氣喘如牛，大口喘息，並確認手機來電顯示。

那是個沒有特地儲存但十分眼熟的電話號碼。

是智律打來。

「喂？」

美好努力穩定呼吸，接起了電話。智律這次也只有發出氣息，默不吭聲。

「智律嗎？……是智律沒錯吧？」

智律的呼吸聲變得急促，儘管她沒做任何回答，也有對問題做出真實反應。

「智律啊……」

美好呼喊著智律的名字，卻突然覺得喉嚨很緊，彷彿從智律身上看見了自己的影子。

「智律，如果妳不想回答也沒關係，像現在這樣只有打電話給我也無所謂，阿姨……阿姨……」

就在美好猶豫著後面那句話該如何開口時，智律掛上了電話。如今，美好已經完全不打算再透過智律去發掘整起事件的真相，這通電話是智律的求救信號，急迫的呼喊，希望有人可以對她伸出援手。

「……會幫助妳。」

美好說出了未能傳達給智律的最後一句話，然後放下手機，抬頭仰望天空。轉眼間，天色已暗，秋天也像短暫停留的過客，匆匆而逝，白晝變得愈來愈短。

美好心想，其實這樣也好，因為她正準備要去做一件事——比較適合夜晚進行的事。

和母親談話時，不光只有被激動的情緒團團包圍，她先是感受到憤怒、厭惡，再被接二連三的打擊搞得暈頭轉向，但最後腦海裡不禁冒出了一種假設。

能夠解開有珍死亡之謎的假設。

不會吧，不是的，不可能。

聽著母親的毒舌，美好依舊暗自否認。

由於這場悲劇沒有被侷限在當年那個時期，而是延續到現在進行式，所以實在不忍直視，但是美好必須確認，就算是為了拯救智律，她也有義務要直視面對。

美好重新從外套口袋裡掏出手機，撥打電話。

「嗯，美好。」

世景的嗓音聽起來不太好。美好雖然不想再麻煩世景，但是現在能夠尋求幫助的對象也只剩下世景。

「世景……」

我用花盆砸了我媽的頭。

「妳的聲音怎麼了？發生了什麼事？」

「世景……」

但我一點都不害怕，也不擔心。

「妳怎麼不回答？到底怎麼了？」

「世景……」

我是不是也快要變成一頭怪物？

「張美好，妳有在聽我說話嗎？」

「世景，我打算進去有珍家裡看看。」

美好緊緊閉上了眼睛，久久沒有張開，等她重新張開眼睛時，決定要將母親的事情先暫時埋藏起來，至少現在，不，至少會有好長一段時間不想再想起這個人。她現在只有一個念頭：感覺好不真實。

要進去，要去找，要去確認。

其他情緒和想法彷彿已經沒那麼重要，唯有那一件事強烈支配著美好的內心。

世景沒有回答，也沒有責罵美好是不是瘋了，可見她是認同的。

「為什麼要去她家？」

美好道出至今發生的所有事情。

「黑色長條形隨身碟，要把它找出來。」

根據智律所言，有珍死前一直執著於那只黑色長條形隨身碟，不停拿在手裡把玩觀看。她還說過這種話。

「我想要守護妳們。」

究竟是因為什麼原因，要守護智律和夏律呢？

一瞬間，有珍的嗓音與母親的嗓音重疊。

「媽媽只是為了守護妳，我做了我該做的事。」

難道是因為過去的陰影？還是偏差的母性？

有珍的家庭問題或悲劇一定是藏在那只隨身碟裡。

「妳打算怎麼進去？妳又不知道她家的大門密碼。」

「所以才說需要妳的幫忙，既然警察在那裡拉封鎖線搜查了好長一段時間，應該很多人需要進進出出都知道她家的密碼才對，畢竟是社會關注度高的事件，我想妳應該會有這方面的人脈，不論是警察還是記者，或者是認識的人。」

「我不敢保證，但還是可以先幫妳打聽看看。」

世景掛上了電話。

美好杵在原地站了許久，掛上電話後便走進了地鐵站。由於剛才在大馬路旁狂奔，全身早已被汗水浸濕，隨著汗水冷卻，身體也感覺到一陣寒冷。搭乘地鐵約莫一小時後，終於抵達盤浦洞。美好的腳自動朝威望社區方向走去。

原本青綠色的樹木已經染上了橘紅色的色彩。美好行走在秋意甚濃的步道上，走到一半停下腳步，抬頭仰望，從樹葉間看見了一〇二棟七〇二號的陽台，美好想起了腹部倚靠在陽台欄杆上，上半身倒掛在外，頭髮向下垂落的有珍。

究竟為什麼會以那麼奇怪的姿勢身亡？

美好望著有珍家的欄杆許久，轉身離去。她決定把這個疑問挪到之後再來解決，現在最重要的是先找到黑色隨身碟再說。

美好往一〇二棟走去，再跟著社區住戶走進了大樓裡，她站在信箱前拖延時間，等四下無人時才獨自搭乘電梯上樓。一層樓只有兩戶，卻有兩部電梯，所以鄰居之間碰面的機率不高。

美好按下七樓鍵，電梯裡只有嗡嗡機械音，伴隨著叮一聲提示音響起，電梯抵達了七樓。美好深呼吸，走出電梯。

她知道不能進入室內，也沒打算馬上展開行動，就只是純粹想要按照有珍平日的進出動線親自走一回而已。

七〇一號在左側，七〇二號在右側，兩戶距離比其他公寓還要來得遙遠。

美好的視線停留在七〇二號。

有珍的家。

她嘗試伸手拉開有珍家的大門。

竟然順利開啟了。

美好嚇了一跳，連忙把手收回。心臟宛如剛被釣上岸的魚一樣胡亂跳動。她重新伸手拉開大門，發現這個屋子根本就沒上鎖，這下她才想到，也許是警察為了方便進出直接將門鎖解除也不一定。

美好打開門，一腳踩進玄關裡，感應燈自動亮起，她直接穿著鞋走了進去。拉開玄關隔間門，走過家中的走廊，室內景觀一覽無遺。由於室內沒有開燈，一片昏暗，但是美好知道，客廳裡亂成一團，儘管清潔公司的人已經將血跡清除乾淨，空氣裡依舊瀰漫著一股淡淡的血腥味，就連內心都能感受到冰冷寒意，這裡已經不再像人住的空間。

美好確認了一下手機，還沒收到世景的回覆。她本想傳訊息給世景，告訴她已經不需要大門密碼了，最後卻只有把手機轉成震動，收進了外套口袋裡。

隨著時間久了，美好的眼睛也逐漸習慣屋子裡的漆黑。原本只看得見模糊形體的物品，也變得能明確區分。雖然沒有時間限制，但是美好的內心愈漸焦急。七十坪，若要在這偌大的房子裡仔細查看，應該會需要耗上滿長時間。除了臥房、書房、客房、兒童房、多用途空間以外，還有許多隱藏空間。

美好先走進臥房。

更衣間、衣櫥、抽屜櫃、化妝檯、茶几，美好仔細翻找臥室裡的每一個角落。由於室內無法開燈，所以尋找時間比預期還要來得長。她打開手機裡的手電筒功能四處尋找，深怕隨身碟是掉落在地板上或者床底下。

至少確定徹底翻找過該區，她才會移動到下一個空間，進行地毯式搜索。

時間究竟過了多久呢？

天色已暗，現在房子裡裡外外都已經徹底被黑暗籠罩。隨著外頭的光線消失不見，室內物品也變得更難分辨。儘管美好的雙眼已經習慣黑暗，卻仍難一眼看見隨身碟大小的物件，只能仰賴指尖觸摸。

美好愈漸焦慮，她一邊心想會不會永遠找不到，一邊打開兒童房的房門。

就在此時——

玄關處傳來了大門被人開啟的聲響。美好瞬間回頭查看，孩子們的房間門正準備要關上。美好連忙把手塞到門縫間阻擋，雖然她的手背剛好被門縫夾到，但所幸有即時防止發出關門聲響。

是誰？

美好的心跳加快。她倚靠在牆壁上，全身上下的神經都集中在耳朵上。她沒有聽錯，的確有人進到了這間屋子裡，因為可以聽見有人穿著鞋子踩在冰冷的客廳地板上來回走動的聲音。

是入侵者。對方小心翼翼地走了進來，往某處走去，這人似乎也想要隱藏自己進到屋內的事實。美好透過聲音位置猜測著對方的移動路徑。

應該是在臥房。

相較於偷溜進屋內時小心謹慎的舉動，入侵者進到屋內後，反而是用粗魯的動作開始翻尋家裡的各式家具。他用力拉開抽屜，翻箱倒櫃，再砰一聲關上抽屜，這些聲響接連不斷。

到底是誰？這人究竟帶著什麼目的闖進來的？

美好想要確認入侵者的身分，卻只能站在原地一動也不動，屏住呼吸，等待入侵者自行離開。

入侵者從臥房裡走了出來，接下來換走進書房、客房，翻找物品的聲音變得更加暴躁，感覺得出來這人是在焦急尋找某個物品，卻也沒有待在同一個空間裡太久。

「幹。」

美好聽見房門外傳來一聲低語謾罵。

是一名男子的聲音。

入侵者走出臥房，移動到客廳。美好心急如焚，口乾舌燥。入侵者很明顯是在找東西，接下來很可能馬上就要闖進這間兒童房。

入侵者的腳步聲迴盪在客廳，兒童房就在客廳旁，要是不小心發出聲響，很可能就會被對方識破。

美好將身體微微離開牆面，她豎著耳朵，仔細聆聽外頭動靜，並放慢動作輕輕脫去運動鞋。她將運動鞋抱在胸前，一步一步緩緩朝兒童衣櫥方向走去，腳底下可以明顯感受到地板的冰冷。

兒童房裡無處可躲，唯有衣櫥才能藏得下人高馬大的美好。

走到衣櫥的距離感覺遙不可及，客廳裡依舊傳來對方在翻找物品的聲響。美好一把抓住衣櫥把手，打開門片。

喀啦。

極小的聲響宛如雷聲轟然大作。就在那一瞬間，客廳裡的動靜也戛然而止。

室內陷入一片寂靜，仔細關上的窗戶完美阻隔了室外的噪音，導致屋內呈現一片死寂。

美好甚至忘記呼吸，一根手指都張不開，因為只要再動一下，就會發出袖子摩擦的聲響。時間約莫經過了十秒鐘，也或許比十秒還要長。冷汗沿著美好的背部直直流下。

終於，客廳裡再度傳來入侵者的聲音，美好抓緊入侵者粗魯拉開抽屜發出聲響的機會，躲進了兒童衣櫥裡，然後就在她躲好的瞬間，夾克外套口袋裡的手機剛好響起。

嗡嗡——是震動聲響。

入侵者又再度暫停動作。房間內瀰漫著令人窒息的緊張感，心跳速度已經快到感覺快要喘不過氣。美好緊緊握住手機，衣櫥門片尚未關起。

入侵者的腳步聲愈來愈大，對方正在往兒童房方向走來。

兩種心情產生了激烈衝突，一是想要確認對方究竟是誰，一是絕對不能被對方發現。

入侵者一把抓住了兒童房的門把，伴隨著房門開啟的聲響，美好也趁機將衣櫥門片關上，她只求兩種聲音可以剛好重疊在一起，使對方無從察覺。

美好屏住呼吸，全神貫注在入侵者的一舉一動。她發現對方只是站在原地，沒有任何移動，想必是在注視著衣櫥，畢竟兒童房裡能夠藏身之處也只有衣櫥。

入侵者邁開步伐，往衣櫥方向走來，然後停下腳步。

到底是誰？

身分不明的存在使恐懼感加劇。

美好感覺心臟快要從口中跳出，滿腦子只有絕對不能被發現的念頭。

入侵者再次發出腳步聲，聲音就近在咫尺，然後停了下來。

就在此時——

喀啦，聲音響起。

美好緊閉雙眼。

她手腳發麻，感覺對方隨即就要一把抓住她的衣領，然而，當她緩緩睜開眼睛時，衣櫥門依舊緊閉。哐啷，翻找抽屜的聲音緊接而來。

那是入侵者翻找孩子們書桌抽屜的聲音。

美好終於放下心，但是直到入侵者結束搜索前，她還是難以呼吸。最終，入侵者打開兒童房門，走了出去，回到客廳，美好這下才輕輕嘆了一口氣。

在那之後，入侵者在屋內又翻找了好長一段時間，抽屜砰砰大聲關上，物品也嘩啦啦掉落，中間不時還會穿插謾罵，自言自語。美好努力從記憶中搜尋這名男子的嗓音，卻遲遲想不起任何人。

直到接近凌晨一點鐘，入侵者才停止搜索。他最後仍不忘留下一句謾罵，走出了玄關大門。

美好從衣櫥裡走了出來，一個踉蹌，由於緊張過度，她全身呈現僵硬。她一走出衣櫥便確認手機，然後睜大雙眼。

原來剛才的手機震動並非來自世景，而是智律用每次打來的電話號碼留了一則語音訊息。

美好猶豫了一會兒，先將手機重新塞回口袋，因為眼下當務之急是確認入侵者身分。

美好連忙走到客廳，打開門鈴對講機畫面，所幸入侵者已經不在門外。

確認入侵者已經完全離開之後，美好急忙抓緊時間逃離有珍的家。該名男子才剛消失幾秒鐘，要是現在緊追上去，說不定還能確認對方的身分。

一部電梯正從樓上下降中，另一部電梯則是從五樓下降中，美好猜測入侵者應該是搭上了後者。

美好往逃生門方向跑去，但是當她推開逃生門時，一個念頭閃過她的腦海——不對，對方是害怕被人發現所以連室內燈都沒開的入侵者，所以應該不會搭乘容易與人相遇的電梯下樓才對。

美好搭上即將抵達七樓的那部電梯，很快就抵達了一樓。雖然她也有擔心會不會在一樓直接碰見正好從逃生門走出來的入侵者，不過最終並沒有發生這種情形。

美好加緊腳步走出公寓大門。由於夜已深，社區內幾乎沒什麼人在走動。她四處張望，尋找該名入侵者的蹤影。

應該還沒走遠才對。

那瞬間，她發現了一名朝公寓步道快步走去的男子背影。

美好一眼認出對方就是入侵者。

男子一身黑衣，甚至就連帽子也都是黑色。他壓低帽簷，在黑暗中隱藏身影。美好急忙追了上去，但是隨著距離愈近，男子也愈走愈快，邁著大步繼續向前，刻意拉開兩人之間的距離。

雖然路燈都有開啟，但是社區步道依舊昏暗。男子突然停下腳步，並將視線斜斜往上轉移，似乎是在看七〇二號住戶的陽台。

這時，剛好一陣風吹來，落葉紛飛，樹枝搖晃，路燈的燈光正好照亮了男子的臉龐。

美好一眼就認出對方，倒抽了一口氣。

雖然從未親自見過面，但是透過照片早已見過多次的那張臉。是道俊。

與其說是驚嚇，不如說是訝異。輿論媒體都在報導他目前身體康復迅速，但是背後身中刀傷之人，為何要在身體好不容易能自由移動時立刻重回案發現場，美好百思不得其解。

更何況還展現出一副有如入侵者的舉動。

就算是發生過死亡案件的地點，七〇二號依然是他的家，可他卻用一身小偷裝扮偷溜進家裡，這點實在可疑。

他究竟想找什麼？

不能引人注目要進去悄悄取回的東西。

難道是黑色長條形隨身碟?說不定他也同樣在尋找那個東西。

道俊仰頭望著七〇二號陽台好一會兒，決定離開步道，重新往公寓方向走去。

美好原本想緊跟在後，卻認為沒有意義，因為都已經確認過對方是誰了，就算追上去也於事無補，所以她乾脆選了一張長椅坐下，並且把目光投向七〇二號陽台。

大半夜，戶外冷風吹得肌膚都會疼痛。

樹木林立的社區步道上，唯有聽見隨風搖擺的樹枝摩擦聲響和昆蟲低鳴。

美好想起了腹部倚靠在陽台欄杆上，上半身倒掛在外，頭髮向下垂落的有珍。據傳有珍的頭髮像黑色瀑布般呈現傾瀉而下的樣子，白色衣角在風吹下飄動，有珍的腳尖就在距離陽台約五寸的位置，左手抓著欄杆，右手則像頭髮一樣越過欄杆向下垂放。

彷彿就像是把某個東西……

就在此時——

美好感受到身體宛如電流通過，她立刻起身，牙齒格格作響，腦中出現一陣龍捲風，那些飄散的想法也隨即找回了各自的崗位。

她終於明白。

……

有珍為什麼會以那麼奇怪的姿勢走向死亡。

以及黑色隨身碟在什麼地方。

其實就在七〇二號陽台下方的花圃裡。

那天，有珍帶著腰間上的嚴重傷勢走進了孩子們的房間，找出圖畫撕碎以後，放進馬桶裡按下沖水鍵，然後再拿著黑色隨身碟走到陽台。

為什麼？

為了將隨身碟往室外拋擲。

但是當她抵達陽台時，身體早已失血過多，她卻還是盡其所能踮起腳尖，將腹部倚靠在陽台欄杆上，奮力將隨身碟拋擲出去，最終再以那樣的姿勢直接失去生命跡象。

美好感覺心臟已經不是自己的，也感覺呼吸困難。

有珍，妳……

究竟是什麼事情讓妳如此不惜喪命也要隱藏。

美好奮力奔跑，目的地就在不遠處，黑色隨身碟應該就在花草叢生的花圃裡。然而，美好發現花圃處有燈光，連忙停下腳步，原來被人搶先一步。

是道俊。

他先用視線測量了一下掉落位置，再將手機裡的手電筒功能打開，照亮花圃。他徒手翻開雜草翻找泥土，儘管草葉花梗會扎手，也沒有使他停下動作。

美好躲在樹木後方暗地裡觀察道俊，她焦急得手心冒汗，雙唇發乾，好不容易想到的隨身碟位置，不能就這樣被道俊得逞。

道俊的動作突然暫停，似乎是在泥土裡發現了某個東西，他用手機仔細照亮，確認只是顆石頭以後便隨手朝前方扔了出去，他繼續蹲坐在花圃裡徒手觸摸泥土，並以螃蟹步的方式一點一點左右移動。

道俊再次停下動作，他伸出手，將埋在泥土裡的某個東西撿了出來，再將其拿到眼前用手機照亮。

美好倒抽一口氣，心涼了半截，因為道俊從花圃裡找到的東西正是一只黑色隨身碟。

道俊抬起頭，迅速張望四周，將隨身碟放進了口袋。美好眼看隨身碟就在眼前卻無計可施，整個人心急如焚。

道俊重新調整好帽簷，往社區大門口方向走去。美好也趕忙佯裝成是社區住戶，跟在他身後一同搭上了電梯。

道俊瞥了美好一眼，按下地下室二樓的按鈕。

美好面不改色，淡定自如，因為道俊並不認識美好，應該也不會想到有人在暗地裡跟蹤他。

電梯抵達地下室二樓，昏暗的燈光使地下室看起來有如陰濕洞窟，整個地下室空無一人，只有幾輛高級轎車停放在各個角落。道俊離美好愈來愈遠，往D區方向走去。

道俊的車停放在沒有任何燈光的陰暗角落，屬於監視器的死角區，美好把手塞進手提包裡朝道俊走去。道俊聽見美好的腳步聲，轉頭查看，他的手已經握住了車門門把。

「先生。」

美好走到道俊面前，露出一臉需要幫忙的表情，然後趁道俊還滿臉疑惑，就從手提包裡拿出了一塊石頭，那是在社區步道偷窺道俊時順手放進手提包裡的石頭。

道俊緩緩向後退。

美好又再一次毫不猶豫地用石頭砸向了對方的頭部。

她氣喘吁吁。

心有餘悸，手腳不停顫抖，但是腦海卻愈漸冷靜，比任何時候都還要明確知道下一步該怎麼做。

美好把手指湊近昏倒在地的道俊鼻孔下，確認還有呼吸，脈搏也有在跳動。美好將沾有血跡的石頭放回手提包裡，再用外衣擦拭血跡，並從道俊口袋裡掏出隨身碟，將其搬運到後座上。她用外衣的衣袖將道俊的雙手牢牢綑綁，再取下他的皮帶連同雙腳也一併綑綁固定。

好不容易坐上駕駛座以後，美好不自覺地嘆了一口氣，終於回到四下無人的密閉空間，使她感到安心不少。

美好調整好呼吸，用顫抖的手將隨身碟插在了手機上，裡頭顯示資料夾只有一個，是以年分、日期、赫里蒂奇幼稚園表演活動為名的資料夾。美好點開那個資料夾，裡頭還有細分成好幾個資料夾。

張紹媛、姜智律、李雅琳、方素談、金佳喜……

那些資料夾名稱乍看之下全都寫著小女孩的姓名。

果然不出美好所料。

殷切希望不要吻合的預感竟如出一轍。

美好點開其中姜智律的資料夾，裡頭存有一支影片。

影片中的智律身穿一席芭蕾舞蹈服，在舞台上翩翩起舞，滿臉愉悅。鏡頭從智律的腳尖開始緩緩向上拍到頭部，孩子就像一隻蝴蝶在空中飛舞，中間還會不時踮起腳尖原地跳躍，也會像芭蕾舞者一樣旋轉。隨著鏡頭拉近拉遠，孩子的身影也全部被記錄在影像當中。

張紹媛、姜智律、李雅琳、方素談、金佳喜，其他小朋友的影片亦是如此。影片主角明顯是孩子，因為攝影機從頭到尾只有對著小孩拍攝，孩子的身影佔據著整個畫面。

假如是不知情的人看見這些影片，一定會認為只是學校活動時拍攝的，但是美好已經知道太多，不，應該說已經知道了一切，所以她無法再用平常心去看待這些影片。

美好感到噁心反胃，再也無法點開那些影片觀看，實在太令人毛骨悚然，感覺比觀看開膛剖肚的昆蟲屍體還要噁心。美好彎下腰，開始乾嘔。嘴裡分泌了一些酸水，卻吐不出東西來。

為什麼……

到底為什麼……

這種悲劇會代代上演。

美好想起了智律和夏律的臉龐，當她腦中浮現兩個孩子天真無邪的模樣，內心的憤怒就像野火般迅速蔓延。

她想起了趙兒莅說過的話。

「兩年前正好是我擔任該名小朋友的班導師，那個孩子雖然有時會少根筋，但基本上算是活潑聰穎的小孩。可是從某天起，她就一直說她害怕蛇，老是想找地方躲起來，說一直有蛇在追她，很害怕蛇。」

另外，她也想起了雅琳說過的話。

「智律怕很多東西，她怕晚上房間關燈，也怕風聲，還有，還有，怕昆蟲，然後也很討厭蛇。」

兩年前，智律因為害怕蛇而在學校公演活動中躲了起來，引起校方一陣騷動，所以推測應該是從兩年前開始就遭受到虐待。那個年紀的孩子往往還不懂得區分真實與想像。

也許智律是基於本能知道不能把自己被爸爸非禮的事情說出去。

也或許是道俊對智律下的封口令也不一定。

智律真正害怕的並不是蛇。

而是象徵著蛇的爸爸的那個東西。

「孩子們會透過畫畫說很多事情。」

正如婷雅所言，智律透過畫畫展現了內心恐懼。可能在那當時，不，因為是持續遭受虐待所以可能到現在智律都有在畫蛇，夏律則是模仿姊姊一起畫蛇。

到有珍的母親家拜訪時，夏律畫的黑色長條物可能也不是隨身碟。而是蛇。

有珍究竟是從何時起發現女兒智律被爸爸性虐待的呢？

如果根據婷雅、娜英和芝藝的陳述，有珍是從死前幾天開始變得異常，她們表示有珍當時簡直就像失了魂的人一樣，不停四處探詢兩年前智律在幼稚園引發的那場騷動。

雖然不曉得有珍怎麼會突然起疑，但可以確定她當時絕對有在懷疑。然後這只黑色隨身碟應該是讓有珍的懷疑變成篤信的關鍵證物。

這只隨身碟應該是道俊的。

有珍發現丈夫偷藏的隨身碟裡存有這些影片以後應該馬上就有察覺——先生是戀童癖的事實。

有珍那天特地將孩子們送回娘家，獨自等待道俊回來。就連在那個節骨眼都無法放棄幸福對決，所以還在社群平台上張貼「準備和老公度過一個熱情的夜晚」這篇發文。

O_su_zzzzi（**吳有珍**）

「今天是夫妻約會日，孩子們都送回娘家了，準備和老公度過一個熱情的夜晚。各位在想什麼呢？我們只是要一起看電影！哈哈，幹嘛不相信我說的話呀？」

＃愛你喔老公 ＃孩子們掰掰 ＃十九（表情符號）的夜晚 ＃DomPérignon唐培里儂香檳王 ＃BelugaCaviar魚子醬

照片中的她強顏歡笑，內心究竟在想著什麼呢？

家庭早已支離破碎，為何還要如此執著於社群平台裡的虛假幸福？

有沒有可能是有珍和下班後的道俊產生了激烈衝突，把隨身碟和畫本攤在先生面前逼問真相，道俊直到最後都矢口否認，所以只好拿出菜刀作為最後威脅手段；然而，最後有珍的側腰身中刀傷，道俊則是背部挨刀，倒臥在房間內。

爾後，有珍拚了命地試圖掩蓋枕邊人的醜陋癖好，於是跑到孩子們的房間裡將智律和夏律的所有畫作統統撕毀，扔進馬桶，再把家裡弄得一團亂，試圖營造出遭小偷的假象，然後趁最後斷氣前拿著隨身碟往陽台方向飛奔而去。

有珍的死因是失血過多。

在那段血流不止的漫長時間裡，要是有打電話向一一九求救，說不定就能撿回一命。

比起性命她更想守護的是——

虛假幸福。

對於有珍來說最重要的是家庭看起來幸福美滿，所以與其讓醜陋的真相被人識破，不如選擇帶著真相躺進棺材。

美好心痛不已，淚流滿面，對於只能做出這種選擇的有珍感到十分不捨。

美好把手機放在杯架上。

她心想，不能就這樣放了道俊，而且有些話還要聽他親口說才行。

她必須讓道俊自己說，這些事究竟是否屬實。

她也想問道俊，究竟為什麼要做這些事，知不知道有珍小時候也有遭受繼父的性虐待？

美好發動車子，往地下停車場出入口開去。車子駛離了社區大樓，在一片漆黑的街道上加速奔馳。

車子避開高速公路，往首爾外圍僅有雙線道的車道行駛而去。

道路兩旁沒有一盞路燈。

一片幽暗的風景裡，只有農田和雜樹叢生。

美好全神貫注在開車這件事情上，心臟炙熱得宛如被火焰包覆，頭腦卻冷靜得宛如被冷水澆過。

最終，車子開到了一處上坡地，緩緩往上開去。四周環境被黑暗籠罩，美好只能仰賴車頭燈繼續駕駛。

車子繞過了好幾個彎，那是一條蜿蜒曲折的山路，左側樹木雜草叢生，右側則是陡峭斜坡，那是個漆黑無光的陰森地點。

這時，後座傳來道俊的痛苦呻吟，美好透過後照鏡確認後座情況。道俊的臉埋在後座皮革沙發裡，不停嘗試將身體抬起。他來來回回試了幾次，最終成功將身體轉向了駕駛座。

他透過後照鏡與美好四目相交，道俊的表情面露驚恐，分不清是汗水還是淚水的東西弄濕了整張臉。

道俊沒有輕易開口，他轉動著眼珠，一臉像是在確認現況的神情，最終，他的視線停留在插在杯架上的手機，手機仍插著那只隨身碟，他的臉色突然鐵青。

美好透過後照鏡注視著道俊，雙手緊握方向盤，手背上血管突起，旋轉方向盤的手勢也愈漸狂野。

車子用飛快的速度沿著山路行駛，一下子大幅向右轉，一下子又大幅向左轉，在S形山路上馳騁。

「……妳是誰？」

過了好一陣子，道俊才開口問道。他的聲音低沉沙啞，看得出來態度十分謹慎。

美好沒有回答，取而代之的是長按喇叭，再將方向盤迅速往右轉。她不想讓對方有思考的空檔。

她只要真相，絕無虛假的真相。

隨著車子急轉彎，道俊從後座上摔了下來，他的身體蜷縮在腳踏墊上，由於剛才滾落時撞擊到前座座椅，所以發出痛苦呻吟。

「妳到底是誰！為什麼要這樣對我！」

道俊坐起上半身，對著美好咆哮怒吼。生長在富裕家庭、一路順遂的他，想必從未被如此粗魯對待。美好想要把他的精神狀態逼到崩潰邊緣。

道俊將兩手手腕往反方向扭轉，試圖解開手腕上用衣服打的結，不停掙扎。也許是肌膚被布摩擦得不舒服，他發出了痛苦呻吟。

經過第二次嘗試也失敗之後，他很快就開始絕望吶喊，令人馬上就能察覺到他是個懦弱又沒有危機處理能力的傢伙。

美好再次長按喇叭，當她一踩油門，汽車引擎便轟隆作響，往前直衝。美好輪流踩著油門和煞車，在山路上危險駕駛。每當車子緊急煞停時，道俊都會嚇得魂飛魄散、放聲尖叫。

「妳到底要去哪裡！打算怎麼處理我？妳要的是什麼？錢、要錢嗎？要多少？我都給妳！拜託……」

車子再次急轉彎，手腳都被綑綁住的道俊就像一根木樁，在後座腳踏墊上來回滾動。

「拜託，拜託饒我一命！」

美好像是在回應道俊似地，逐漸放慢車速。道俊苦苦哀求的嗓音顫抖。

「我是冤枉的，真的太冤了！到底為什麼……為什麼要這樣對我！我不懂！為什麼！」

美好聽著加害者最常說的台詞，左耳進右耳出。

她希望自己的腦袋能像鋒利的刀刃，更冷血無情地將其拋諸腦後。

「不是我，真的不是我，我是冤枉的，冤枉到要死掉了。妳是不是也有看到隨身碟？妳真的認為……我會對我的親骨肉……做出那種事？」

美好從後照鏡觀察道俊。狼狽不堪的那張臉早已扭曲變形，滿臉淚水和汗水，彷彿一直緊守的東西突然爆炸，不停嘶吼咆哮。

「妳是不是也這樣認為？所以才想要……把那只隨身碟交給警方，對不對！」

「我已經看過那些小女孩的影片了，就是姜道俊你拍的那些影片！」

美好終於開口。

「不是，才不是！那只隨身碟也不是我的！那是受其他小朋友的媽媽所託，她看到我以前幫智律製作的影片很喜歡，所以拜託我幫她的小孩也做一支影片！」

道俊漲紅著臉，頑強否認。

「隨身碟裡的那些資料夾……可不止一兩位小朋友。」

「就只是純粹怕其他人會覺得不公平，所以才會有那些影片資料，順便幫大家一起製作，真的，請相信我，我真的沒有任何其他意圖……就只是為了讓孩子的媽以及智律都能在幼稚園裡和大家相處融洽……所以才……」

他的肩膀開始上下起伏，在憤怒與恐懼之情消失的位置上，取而代之的是冤枉和傷心。道俊維持著一貫的顫抖嗓音，不停哭泣。

「可是孩子的媽突然拿著隨身碟對我咄咄逼問……質問我是不是看著這些影片自慰……我真的是……荒謬到無語，不論我怎麼解釋她都聽不進去，甚至問我是不是到現在一直都有對我們智律上下其手……」

他一邊哽咽啜泣一邊說話，所以話說得斷斷續續。美好猛力旋轉方向盤，急踩煞車。也不曉得是不是已經有些適應，道俊也沒有再驚聲尖叫，不過他仍難以控制激動的情緒，繼續邊哭邊說，維持了好長一段時間。

「一開始我還以為這是什麼噁心的玩笑話，但是後來發現，孩子的媽……那女人還真的信以為真，不論我怎麼解釋也不肯相信。我絕對不是這種噁爛人，怎麼可能做那種事？怎麼可能對自己的親生女兒做那種事？孩子的媽生前還提到蛇什麼的，智律之所以會畫蛇，是因為兩年前她在露營場地那邊看到蛇，我真的是太冤了……」

聽聞道俊這麼一說，美好突然收住了原本想踩油門的腳。

「你說什麼？」

美好透過後照鏡注視著道俊的表情，原本哭得稀里嘩啦、話也說得不清不楚的道俊也抬起頭，他說的話異常使人注意，不對，光用使人注意形容還不夠，是從剛才開始就一直有某個東西在挑動美好的神經。

一股寒意從美好的後頸飄過。

她全身起雞皮疙瘩，彷彿被小蟲爬滿全身似地。

她不禁想到一個疑問，不，坦白說不是不禁，而是一直對此心生狐疑。

這人……真的是有戀童癖、性騷擾自己的女兒嗎？

如果冷靜思考，的確是毫無證據，也無目擊者和受害者證詞。

唯有有珍個人的篤信而已——隨身碟裡的小女孩影片、智律畫的蛇，以及篤信道俊一定有性騷擾女兒。也許是美好太輕易相信有珍的這份篤信，因為是有珍拚了命也要誓死守住的秘密，所以美好理所當然信以為真。

美好感覺到心臟大幅晃動，她緊握方向盤。

假如這一切並非屬實，那麼對智律來說自然是幸運，但有珍又為何要如此拚命？

倘若這一切都只是一場可怕的誤會。

有珍又為何會突然對先生有這種誤會……？

過去播下的悲劇種子究竟已經蔓延到何處？

美好感到害怕，因為她彷彿知道有珍的誤會源自哪裡。她的身體不自覺發抖。

道俊眼看美好的眼神出現動搖，連忙繼續替自己辯解。

「兩年前，我曾獨自帶著智律和夏律一起去露營，我其實也不是很清楚智律是否看見蛇，因為當時我正在忙著準備孩子們的食物，但是突然聽見智律尖叫，哭著說她看見一條蛇，還一直緊追在後。」

寒氣鑽進了衣角，突然感到全身畏寒，牙齒打顫。

「……別說謊了。」

美好感到痛苦窒息，呼吸也變得急促，她並不是為了得知這種真相而將道俊綁架。這種話才不可能是真話。

「我真的沒有說謊！一直都忘了有這麼一回事，直到不久前孩子的媽提起，我才想起這件事。就連智律是因為蛇而引發幼稚園騷動、平日畫畫會畫蛇這些事我也都全然不知，不，也許孩子的媽有問過我也不一定，只是我可能是不以為意地回答她。」

道俊說的話在耳邊嗡嗡作響。

「你要我怎麼相信你，我哪知道究竟是有珍誤會你，還是你在說謊！」

美好突然怒吼，她再也無法保持冷靜。道俊也齊聲吶喊，與美好抗衡。

「真的是誤會！孩子的媽誤會我的！」

「才不是，你在說謊，不可能！」

「為什麼大家都不相信我說的話！到底是為什麼！都是那個女人的錯，是她……她自找的！沒事去做那種荒謬的想像幹嘛。要是她沒有殺紅了眼作勢要攻擊我，我也不可能會刺傷她！到底為什麼，為什麼！」

道俊的身體前後激烈搖晃，並用頭去撞車椅，發了瘋似地咆哮。瀕臨崩潰邊緣的敏感神經再也無法支撐現況。

美好透過後視鏡觀察他，身體不自覺顫抖。

到底為什麼，為什麼！

道俊最後說的這句話不停在美好的耳邊徘徊。

為什麼有珍會對先生有這樣的誤會，美好其實是知道答案的。

儘管早已事隔十七年，有珍的過去仍然沒有放過她。

她過去有被繼父性虐待的經驗，所以才會認為自己的丈夫有非禮女兒。

過去的陰影誕生了新的悲劇。

她會是怎樣的心情呢？

有珍小時候說過，她反而更討厭會選擇視若無睹的母親，所以她不想再當那樣的母親。

美好大口喘息，感覺心臟快要跳出口，這是她絕對不想知道的真相，不可以是真相的真相。

現在該如何是好？

她感覺自己像是在伸手不見五指的虛空中徘徊，不知該何去何從。

道俊一邊啜泣一邊說：

「妳還想要什麼？都已經告訴妳是我刺傷有珍的了，這樣還認為我在說謊嗎？」

美好透過後照鏡和道俊四目相交，他的表情充滿無奈，也帶有自責，美好不再認為他所言虛假。

「可我還是無法把你這種人還給智律和夏律。」

就在那瞬間，道俊的表情扭曲。

「妳憑什麼！」

「你啊，到現在還認為自己是孩子的爸爸嗎？對她們來說，你可是奪走她們媽媽的殺人犯！」

「不可能！就只是失手，真的是失手！」

道俊再次扭動身體，像野獸般咆哮。美好踩下油門，轟——伴隨著引擎聲響，車子也全力加速，車輪和地面發出尖銳的摩擦聲響，車子危險地行駛在山路上。

「你啊，是不是認為自己才是受害者？把這場悲劇當成是意外事故，對吧？」

儘管內心在恐怖的真相面前崩毀，但是仍有一件不變的事實——有珍過世了，道俊對於有珍的死是有責任的，因為他自己坦承用刀子刺傷有珍。

他還有代價要償還。

「什麼意思？」

道俊睜大眼睛，從美好提到殺人犯這個字眼起，他的眼神就變得充滿狂氣。

「你怎麼會是受害者？受害者明明就是有珍和兩個孩子。是你親口招認的不是嗎？說你親手刺了有珍，所以是你殺死孩子的母親，是你奪走孩子的母親。」

「妳這臭婊子，給我住口！」

「做了這種傷天害理的事情還敢在那邊自怨自憐，少在那邊假裝自己才是受害者！」

「妳他媽的……」

「你是想乞求我饒你一命嗎？還是想嘗試向我辯解？好吧，你可能真的不是什麼兒童性侵犯或有戀童癖，但你依然是殺人犯，殺死妻子的殺人犯。」

正當道俊準備吼叫反駁時，美好的手機震動響起，她轉移視線，朝放在杯架上的手機望去。手機螢幕在漆黑的環境下顯得格外明亮。

那是智律的電話號碼。

美好透過後照鏡觀察後座，道俊用一種詭異的眼神注視著美好的手機。瞬間，美好的腦海裡彷彿通過一道閃電，想起了被她暫時拋諸腦後的記憶。

對了，智律的語音留言。

智律究竟留了什麼言。

美好朝震動的手機伸出手，她一手握住方向盤，一手準備拿起手機，然而，就在此時，伴隨一聲吼叫，道俊直接撲上了駕駛座。

美好的手還抓著方向盤，連忙回頭查看。道俊把握機會，用拳頭猛捶美好的臉部。美好的頭部用力撞上車窗，道俊則是將上半身整個靠到駕駛座去，肆意轉動方向盤。

「姜道俊！你瘋了嗎！放手，快放手！真的想死嗎？」

「對！反正我也無望了，去死吧！」

美好不停用手肘攻擊道俊的臉部，她可以明顯感受到骨頭碎裂的感覺，也許是鼻骨斷裂，溫熱的鼻血頓時湧現。道俊痛得哀號，連忙用手摀住口鼻。汽車往右側懸崖方向滑去，美好抓著自動回正的方向盤，猛踩煞車。車子伴隨著尖銳刺耳的輪胎摩擦音，緊急煞停在彎路中央。

然而，道俊沒有就此善罷甘休，他跳到了副駕駛座，用腳猛踹美好的頭部和胸部。美好縮起上半身，阻擋道俊的肢體攻擊。隨著腳踩煞車的力道逐漸減弱，車子也漸漸向後滑移。右側是陡峭山坡，假如按照方向盤方向滑移，絕對會直接連車帶人一併墜落懸崖。

「妳也去死，快去死！快點去死啊！」

美好急踩煞車，好不容易把向下坡滑移的車子停住，然後用握住手機的那隻手，往道俊的要害處出拳攻擊。他再次放聲大叫，蜷縮身體。美好連忙把手伸回方向盤，然而，道俊已經失去理性，忘記疼痛，對著美好奮力揮拳。

美好也不甘示弱，用手肘往道俊已經斷裂的鼻骨再次出擊，就在兩人扭打成團期間，車子也不停向後滑動，走走停停。

車輪和地面摩擦的聲音綿延不絕，道俊從美好身後用手臂勒住她的脖子，使美好的腳離開煞車板。

正當車子再度往懸崖邊滑行時，美好伸出手，急忙將方向盤轉向另一邊。車子驚險萬分地停在山坡邊上。

難道真想尋死？

道俊像是徹底失去理性似地失控暴走。

美好努力掙脫道俊的手臂，原本剛好停在邊界線上的後車輪突然哐啷一聲，車體往山坡方向傾斜。美好卯足全力，用頭撞擊道俊的臉部。兩人的頭猛力相撞，瞬間彈開，美好頭靠在駕駛座車窗上，道俊則是靠在副駕駛座的車窗上。

美好的視線愈漸昏暗，最終，失去了意識。

意識宛如龍捲風，從另一頭旋轉回來。

美好感到頭皮緊繃，頭痛欲裂。她試圖轉動頭部，可是腦海裡卻傳來巨大的敲鑼聲響。刺痛感從後腦勺傳出，胃部也有強烈灼熱感。

美好好不容易睜開眼睛，眼前宛如有數百枚煙火施放，眾多亮點閃爍，視線才漸漸恢復正常。不習慣黑暗的眼睛還不太能分辨事物，遲鈍沉重的腦袋也難以明確判斷眼下情況。

……這是哪裡？

美好坐起身瞬間，車體突然傾斜，她這下才想起，剛才和道俊在車內打鬥，她還以為自己失去意識很久，實際上可能也才幾秒鐘而已，在這短暫昏厥期間，車子應該是往山坡下滑移的途中被某個東西卡住，驚險停下。

美好為了讓自己清醒過來，用力咬自己的口腔內壁，鮮血伴隨著劇痛流出，濃濃的鐵鏽味，感覺沉潛在水面下的大腦漸漸恢復運作功能。

接下來該怎麼辦？

儘管是小小的動作，車體也會出現劇烈搖晃，一不小心，引擎的力量要是打破危險平衡，就很可能會直衝山下。

方法只有一個，盡快離開這輛車。道俊依然把頭靠在副駕駛座的窗戶上，昏迷不醒。

美好輕拉門把，就在車門被開啟的那一瞬間，車子喀啦喀啦緩緩向後滑動，然後栽進了某處。在車體劇烈晃動下，道俊發出了痛苦呻吟。

美好小心翼翼起身，只差一步就能徹底脫離這輛車。

瞬間，道俊一把抓住了美好的衣角，那是一張失去狂氣、嚇得鐵青的面孔，充滿恐懼。

「也帶我走。」

副駕駛座門外就是萬丈山崖。道俊脫離車體的方法只有從駕駛座爬出來。美好一隻腳踩在車門外，回頭看向道俊，要是車子掉落懸崖前抓住他，說不定能救他一命。

「幹，妳把我帶到這裡，不會是想真的弄死我吧？不是這樣啊！」

道俊把身體緊貼在副駕駛座窗戶上喊道。

殺死妻子的丈夫，放任孩子不管，一心只想著要先隱藏自身恥辱的父親。

他就算不是兒童性侵犯、戀童癖，也是死有餘辜的人。

美好一隻腳站到了車門外，維持危險平衡的車體迅速往山坡下傾斜，道俊哭喊的聲音不絕於耳。

「救、救救我！拜託妳救救我！」

真想殺了他嗎？

摧毀有珍人生的這名男子。

美好從道俊的臉上看見了有珍的繼父、有珍的母親、老師們和孩子們的面孔，最終也浮現了最惡毒的自身面孔。

對，我真正想殺死的是……

就在此時，嘎——鐵片聲穿刺耳膜。車子急速往山坡下傾倒，美好將最後僅剩的一隻腳伸了出來，徹底脫離車子。

她轉身回頭，道俊正朝她伸長手臂，美好將右腳重新伸進車子裡，透過推開車子的反作用力，可以選擇拉道俊最後一把，也可以選擇讓車子直直墜落山崖。

就在那一剎那，無數個念頭閃過腦海。

是啊，我真正想殺死的是……

嘎——車子伴隨著車輪摩擦地面的聲響，緩緩向下墜落。

美好彎下上半身，一把抓住道俊的衣領。在強烈握力的拉扯下，他整個人回彈而上。就在道俊驚險逃出車體的同時，車子也墜落山崖。

美好和道俊氣喘吁吁，跌坐在地。

砰砰！滾落、碰撞的聲響在寂靜的山谷間繚繞。

沿著山路向下行駛的一輛卡車發現了美好和道俊，司機聽見車子墜落懸崖的巨響後停下車查看，初步掌握現場情況以後便協助疏導交通，並打電話至一一九尋求救援。

美好和道俊一起被轉送到鄰近醫院，美好已經全身虛脫，道俊則是失去意識，他雖然有嚴重挫傷，手骨也有撕裂傷，但所幸生命無大礙。

在急診室裡一睜開眼睛，美好就先確認了智律的語音留言。智律一字一句，慢慢說出了自己一直想說的話。

「爸爸沒有對我們做什麼事情，真的，請相信我。」

全是支持道俊所言屬實的內容。

轉到普通病房的美好拚了命地睡覺。

世景有去探病過好幾次，卻從未遇見美好是醒著的。

道俊最終以殺人罪嫌被警方逮捕，但沒有告訴警方自己被美好綁架的事實，他只希望這場可怕的悲劇真相可以永遠不被提及。

人們對於犯罪理由提出了各種揣測，然而，既然當事人選擇緘默不語，一切也只是純屬大眾的推測罷了。警方最終是以子女教養問題引發的衝突來說明整起事件的緣由始末，雖然曾經是引發社會大眾注目的社會案件，但最終還是很快就被人們遺忘。

就這樣過了一個月。

全然的冬天，世界被染成了無彩色。

硬撐的秋天有如遭受驅趕般退去，取而代之的是冬天夾帶著凜冽寒氣襲來。冷風吹拂，拋下乾枯樹葉的樹枝搖搖欲墜。人們紛紛將厚實的衣領拉到頸部，加快移動腳步。

星期六，美好和世景乘坐市外巴士，正前往位於京畿道郊區的焚香所。一大清早在江南站會合的兩人，喝著咖啡話家常。兩人都對有珍的事件隻字未提，就只是像以前一樣聊一些稀鬆平常的事情。

美好望向車窗外一片荒涼的冬景，回想起往事，把手插進了口袋。她感覺到指尖碰觸到硬硬的東西，是黑色隨身碟。

美好打算今天將這只隨身碟和所有事情都做個了結。

市外巴士行駛了約莫一小時，終於抵達目的地。兩人走下車，再轉搭一輛計程車，計程車司機將她們載到了位於偏僻地方的焚香所。

她們走到建築物內，爬上樓梯，三百二十四號就是有珍長眠的地方。

高跟鞋踩在大理石地板上發出的叩叩聲響顯得格外大聲，美好不自覺放慢腳步，當她看見三百二十四號的牌子時，心跳突然加快。她緊緊握住手上的那束菊花，世景用眼神向美好傳遞「沒有關係」的訊息。

兩人站到了有珍的骨灰罈前，美好將那束菊花擺放於前，照片裡的有珍面帶開朗笑容，清純優雅的長相，潔淨清透的肌膚，像黑曜石一樣閃爍的瞳孔。

她依然是美麗動人的女孩。

兩人對有珍做了遲來的最後道別，然後轉身離去。唯有照片裡的有珍面帶燦爛笑容。

強風吹拂波光粼粼的江水表面。

美好和世景坐在漢江邊，欣賞著被夕陽染紅的江面風光。兩人剛從焚香所轉移地點到漢江。

美好盯著輕輕蕩漾的水波看了許久，從手提袋裡掏出了黑色隨身碟。

「妳還記得那時候嗎？」

美好開口問道。世景以轉頭望向美好來代替回答。

「高一那年寒假前，我們一起來過這裡。」

世景露出淺淺微笑，三人一起搞砸期末考的那天，有珍說想要看海，但是礙於實在沒勇氣跑到那麼遙遠的地方去看海，所以三人也沒特別規劃，就一股腦地搭乘地鐵直奔首爾，至少可以看看和海相似的漢江。

不知道該在哪一站下車的三人，最後是在蠶院站下車。

三人頂著凜冽寒風，走了好長一段路，才終於出現漢江。

那是個荒煙蔓草、人煙稀少的偏僻地點。天色已暗，雖然漆黑的江水在燈光照射下閃閃發光，但還是沒能看見期待的景色，也沒有舒坦暢快的感覺。

三人悵然若失地坐在江邊，分食著硬到下巴咬得快要脫臼的烤魷魚，聊著沒什麼營養的話題。

但是在那當下，那個瞬間，是有點幸福的。

「有珍為什麼要那麼執著於社群平台上的虛假幸福呢？」

美好一邊用手把玩著隨身碟，一邊轉換話題。

「會不會是對自己的幸福沒有自信呢？所以才會不斷想要獲得別人的認可，我相信她的自尊感一定很低，也缺乏自信。」

「是啊，其實幸福這種東西根本就看不見也摸不著。」

人生本就有痛苦與不幸，每個人都有各自不幸的地方，也都有可能某天突然遭遇不幸，但有珍或許是在社群平台裡夢想擁有完美的幸福也不一定。

「有珍對自身幸福感到沒自信的理由是來自於侵犯她的繼父、袖手旁觀的母親，因為這樣的陰影，才會執著於社群平台裡的虛假幸福，也才會誤以為先生性騷擾自己的親骨肉。」

其實說不定有珍早已享受著完美的幸福。

居住在高級住宅、有著百般疼愛自己的醫生老公，還有兩名漂亮女兒，儘管如此，她仍放不下過去的陰影，導致這起駭人的慘案發生。

美好對於這樣的有珍感到心疼不捨。

「如今真的結束了。」

美好大幅揮動手臂，把隨身碟往漢江裡拋擲。

「真的結束了。」

她像是在對自己洗腦般，用果斷的口吻重複說了一遍。

有珍誓死也要捍衛的那些醜陋真相，如今已經永遠消失不見。

美好只想幫朋友守住生前懇切希望能守住的秘密。

江水搖擺蕩漾，瞬間就將隨身碟淹沒。

如今真的一切都結束了。

然而，默默聆聽美好說話的世景搖了搖頭。

「不是，不是這樣的，美好。」

美好抬起頭，看向世景。世景用看破世事的眼神與美好四目相對。

「美好啊，可以停止了，妳也知道，事情不是這樣的。」

「……」

一陣冷風吹來，吹起了美好和世景的髮絲。

美好迴避世景的視線，往江水方向望去。天空逐漸昏暗，被染成血色的江水波光瀲灩。

狗與狼的時間——

黑暗與光亮、真實與虛假共存的時間。

「不是這樣的，有珍……吳有珍並不是因為兒時遭受過繼父的性侵害，所以誤認先生也有對自己的女兒伸出狼爪。」

世景目不轉睛地盯著美好，開口說道。可以感受到她想要明確傳達自身想法的意志。

「……」

「是因為宋婷雅、金娜英、黃芝藝，這些人不斷在有珍身邊挑撥離間，使她疑神疑鬼，吳有珍可以說是這場幸福對決的最終失敗者。」

「……」

「金娜英曾在吳有珍的社群平台上留過奇怪的留言。」

美好也記得這段留言。

三條蛇住在一個家。

蛇爸爸、蛇媽媽、蛇寶寶。

三條蛇住在一個家。

蛇爸爸、蛇爸爸、ㄕㄜˊ爸爸。

蛇爸爸是　蛇媽媽是瘋女人，蛇寶寶是神經病。

娜英究竟想說蛇爸爸是什麼呢？

「而且妳不是有跟我說過，當妳詢問宋婷雅有沒有破壞過別人的幸福時，她回答妳『的確是有在水杯裡滴過一滴非常小滴的墨水』嗎？告訴妳孩子們會透過畫畫說很多事情的人也是她。」

美好閉口不語，視線停留在虛空中。世景像一輛往前直衝的列車，繼續滔滔不絕。

「黃芝藝也是，她想要從妳那裡奪走的隨身碟，不是銀色隨身碟而是黑色隨身碟，因為那只隨身碟就是她的，是她拜託姜道俊幫忙製作她女兒紹媛的影片。」

美好依舊閉口不語。

狗與狼的時間太短暫，有如魔法般稍縱即逝，就連握在手中的片刻都沒有。

世景握住了美好的肩膀，讓她轉回視線，然後給了她一記當頭棒喝。

「美好，我知道妳為什麼會把她們兩個視為同一人，但是不要再自欺欺人了，吳有珍是兩個人，我們的好朋友吳有珍……」

「……」

「我們的好朋友吳有珍……，早在十七年前就自殺了。」

＊＊＊

韓周賢自殺了。

當初瘋狂指責他、對他批評謾罵的老師和學生們都驚愕不已。他留下了一封主張自己清白的遺書，盼望能用這種方式替自己洗刷冤屈，以死證明自己所言屬實。大家這下才嚴肅以對，不再將其視為謊言。

然而，老師和學生紛紛開始為這起事件尋找代罪羔羊，他們需要找個人來頂罪，揹起這個把無辜老師逼上絕路的黑鍋。

可想而知，他們鎖定的目標就是有珍。既然醜陋的傳聞主角之一主張自身清白並從此消失，那麼傳聞裡的另一人自然成為眾矢之的，要承受所有攻擊。

世景說的話也推了有珍一把。

一大清早，學校裡瀰漫著一股奇妙氛圍。一如往常走進校園的美好，滿臉狐疑、東張西望地走進了教室，她發現同學們都趴在桌上啜泣。

「發生什麼事？」

還來不及聽到回答，教室後門就被開啟，世景淚流滿面地走了進來，一屁股跌坐在美好面前。

「是有珍把人害死的！韓周賢死了！」

「妳說什麼？」

美好抓著癱軟無力的世景追問。

「在學校跳樓自殺了！瘋女人，都是因為吳有珍那個瘋女人！」

世景像其他同學一樣抱頭痛哭。

就在那時，有珍從教室後方現身了。她應該有偷聽到世景說的話，整個人神色凝重。那些謠言困擾了有珍一段時間，她的神情明顯憔悴，雙眼也失去朝氣活力，有如死魚。

然而，她之所以還能勉強硬著頭皮來上學，純粹是因為還有美好和世景。就算連老師都用「原來就是妳啊」的眼神打量她，同學們說她壞話或當面指責她，也都因為有美好和世景在她身邊所以撐得下去。

然而，韓周賢的死把有珍的最後堡壘也推倒了。

世景一看見有珍就馬上衝了過去，有珍的臉龐伴隨一聲巨響轉了過去，世景不僅搧了她一記耳光，還去拉扯她的頭髮，朝她出拳。

「韓周賢死了！被妳害死的！妳也去死，妳也去死啊！」

那天在教室裡引發了一陣騷動，有珍單方面被世景毆打，也無人出面阻攔。世景最終跌坐在地，放聲痛哭。有珍的嘴角被打到撕裂，顴骨也腫了起來，但她只有呆呆地站在原地，一動也不動。

美好走向世景，從凌亂的髮絲之間和有珍四目相對，美好迴避視線，拍了拍世景的肩膀以示安慰。

有珍在那一刻終於明白，美好和世景已不再是她的好友。

沒有人靠近有珍，也沒有人向她搭話，甚至有別班的學生特地過來朝她丟垃圾。美好一如往常悶不吭聲，只有用安靜的眼神選擇不予理會。

就這樣度過了惡夢般的一天。

放學路上，不同於以往，只有美好和世景兩人單獨走在大馬路邊。那是既陌生又奇怪的感覺。走了很長一段時間都不發一語的世景終於開口說道：

「有珍……以後打算怎麼辦？」

「什麼怎麼辦，我們又不能做什麼。」

美好對於世景提起有珍的名字感到不適，世景雖然還想要繼續談論有珍，但是美好只想逃避關於有珍的話題。

「我是真的不知道該怎麼辦了，只要一想到韓周賢是因為有珍而死的，就會氣到要暈倒……可是我們還是朋友啊，實在不曉得接下來該怎麼辦才好。妳比我聰明，快說說看我們以後要怎麼和她相處。」

但是當時的美好未能給世景任何答案，儘管看似聰明成熟，終究也只是個年僅十八歲的孩子，在難以承受的悲劇面前，不知該如何面對。

美好十分厭惡自己在面對難以掌控的事情時，所感受到的那股無力感。

所以她乾脆選擇逃避。如果說，憤怒是世景的防衛機制，那麼美好的防衛機制就是逃避。

美好在補習班和K書中心也難以專心溫習功課，她只有把習題攤在書桌上，不斷凝視著虛空，並且刻意讓自己不去想有珍和韓周賢。

深夜十二點，美好回到家中，一天有如一個月般漫長。她換好衣服，準備就寢，手機卻在這時響起，是有珍傳來的簡訊。

「美好，我們可以聊聊嗎？」

美好假裝視而不見，直接關掉了有珍的簡訊。不一會兒，美好的手機又再度響起。這次依舊是有珍傳來的簡訊。

「我真的好害怕。」

簡訊接踵而至。

「不要連妳也這樣對我。」

「我已經在妳家門口了，方便出來一下嗎？我等妳。」

十一月，那是個寒風刺骨、天寒地凍的時節。美好確認完最後一封簡訊以後，便將手機轉成了靜音。她躺在床上，但可想而知是難以入眠的，她的精神比任何時候都還要清醒。

美好掀開棉被，走下床，打開窗戶，迎面而來的冰冷空氣後方，看見一名身穿米白色長大衣的女孩站在那裡。

如果真要辯解，美好那天並沒有打算無視有珍，她自己也只不過是十八歲的孩子，不曉得該如何面對如此龐大憾事的未成年人而已。

然而，美好連這種辯解也都不能對有珍說了。

自此之後，就徹底失去了辯解的機會。

隔天早晨，美好在學校接到了有珍的死亡消息。

＊＊＊

轉眼間，夜幕低垂。

把江水染紅的紅光已消失無蹤。漆黑水面反射著都市的華麗燈火，閃閃飄蕩。

「我們的好朋友有珍早在十七年前就過世了。」

美好收回停留在虛空中的視線，轉頭望向世景，與她四目相交，在往來交會的眼神中涵蓋著無數言語。

「韓周賢老師過世後，隔天，有珍就在家裡上吊自殺了。」

世景的嗓音猶如回音。

是啊。

……我其實早就知道了。

我所心愛的、有著像黑曜石一樣亮麗瞳孔的那個女孩，早在十七年前就自行了結了生命。

繼父的虐待、母親的旁觀、朋友的謊言、骯髒的傳聞、同學們的不理不睬。

她在這樣的環境裡，獨自孤單地結束了短暫的一生。

而我也同樣希望能逃避面對這一切，所以把罪惡感、愧歉感，以及純粹難以表達的傷痛，統統放置在某處。

後來，我無意間發現了一張照片。

那是一張參加艾斯電子社群平台活動的照片，照片底下寫著和有珍一樣的姓名和年齡。由於是看似常見卻又不常見的名字，所以這也是我十七年來第一次看見和吳有珍同名同姓的人。

照片裡的吳有珍看起來十分幸福。

住在頂級豪宅，有個體貼溫柔的老公，還有兩名漂亮可愛的女兒。

頓時間，照片裡的吳有珍和十七年前過世的那個女孩面孔重疊，感覺那個女孩其實根本沒有離世，而是在某個地方像這樣過著幸福快樂的日子，這不禁使我內心感到一陣酸澀。

也許正是因為如此，我才會如此執著於想要幫另一名吳有珍揭開其真正的死因，想要彌補十七年前自己未能替已逝好友吳有珍所做的事情吧。

妳的人生是什麼樣子呢？

妳的死亡又是什麼樣子？

我想要在另一位吳有珍的生和死之中，尋找妳的影子。

然後，

我的罪過，我的傷口，

如今才想要好好面對、贖罪、治癒。

世景同樣理解這一切，所以才會選擇默許、不說破。

美好的心臟熱得發燙，她下意識地抓緊大衣衣領。激動的情緒化成了淚水，沾濕臉頰。

「有珍她……」

吐出這個名字的喉嚨有如在淌血。

是啊，我的有珍和吳有珍是不一樣的，比起華麗的玫瑰，她更像一朵清純的百合；比起充滿自信的燦笑，她更常露出靦腆微笑。我的有珍是話不多、文靜的女孩，比起強出風頭，她更習於站在後方默默觀看。

我的有珍是……

「有珍啊……」

睽違十七年。

十七年後才終於第一次開口嘗試呼喊的名字。雖然在追蹤這起案件期間，提及過無數次有珍的名字，卻從未喊過自己真正認識的有珍。喉嚨裡彷彿卡著無數荊棘、被割好幾刀、血流不止的感覺。

有珍啊，有珍啊……

實在不敢用這充滿罪惡的嘴巴去呼喊妳的名字。

光是這個名字就足以讓內心插滿玻璃碎片。

所以我就擅自將妳埋藏了起來，因為我沒有勇氣面對自己闖下的大禍，於是乾脆用泥土掩埋。然而，掩蓋在那底下早已發炎、腐壞、潰爛的傷口依然存在，從未癒合。

「對不起……」

這是我想要在妳面前親口對妳說的話。

想要抓著妳的手、妳的肩膀，說出這句話。

是我的謊言把妳推上了絕路，很抱歉對妳背過臉。

感覺心臟快要爆炸了。全身像是被火焰團團包圍，燒得發燙。美好和世景都淚流不止。

「真的很對不起。」

美好把十七年前該說的話、為時已晚的話說了出來。

兩人就這樣抱頭痛哭了許久，彷彿要把所有情緒倒入那片江水似地。

過了好長一段時間，兩人才終於擦去淚水。

「那起事件真正的加害者另有其人，我們都只是在那起事件中多少有些責任的受害者罷了。只不過……我們應該到死都很難與那件事情脫離關係。」

美好聽著世景說的話，點了點頭。

有些傷口是絕對無法治癒的，直到死前那一刻、闔眼的那一天、嚥下最後一口氣的那一瞬間為止，都要一直帶著這個傷口生活。

「以後我們就不要再自責了……改成哀悼吧。以後……我們就好好傷心難過、好好哀悼她吧。」

迎著冷風，美好摟住了世景的肩膀。兩人站在那裡遲遲沒有離開。

不論昨日還是今日，江水依舊滔滔汨汨。

尾聲

寒假前，高一下學期結業式當天。

美好、有珍、世景三人站在人煙稀少的漢江邊，吹著冷風，瑟瑟發抖。

由於太陽很早就下山，寒風不斷吹來。

三人把期末考搞砸後跑來漢江，期待著能夠欣賞到心曠神怡的風景，但是實際抵達的地方卻是一片荒煙蔓草、偏僻冷清，眼前也只有混濁江水在流動。

「啊，好倒楣，真的是有夠倒楣。」

有珍一屁股坐在地上不停嘆氣。雖然三人的期末考成績都不佳，但是有珍的分數最糟，退步最多。

「怎麼會這麼倒楣呢？不僅國史答案卡整排填錯，還被教官沒收手機，原本想說來漢江看風景說不定心情會好一點，結果只看到這種爛風景。」

有珍話才剛說完，世景就緊接著說：

「只有妳很倒楣嗎？我也好不到哪去。昨天我爸媽又吵架了，我被我媽哭一整晚的聲音吵得完全沒睡。成績退步？我爸媽可能連我是理科還是文科都不清楚呢！」

美好也不甘示弱，心想現在是要比賽看誰比較倒楣嗎？她自認對倒楣這件事可是有十足的自信。

「至少妳們都不會因為成績退步而挨打啊，我已經開始擔心要如何拿著這張成績單回家了，不知道我媽又要搧我多少個耳光，我還寧願她用藤條打我，呼巴掌真的是……多麼傷自尊心妳們知道嗎？」

美好說完，三人接連嘆氣。

漢江邊早已被黑暗籠罩，只有淒涼的冷風不停吹來。三人的心情也早已盪到谷底，現場氣氛無限憂鬱。

三人不發一語地望著江水潺潺流動，卻突然聽見咕嚕聲響。

美好和有珍同時望向世景，那是從世景的肚子裡傳出的聲音。世景一臉尷尬，瞬間臉紅。

「真是的，我這肚子還真不懂得看場合。」

「妳餓了嗎？等我一下，我應該有帶吃的。」

美好立刻打開書包，她想起昨天買的烤魷魚還放在書包裡。美好翻找書包，拿出了兩袋烤魷魚給她們看。

有珍和世景的表情頓時開朗。

「喔！張美好！好棒棒喔！」

「果然我們的美好最可靠了，趕快拆開來吧，我也快餓死了。」

在世景和有珍的一連串誇讚下，美好感到有些自豪。她拆開包裝袋，有珍和世景嚼著硬邦邦的烤魷魚，下巴都快脫臼了，卻還是不停傻笑。

有珍拿起一條魷魚腿，把它塞進了美好的嘴巴裡。

「我們要在這裡待到幾點呢？好冷喔！」

比較怕冷的有珍一邊嚼著魷魚一邊瑟瑟發抖。那瞬間，正準備要提議回家的美好發出了啊一聲，又開始翻找她的書包。書包裡有幾天前購買的暖暖包。

「將將！」

美好一拿出暖暖包，有珍和世景就驚呼連連。

三人拆開暖暖包，連忙握在手中。等身體逐漸回暖以後，三人的臉上也逐漸揚起笑容。

「啊，真幸福。」

聽聞有珍這麼一說，美好和世景都噗哧笑了出來。

「搞屁喔，剛才有人不是還說自己有夠倒楣。」

世景語帶玩笑地調侃著。

「哎呀，不知道，總之現在就是很幸福。其實我啊……，從小就很怕冷，但是最喜歡的季節還是冬天，妳們知道為什麼嗎？」

「為什麼？」

「因為冬天是最能夠感受溫暖的季節，我很喜歡冷到身體直打哆嗦的時候手裡握著一杯熱茶或烤地瓜，會覺得非常幸福。」

「什麼？妳會不會太容易感到幸福，怎麼這麼容易被收服。」

「就是說啊。」

「那這樣的話應該會更溫暖。」

美好一把摟住了有珍的肩膀，就連世景也湊了過來，三人緊貼在一起，互相取暖，也不再感到寒冷。

三人望著水波蕩漾的江面，感受著傳到內心深處的溫暖。

儘管天氣寒冷，計畫生變，也沒有人提議回家。也許三人都對這一刻頗為滿意。

「我們等二十歲的時候再一起來這裡吧。」

有珍開口提議。比誰都想要趕快成年的有珍，經常像這樣說著對未來的期待。

「好啊，不要去人擠人的漢江公園，一定要重回這裡喔！」

美好這麼一說，有珍和世景紛紛竊笑。

「好喔！到時候也要記得買烤魷魚和啤酒來這裡。」

世景急忙補充，美好和有珍開心地點頭同意。

儘管寒風變得更強，三人依舊嘰嘰喳喳聊個不停，直到雙頰冷到僵硬為止，都沒有起身離開。

搞砸的期末考、荒涼的漢江景色、凜冽寒風，以及極其平凡細瑣的對話。

看在別人眼裡，應該會認為是一段微不足道的回憶。

可是至少在那一刻，三人都是真正感到幸福快樂的。

Storytella 147

幸福對決
행복배틀

幸福對決/周滎河作；尹嘉玄譯. -- 初版. -- 臺北市：春天出版國際文化有限公司, 2022.12
面；　公分. -- (Storytella；147)
譯自：행복배틀
ISBN 978-957-741-614-8(平裝)

862.57　　　111018095

ISBN 978-957-741-614-8
Printed in Taiwan

作　者　周滎河
譯　者　尹嘉玄
總編輯　莊宜勳
主　編　鍾靈

出版者　春天出版國際文化有限公司
地　址　台北市大安區忠孝東路四段303號4樓之1
電　話　02-7733-4070
傳　眞　02-7733-4069
E－mail　bookspring@bookspring.com.tw
網　址　http://www.bookspring.com.tw
部落格　http://blog.pixnet.net/bookspring
郵政帳號　19705538
戶　名　春天出版國際文化有限公司
法律顧問　蕭顯忠律師事務所
出版日期　二〇二二年十二月初版

定　價　370元

總經銷　楨德圖書事業有限公司
地　址　新北市新店區中興路二段196號8樓
電　話　02-8919-3186
傳　眞　02-8914-5524
香港總代理　一代匯集
地　址　九龍旺角塘尾道64號 龍駒企業大廈10 B&D室
電　話　852-2783-8102
傳　眞　852-2396-0050